ANDREAS FRIESE

Boulevard
Die Jagd nach einem Mörder

Die Bestie von Beelitz

AF197605

Buch

Es ist die Story des Jahres. Jede Zeitung, jeder TV Sender und jede Radiostation des Landes ist auf der Suche nach dem Beelitz Mörder.

Er ist einer der grausamsten Serienkiller Deutschlands. Anfang der 90ziger Jahre tötete und missbrauchte er auf bestialische Weise fünf Frauen und ein Baby und versuchte, zwei Kinder und eine weitere Frau brutal zu ermorden.

Die Chefreporterin Tina und der Fotograf Ossi sind ihrer größten Titelstory ganz nahe, als sie plötzlich selber zu Gejagten werden.

ANDREAS FRIESE

Boulevard
Die Jagd nach einem Mörder
Die Bestie von Beelitz

Inspiriert durch eine wahre Geschichte.

Der Beelitz Mörder ist einer der grausamsten Serienkiller Deutschlands. Er tötete und missbrauchte auf bestialische Weise fünf Frauen und ein Baby und versuchte, zwei Kinder und eine weitere Frau brutal zu ermorden. An den Tatorten rund um die Brandenburger Stadt Beelitz wurden Damenunterwäsche und Röcke gefunden.

Daraufhin betitelte die Boulevardpresse ihn als den „Rosa Riesen" oder die „Bestie von Beelitz".

Veröffentlichung September 2019

Copyright © 2019 by Andreas Friese, www.friese.tv

Lektorat: Ursula Hahnenberg, Berlin

Umschlaggestaltung: Sarah Buhr, www.covermanufaktur.de

Bildmaterial: MicroOne (Zeitung) / Shutterstock.com

Verlag und Druck: tredition GmbH,
Halenreie 40-44, 22359 Hamburg

Paperback: ISBN: 978-3-7497-3161-9
eBook:　　ISBN: 978-3-7497-3162-6

Bibliografische Information der Deutschen Nationalbibliothek: Die Deutsche Nationalbibliothek verzeichnet diese Publikation in der Deutschen Nationalbibliografie; detaillierte bibliografische Daten sind im Internet über http://dnb.d-nb.de abrufbar.

Danke
an alle, die mich bei meinem Projekt
unterstützt haben.

.

Boulevard – Die Jagd nach einem Mörder
Fall 1: Die Bestie von Beelitz

Dienstag, 16.Juli.1991,
10:00 UHR

Tina saß in einem bordeauxroten Opel Omega und sah
ungeduldig aus dem Fenster. In Hamburg waren alle Taxis
gelb, aber hier in Berlin schien man nicht so viel Wert auf
einheitliche Taxifarben zu legen. Hauptsache, ein gelbes
Taxischild war auf dem Dach. Und das Taxameter suchte sie
im Inneren vergebens.
Sie waren noch gar nicht richtig am Bahnhof Zoo
losgefahren und schon textete sie der Taxifahrer mit einer
ungebetenen Stadtführung zu. Tina nickte aus Höflichkeit,
wenn sich ihre Blicke im Rückspiegel trafen. Das Auto
umfuhr die Goldelse und quälte sich auf der Straße des
17.Juni in Richtung Brandenburger Tor durch den Berliner
Stadtverkehr. Von Weitem konnte man einen roten Baukran
sehen, der ein überdimensionales grünes Pferd durch die Luft
fliegen ließ. Seit Tagen und Wochen kündigten die Zeitungen
der Hauptstadt dieses Ereignis an. Menschenmassen
drängten sich auf dem neu hergerichteten Pariser Platz,
Fotografen und Kameraleute kämpften um die besten Plätze,
um bei diesem Ereignis live dabei zu sein. Heute war es
soweit, die frisch restaurierte Quadriga nahm ihren
angestammten Platz auf dem Brandenburger Tor ein. Berlin
hatte endlich sein Wahrzeichen zurück.

„Jetzt hamse ja Jott sei Dank in Bonn beschlossen, dass die Regierung wieder in die richtige Hauptstadt kommt. Nun wolln se ja den Reichstag och wieder schick machen. Na, dit wird en Chaos hier, wenn die da bauen. Ick hoffe, dann könn wa endlich wieder mit dem Auto durchs Brandenburger Tor fahren. Glob mir, sonst jeht hier ja nüscht mehr."

Der Fahrer redete laut und ununterbrochen und merkte überhaupt nicht – jedenfalls schien es ihn nicht zu stören –, dass Tina in nachdenkliches Schweigen verfallen war.

Es war noch nicht mal ein Jahr her, dass Deutschland von den Siegermächten des zweiten Weltkriegs nach 45 Jahren die volle Souveränität zurückerhalten hatte. Besiegelt wurde das Ende der Nachkriegs- und Besatzungszeit am 12. September 1990 in Moskau mit dem Zwei-plus-Vier-Vertrag. Der Krieg war lange vorbei und endlich war Deutschland wieder einig Vaterland. So eine Zeit selbst mitzuerleben. Mensch, Tina, und du bist mitten drin, am Puls der Zeit. Hier in Berlin wird Geschichte geschrieben und du gehörst zu denen, die diese Geschichte aufschreiben werden!

Hinter dem Brandenburger Tor wurde der Verkehr nicht besser. Der Taxifahrer bog rechts ab und soweit Tina seiner Berliner Schnauze entnehmen konnte, wollte er es wohl über den Potsdamer Platz versuchen. Platz war vielleicht ein wenig hochgegriffen. Es handelte sich um das teuerste Baugrundstück Deutschlands. Brachland, so weit Tina sehen konnte. Von dem ehemaligen Grenzstreifen, der Berlin hier in Mitte teilte, war nichts mehr zu sehen. Ein einzelnes freistehendes Haus, das Weinhaus Huth, und eine Magnetschwebebahn, wie aus einem Science-Fiction, durchbrachen die Einöde.

Der Taxifahrer drehte sich zu Tina um. „Na Kleene, um diese Zeit wärste mal besser mit de Bahn jefahren, aber wir sind gleich da. Kuck ma, dit hier uff de rechte Seite is der Tresor. Da jehen die jungen Leute alle abzappeln. Dit ist bestimmt och wat für dir." Er zeigte dabei auf eine alte Ruine in der Leipziger Straße 126.

Tina kannte den Club vom Hörensagen. In den Tresorräumen des alten Wertheimkaufhauses war im März Berlins erster Techno Club gegründet worden. Er war in nur wenigen Wochen zu den bekanntesten Techno Clubs der Welt aufgestiegen und die besten DJs aus allen Kontinenten machten hier die Nacht zum Tag.

Sie hatten es fast geschafft. Das Geschwafel des Taxifahrers ertrug Tina inzwischen auch nur noch schwer.

„Dit da is de Friedrichstraße. Nur noch 500 Meter und dann ham wat."

Friedrichstraße, das klang irgendwie luxuriöser, als es gerade aussah. Die Hausfassaden waren grau und kaputt, hier und da stach ein neu renoviertes Haus heraus. Es waren die neuen Berlinfilialen der Firmen, die auch in Hamburg an der Binnenalster oder in Düsseldorf auf der KÖ groß vertreten waren. Hier wirkten sie seltsam deplatziert. Zur Schau standen teure Autos, Kleider oder Schmuck in den Schaufenstern, aber es waren nirgends Menschen zu sehen, die bummelten oder in Cafés saßen. Es gab nicht einmal ein Café, in das man sich hätte setzen können. Die einzige Möglichkeit für einen Snack war ein Imbiss in einem umgebauten Wohnwagen unter einem großen Bauschild mit der Aufschrift: *Hier entsteht die Galerie Lafayette Berlin.* Tina kannte das Lafayette in Paris. Als Kind war sie oft mit den Eltern dort gewesen, einfach nur so zum Shoppen. Aber das hier hatte nichts mit Paris zu tun. Es wirkte wie eine Filmkulisse, trist, einsam und trotz alledem mit einem Hauch von Aufbruchsstimmung. Und noch etwas war anders als in Münster oder Hamburg: Überall parkten Trabis und Wartburgs am Straßenrand. Aus einer Parklücke stieg eine dicke blaue Abgaswolke auf. Ein delphingrauer Trabant heulte auf und raste am Opel vorbei. Die ganze Stadt stank widerlich nach diesen Zweitaktern.

Scheinbar hatte sie diesen Gedanken laut ausgesprochen.

Der Taxifahrer drehte sich entzückt zur ihr um. „Junge Frau, det iss die berühmte Berliner Luft. Da jewöhnste dir dran. So jetzt sin wa och schon da." Er zeigte auf das Eckhaus. "Dit iss die Glinkastraße. Weste eijentlich das die Glinkastraße früher Kanonier Straße geheißen hat! Das hat den Honecker wohl nicht so jut jefallen und dann hamse die Straße och nach son Kommunisten benannt."

Natürlich wusste Tina, dass die Straße zu DDR-Zeiten umbenannt worden war. Sie war informiert, denn sie überließ nie etwas dem Zufall. Falls irgendein Klugscheißer von Redaktionsleiter sie am ersten Tag mit solchen Fangfragen in die Ecke treiben wollte, konnte sie ihm in die Parade grätschen. Sie reichte dem Taxifahrer einen 20-DM-Schein und stieg aus dem Auto. Nachdenklich blickte sie eine graue DDR-Platte hoch. Das war also das Büro Neue Bundesländer von Europas größter Wochenzeitung.

Der Taxifahrer hievte den schweren Koffer aus dem Kofferraum und stellte ihn neben Tina. „Junge Frau, hochschleppen musste den aber allene, weste, weil ick darf hier nich parken."

Tina lächelte den Taxifahrer an und sprach ganz leise: „Junger Mann, übrigens war Michael Iwanowitsch Glinka kein Kommunist, sondern ein Russischer Komponist. Vielleicht sagt Ihnen die Oper „Ein Leben für den Zaren" etwas? Na, ich denke eher wohl nicht! Sehen Sie dahinten das Haus an der Ecke? Dort hat er bis 1857 gelebt und als die Straße 1951 umbenannt wurde, war Wilhelm Pieck, im Übrigen der einzige Staatspräsident der DDR, im Amt und nicht Erich Honecker." Eigentlich wollte sie ihm noch unter die Nase reiben, dass hier die Parteizentrale der DDR-Liberalen und der Ost-CDU ihren Sitz hatten, aber der Taxifahrer schaute sie böse an. Tina klopfte ihm auf die Schulter, nahm ihren Koffer und ließ ihn mit einem Lächeln am Straßenrand stehen.

Wo, um Gottes willen, war sie hier gelandet? Unter *Berliner Medienhaus* hatte sie sich etwas anderes vorgestellt. Irgendwie mehr Glanz und Wichtigkeit. Im Treppenhaus gab es weder einen Empfang noch einen Fahrstuhl, nur unendlich viel DDR-Charme. Links neben ihr war eine Hinweistafel angebracht. Auf großen Messingschildern stand da, dass zwei Hamburger Nachrichtenmagazine in den ersten zwei Etagen ihre Berlin Büros hatten. Der komplette dritte Stock war von einem neuen privaten Nachrichtensender – News-TV – in Beschlag genommen worden. Darüber, in der vierten Etage, saß eine Bildagentur mit dem einfallslosen Namen *Big Photo Berlin* und zu guter Letzt, so konnte man es auf großen, roten Lettern lesen: *Star am Sonntag Redaktion Neue Bundesländer, 5.Etage.*

Es fühlte sich einsam an, die Luft war kühl und roch nach kaltem Rauch. Da hörte Tina aus dem Treppenhaus lauter werdende Stimmen. Ein gutgelaunter Typ und eine Frau kamen die Treppen heruntergerannt. Sie schienen es eilig zu haben. Beide waren etwa Ende 20. Er war groß, gutaussehend, wirkt sportlich und hatte eine Kamera über der breiten Schulter hängen. Wahrscheinlich einer der Fotografen des Verlags und die Frau dann wohl eine Redakteurin. Die beiden eilten an Tina vorbei. Der Fotograf blieb zwei Meter hinter ihr schlagartig stehen, drehte sich um und musterte sie unverfroren von Kopf bis Fuß.

Er lächelte sie entwaffnend an. „Hi, kann ich dir irgendwie helfen?"

„Nein, j…ja," stotterte Tina. „Ich suche die Starredaktion, Neue Bundesländer."

Hinter dem Fotografen riss die Reporterin die Tür wieder auf und verdrehte die Augen. „Oswald, wir kommen zu spät!"

„Ja, doch." Der Fotograf zeigte in Richtung Treppenhaus. „Fünfte Etage. Sorry, ich habe leider keine Zeit." Er zwinkerte ihr zu und rannte nach draußen.

Oh Gott, war das peinlich. Hätte nur noch gefehlt, dass ich rot anlaufe, dachte Tina. Da stand der erste gutaussehende Typ in Berlin vor ihr und sie stotterte sich gleich einen ab. Hoffentlich hatte er das nicht gemerkt.

Tina hievte ihren schweren Koffer Stufe für Stufe die Treppe hinauf. Dann hatte sie es endlich geschafft. Sie stand vor einer Glastür, an der mit großen roten Buchstaben stand: *Star am Sonntag Redaktion Neue Bundesländer*.

Sie schaute in einen langen Flur. Die Stimmung war nicht gerade einladend, hier schien überhaupt niemand zu sein. Tina öffnete die Glastür und ging hinein. Es roch noch viel strenger nach kaltem Zigarettenrauch, auf dem Fußboden war eine schmuddelige blaue Teppichauslegeware ausgelegt, auf der vor den Türen der Büros große Stapel mit alten Zeitungen, wie Altpapier gebündelt, lagen. Das einzige, was auf journalistische Arbeit hinwies, waren große gerahmte Fotos an den Wänden. Es waren Bilder der Redaktionsfotografen, aufgehängt wie in einer Galerie. Tina schritt die Wand ab und war beeindruckt von der Qualität der Aufnahmen. Zu sehen waren Fotos, die unter anderem bei der Wiedervereinigungsfeier gemacht wurden. Der Bundeskanzler Helmuth Kohl streckte auf einem Bild freudestrahlend die Hand in die Luft, im Hintergrund Feuerwerk über dem Reichstag. Ein sehr beeindruckendes Schwarz-weiß-Foto zeigte Erich Honecker, wie er als gebrochener Mann, gefolgt von zwei russischen Soldaten, durch einen Wald in Beelitz-Heilstätten spazierte. Auf einem anderen Foto Katarina Witt. Sie stand mit ihrer Trainerin Jutta Müller in einer Eissporthalle, in ihren Händen hielt sie unzählige Medaillen. Dann folgten Fotos mit Menschen, die ihr gar nichts sagten. Ein Sigmund Jähn in Raumfahreruniform, Heinz Florian Oertel und Waldemar Cierpinski, Helga Hahnemann, Margot Ebert mit Heinz Quermann, Gojko Mitic mit freiem Oberkörper und Indianeroutfit. Tina hatte keine Ahnung, wer diese ganzen Ostprominenten waren. Sie wusste zwar, dass Sigmund Jähn der erste Deutsche im All gewesen war, aber die restlichen Promis sagten ihr rein gar nichts. Sie drehte sich noch einmal um. Dieser Gojko Mitic war vom Alter her nicht unbedingt ihre Zielgruppe, aber durchtrainiert, wie er war, war er schon recht lecker anzusehen.

Ein ungutes Gefühl vertrieb den schönen Gedanken. Tina schrieb zwar keine Show-Geschichten, aber sie wusste, dass in der Ostredaktion schnell mal jeder alles machte. Und dann erspähte sie doch noch ein Foto mit einer Sängerin, die sie gut kannte. Es war Tamara Danz mit ihrer blonden Mähne, die Frontfrau der Rockband Silly, singend auf einer Bühne. Vor Jahren hatte Manu, ihre beste Freundin, ihr das Album Mont Klamott geschenkt. Das war eine Band, deren Musik sie durchaus mochte.

Während Tina in Gedanken versunken den Flur entlang ging, vernahm sie plötzlich ein Gespräch, das aus einem der Büros zu hören war. Es klang wie eine lautstarke Debatte am Telefon. Auf einem Schild an der Tür zu diesem Zimmer stand in schwarzen Buchstaben „Redaktionsleiter Lothar Hundertmark."

Lothar hatte sie beim Einstellungsgespräch in Hamburg kennengelernt. Er war Ende 50, trug einen viel zu langen Schnauzer und war immer recht old-fashioned gekleidet. Er war bis zur Wende stellvertretender Chefredakteur Politik bei einer Hessischen Tageszeitung mit Außensitz in Bonn gewesen und war hier der Redaktionsleiter und der Spezialist für die Stasiaufarbeitung. Er kannte so ziemlich alle wichtigen Politiker in den neuen und alten Bundesländern persönlich. Lotte – Lothars Spitzname – war einer von denen, die den niedersächsischen Ministerpräsidenten Gerhard Schröder genauso wie den sächsischen Ministerpräsidenten Kurt Biedenkopf, Samstagabend zum Redaktionsschluss jederzeit zu Hause anrufen könnten.

Tina klopfte an die Tür, niemand antwortete. Sie klopfte ein zweites Mal. Da auch jetzt niemand reagierte, öffnete sie die Tür einen kleinen Spalt und schaute hinein. Ihr kam eine dicke, blaue Wolke Rauch entgegen. Am anderen Ende des Büros saß Lothar Hundertmark. Er war durch den Smog kaum zu sehen. Das Fenster war geschlossen und während er telefonierte, paffte er genüsslich immer wieder an seiner

Zigarre. Als er Tina bemerkte, legte er sie beiseite, hielt mit der freien Hand die Sprechmuschel am Telefonhörer zu und winkte Tina mit einem freundlichen Blick an sich heran.

„Hallo, Christina, du bist ja schon da. Ich habe dich erst heute Nachmittag erwartet. Dein Büro ist zwei Zimmer weiter. Ich komme gleich mal rüber." Dann machte er eine Geste, die signalisieren sollte, dass er gerade ein wichtiges Gespräch führte. Tina lächelte und beim Rausgehen rief ihr Lothar hinterher: „Kannst du mal bitte Kaffee kochen! Ebi kommt heute erst nachmittags."

Na, das war doch ein toller Anfang. Jetzt stand sie alleine mit dem Koffer unterm Arm in der größten Zeitungsredaktion Europas, hatte keine Ahnung, wer Ebi war und ihr erster Job als Chefreporterin in Berlin war, Kaffee zu kochen. In ihrer Fantasie hatte sie sich das irgendwie anders vorgestellt. Sie hatte ein großes Redaktionsbüro vor Augen gehabt, gefüllt mit Reportern, die an Computern saßen und wild durcheinander telefonierten, und Redakteure, die an Tafeln standen, an denen Fotos von großen Storys geheftet waren, über die sie debattierten. Ein großer Raum, den sie betrat, in dem es ruhig wurde und jemand sagte: „Schaut mal alle her, darf ich euch vorstellen, das ist Christina von Kottwitz, unsere neue Chefreporterin für die neuen Bundesländer."

Tja, erste Erkenntnis. Berlin war nicht Hamburg und Berlin war halt jottweedee, halt janz weit draußen.

Auf dem Weg in ihr neues Büro machte Tina in der Küche halt, füllte die Kaffeemaschine mit frischem Wasser und legte eine Filtertüte ein. Den Kaffee musste sie ziemlich lange suchen. Irgendjemand hatte ihn, warum auch immer, zusammen mit der Kaffeesahne in den Kühlschrank gestellt.

Dann drückte sie die Starttaste der Kaffeemaschine, ging zwei Zimmer weiter und öffnete die Tür zu ihrem ersten eigenen Büro.

An der Decke flackerte das Licht einer kalten Neonlampe. Der Raum war klein und ungemütlich, die Wände waren mit weißer Raufaser-Tapete tapeziert. Außer einem Tisch, einem Stuhl und einem hellen Büroschrank war nichts in diesem Raum. Das sah im Hamburger Verlagshaus alles etwas schicker aus. Aber es war ihr Büro, ihr erstes eigenes Büro und das erfüllte Tina mit Stolz. Sie ließ sich auf den Bürostuhl fallen, nahm die Hände in den Nacken, schloss die Augen und drehte eine Runde auf dem Stuhl. Jetzt konnte es losgehen. *Berlin, ich bin da. Lass mich die großen Titelstorys schreiben.*

Ein Lächeln huschte ihr übers Gesicht und Tina öffnete die Augen. Vor ihr auf dem Tisch lag ein handgeschriebener Brief.

Liebe Christina,

herzlich willkommen in Berlin. Leider kann ich dich nicht persönlich empfangen, weil ich einen Arzttermin habe. Aber wir werden uns heute Nachmittag kennenlernen. Ich habe dir deine Visitenkarten, Blöcke und Stifte hingelegt. Im Lauf des Tages wird ein Monteur vorbeikommen und dein Telefon anschließen. Du kannst gern so lange meins im Sekretariat benutzen.

Marko, Conny und Lars sind auf Termin. Wir treffen uns alle um 15.00 Uhr zur Konferenz im großen Raum.

Ach so, mach mal bitte die Kaffeemaschine an. Lothar mag den Kaffee gern etwas kräftiger, bitte anderthalb Teelöffel Kaffeepulver auf eine Tasse.
Liebe Grüße
Ebi

Das erste Rätsel war damit gelöst. Ebi war wohl die Redaktionssekretärin. Neben den Brief hatte sie eine Vase mit einem kleinen Strauß wohlriechender Sommerblumen gestellt. Tina sog den Duft der Blüten und die Botschaft, dass sie willkommen war, mit Freude ein. Dann riss sie das kleine Päckchen mit den Visitenkarten auf. In großen, roten Buchstaben war das Logo vom Star eingeprägt und daneben stand in tief geprägter Schrift: *Chefreporterin Christina von Kottwitz.* Chefreporterin. Das fühlte sich gut und wichtig an. Tina lächelte vor sich hin. Ihren ersten Job hatte sie ja auch schon bestens erledigt, Kaffee kochen.

Hier gab es zwar kein Reporter-Großraumbüro, dafür schien es übersichtlich und familiär in der Redaktion zuzugehen. Alle duzten sich und Ebi schien nicht nur die Sekretärin, sondern auch der gute Geist in der Redaktion zu sein.

Tina spürte eine tiefe Zufriedenheit, legte ihren Kopf in den Nacken, drehte erneut eine Runde auf dem Bürostuhl und kehrte im Geiste an den Tag zurück, als sie ihre journalistische Karriere begann.

Tina studierte im zweiten Semester. Sie war auf der Suche nach einem Studentenjob und hatte dem Lokalchef des *Münsteraner Tagesblatt* eine Geschichte angeboten. Das Telefonat war kurz und ihr Gesprächspartner wirkte gereizt und sehr uninteressiert. Hier meldeten sich ständig zumeist untalentierte Studenten, in der Hoffnung auf einen Praktikumsplatz. Tina verstand es jedoch, Menschen von ihren Ideen zu überzeugen. In den Händen hielt sie eine Story über einen alten Geigenbauer, mit der Vorstellung, das sei die Eintrittskarte in das Verlagshaus.

Bei einem Spaziergang war ihr die kleine Werkstatt aufgefallen. In dem verschmutzten Schaufenster lagen zwei alte Geigen, die das Interesse bei Tina erweckten. Beim Öffnen der Ladentür ertönte der schrille Ton einer Glocke, die am Türrahmen befestigt war, und aus dem hinteren Teil der Werkstatt humpelte ein alter Mann mit einer dicken Lederschürze zur ihr an den Tresen.

„Und?", kam es unfreundlich aus ihm heraus.

Tina betrachtete den Alten. Sie hatte auf einmal Zweifel, ob es richtig gewesen war, hier reinzukommen oder ob sie besser wieder gehen sollte. Sie schaute in ein griesgrämiges, verbittertes Gesicht, das mit tiefen Furchen durchzogen war. „Und, was wollen Sie? Ich habe nicht ewig Zeit", brubbelte er Tina erneut an. Wahrscheinlich hatte dieser Mensch überhaupt nur Kunden, weil es im Umkreis von hunderten Kilometern keinen anderen Geigenbauer gab, dachte Tina.

„Ich möchte Sie nur fragen, ob Sie vielleicht Lust hätten, sich mit mir ein wenig zu unterhalten. Ich würde gerne eine kleine Geschichte für eine Zeitung über Ihre Arbeit schreiben."

Mit den Worten, er sei kein Märchenerzähler und wenn die Dame keine Geige zum Reparieren hätte, möge sie doch schleunigst von dannen ziehen, wollte der Geigenbauer Tina wieder hinauswerfen.

Dieser Griesgram war eine harte Nuss. Ihr Kommilitone Beethoven hatte Tina mal erzählt, dass sein Cello aus italienischer Fichte geschnitzt war. Nach kurzer Überlegung setzte sie ihr einziges Geigenwissen auf eine Karte, und bevor der Alte sie wieder anmeckern konnte, fragte sie: „Mir ist aufgefallen, dass die wertvollen Geigen in Ihrem Schaufenster aus alter italienischer Fichte gebaut sind."

Der Mund des Geigenbauers verzog sich zu einem Lächeln. „Oh, Sie sind vom Fach?"

„Ein sehr guter Freund von mir studiert Musik und spielt selbst auf einem alten kostbaren Cello."

Irgendwie gefiel dem Alten diese hübsche, blonde Frau auf einmal und obwohl es sonst gar nicht seine Art war, bat er sie in seine Werkstatt.

„Richtig, die eine Geige da draußen ist aus italienischer Fichte, aber die andere ist aus Tiroler Ahorn. Komm' se mal rein. Was wollen se denn wissen? Aber nur wenn es nicht ewig dauert!"

Dann gingen die beiden nach hinten in eine uralte Werkstatt. Die orangefarbene untergehende Sonne fiel durch ein altes, kleines Fenster in den Raum, feiner Holzstaub spiegelte sich im Lichtkegel in der Luft. Es roch nach Leim, frisch gesägtem Holz und überall lagen oder hingen Geigen, Cellos und Bratschen herum. Es fühlte sich wie eine Zeitreise in eine andere Epoche an. Der Meister humpelte zu einem alten Holzschrank und griff nach einer Flasche Whiskey. Dabei klopfte er mit einem Lächeln auf sein Holzbein.

„Und das ist deutsche Fichte."

So böse er noch vor zehn Minuten gewesen war, so freundlich war er auf einmal. Er fragte Tina erst gar nicht, er drückte ihr das Glas in die Hand und während er es mit dem guten schottischen Whiskey füllte, fing er an zu plaudern. Er erzählte von seiner Familie, die seit über 200 Jahren den

Beruf des Geigenbauers vom Vater zum Sohn immer weitergegeben hatte. Er sprach liebevoll, fast zärtlich, von Geigen und dem richtigen Holz, von Klanghölzern, die man radikal sägen müsste, damit die Jahresringe gut in der Resonanzdecke standen und so den Druck des Steges über Jahrzehnte und Jahrhunderte ohne Deformation aushalten konnten. Was auch immer das bedeuten sollte, Tina notierte es erst einmal. Der Geigenbauer geriet immer mehr ins Schwärmen und Tina konnte gar nicht so schnell mitschreiben, wie ihr die Fakten von Hölzern, Biegetechniken, dem richtigen Leim, das spezielle Werkzeug und so weiter um die Ohren flogen. Schnell war ihr kleiner Block mit viel Wissen und tausend Fakten gefüllt, aber es war noch lange keine spannende Geschichte in Sicht, es sei denn, sie wollte ein Handbuch für die Geigenbauer-Zeitung schreiben.

War es vielleicht doch zu blauäugig gewesen, aufs Geratewohl in die Werkstatt zu gehen und zu hoffen, hier eine spannende Story für ihren Einstieg ins Journalistenleben zu finden? Nach dem dritten Glas Whiskey fing die Werkstatt leicht an zu schwanken, die Konzentration ließ nach und ihre Stimmung sackte immer tiefer. Als dann auch noch der alte Geigenmeister mit einer Violine aus dem Büro kam, um ihr etwas vorzuspielen, war der Zeitpunkt gekommen, die Segel zu streichen. Sie erwischte sich dabei, wie sie das Wort „langweilig" auf ihren Block schrieb.

Jedoch, gerade in dem Moment, als sie sich erhob, um zu gehen, vernahm sie einen Namen, der sie schlagartig aus ihrer Trance riss. „Entschuldigung, haben Sie gerade Mozart gesagt?"

„Ja doch, hören Sie nicht zu?"

Tina schaute den Alten irritiert an. Sie hatte wirklich nicht mehr zugehört und fragte wie eine Schülerin, die im Unterricht geschlafen hatte, mit einem leichten Stottern in der Stimme: „Das ist Mozarts Violine?"

„Na aber, wenn ich Ihnen das sage, mein Kind."

Tina zog die Augenbrauen hoch. „Herr Pätzold, wenn das stimmt, wäre diese Geige Millionen Wert und Sie haben die hier einfach so in der Werkstatt herumliegen. Außerdem, wie soll sie hierhergekommen sein? Scherzen Sie mit mir?"

Die Stimme des Meisters wurde ganz leise. Er drehte die Geige um und zeigte auf fünf kaum zu erkennende Buchstaben auf der Rückseite. „Ich habe die Geige von meinem Vater geerbt und der wiederum von seinem. Seit genau 200 Jahren ist sie in Familienbesitz. Schauen Sie selbst!"

Tina musste sich sehr anstrengen, weil die Buchstaben nur ein paar Millimeter klein waren. Dort stand „JCWTM"

„Und?", fragte Tina ungläubig.

„Mensch Kind, Johannes Chrysostomus Wolfgangus Theophilus Mozart", antwortete der Meister mit erhobener Brust.

„Herr Pätzold, Sie nehmen mich jetzt auf den Arm!"

Während sie den Satz noch nicht beendet hatte, merkte Tina, wie die Stimmung anfing zu kippen. Ohne Pause und in besänftigendem Ton sprach sie schnell weiter: „Glauben Sie mir, nichts möchte ich lieber tun, als Ihnen zu glauben, dass die Geige echt ist. Können Sie das irgendwie belegen?"

Mit einem Nicken forderte er Tina auf, ihm in sein Büro zu folgen. In der Ecke stand ein alter geöffneter Tresor. Hier musste er vorhin das Instrument herausgeholt haben. Eingeschränkt durch sein Holzbein bückte sich der

Geigenbaumeister schwerfällig, um einen alten Brief aus dem Safe zu holen. Er reichte ihn Tina. Es war so etwas wie ein Zertifikat, datiert auf 1963. Sie überflog das Schreiben. Da stand schwarz auf weiß, dass die Geige echt war, beglaubigt mit einem amtlichen Stempel und Unterschrift. Reichte das? Tina musste erst einmal ihre Gedanken sortieren. Die Alternative war, den Geigenbaumeister mit der Echtheit des Instruments zu zitieren und sein Zertifikat als Beleg hinzufügen. Was ja nicht gelogen war und den vorgefundenen Tatsachen entsprach. Jetzt musste sie schnell eine Entscheidung treffen.

Was tun? Der Stern hatte genau das nicht getan und sich so mit den gefälschten Hitler-Tagebüchern die wohl größte Blamage in der deutschen Journalisten Geschichte eingefangen.

„Mädel, bist du noch da?" Mit diesen Worten riss der Geigenbauer Tina aus ihren Gedanken. „Die Fakten sprechen eindeutig für die Echtheit der Mozart-Geige."

Und mit einem Lächeln im Gesicht fragte sie den Geigenbauer: „Darf ich Sie damit in meiner Reportage zitieren?"

Das war sie, ihre erste Story. Das Münsteraner Tagesblatt veröffentlichte die Geschichte auf Seite eins unter der dick gedruckten Überschrift „Wertvolle Mozart-Geige in Münster aufgetaucht." Darunter ein verwackeltes und leicht unscharfes Foto mit Meister Pätzold und der Geige. Daneben ein kleineres Foto mit den eingeritzten Initialen „JCWTM".

Eigentlich wollte die Redaktion vor der Veröffentlichung noch ein vernünftiges Bild von Pätzold machen lassen. Aber der Sturkopf ließ weder einen Fotografen noch einen anderen Redakteur in seine Werkstatt. Ohne es zu ahnen, vergoldete der Geigenbauer damit Tinas Story. Da es keiner Zeitung der Republik gelang, auch nur irgendein vernünftiges Wort mit dem Geigenbauer zu wechseln, kauften sie Tina die Story inklusive Fotos für viel Geld zum Nachdruck ab. Und das taten insgesamt 14 Zeitungen und zwei Fernsehsender. Auch der Star am Sonntag meldete sich und bot alleine dreitausend Mark für die Veröffentlichungsrechte. Ihre erste Geschichte war somit ein echter Kracher, der ihr die Tür in die Welt des Journalismus öffnete. Und es gab noch einen anderen positiven Nebeneffekt. Ihr Sparbuch wies ein dickes Plus aus und sie konnte sich einen großen Traum erfüllen. Tina stand auf schnelle Autos und kaufte sich von ihrem ersten selbstverdienten Geld einen gebrauchten und tiefer gelegten Golf GTI, mit einer 160-PS-Maschine unter der Haube. Das war bestimmt keine vernünftige Entscheidung, aber eine, die viel Spaß und den einen oder anderen Punkt in Flensburg mit sich brachte.

Tina liebte diese Art von Journalismus. In den nächsten Monaten war sie viel in Kleingartensparten, bei Feuerwehren, Eröffnungen von Autohäusern oder Baumärkten, zu hundertsten Geburtstagen und Sportfesten unterwegs. Sie lernte viele Menschen, Charaktere und Lebensläufe kennen. Sie mochte es, den Menschen zuzuhören und hatte das feine Gespür, um aus oft unscheinbaren Dingen interessante Reportagen und Berichte zu schreiben. Ehe sie es sich versah, verwandelte sich die Studentin in eine Vollblutjournalistin.

Es war die Geigenbauer-Geschichte, die rein zufällig auch Lothar Hundertmark vom Star am Sonntag auf den Tisch bekam. Ihm gefiel der Boulevardstil. Genau so eine junge Kollegin suchte er für die Redaktion der neuen Bundesländer in Berlin. Eine Woche später saß Tina in Hamburg und unterzeichnete ihren ersten Arbeitsvertrag als Chefreporterin, ohne jemals eine Journalistenschule besucht zu haben. Das war viel Vorschuss mit hohen Erwartungen, die man in sie setzte und Tina wusste, wenn sie diese nicht erfüllte, war ihre Chefreporterkarriere genauso schnell beendet, wie sie begonnen hatte.

„Tina, Christina, Christinaaa", rief eine laute Stimme.
Tina sah zur Tür.
Lotte stand dort, schmunzelnd, fast schon belustigt. „Sorry, wenn ich dich geweckt habe. In fünf Minuten ist Konferenz."

Rückblick:
Dienstag, 24. Oktober 1989
(16 Tage vor dem Mauerfall)

Waldtraut saß am Küchentisch und blätterte in der Volksstimme. Wenn man in diesen Tagen der Bezirksparteizeitung noch irgendetwas glauben konnte, dann das Wetter. Purer Sonnenschein und über 25 Grad Höchsttemperaturen waren zu erwarten. Es sprach alles für einen traumhaften Herbsttag.

Horst nahm seine Brotbüchse und gab Waldtraut einen liebevollen Kuss. Es war schön, die beiden Turteltauben so zu sehen. Trotz ihrer jeweils 51 Lenze und der über dreißigjährigen Ehe waren sie immer noch ein verliebtes Paar. Horst musste gleich zur Frühschicht ins Stahlwerk und seine Waldtraut war heute mit ihm zusammen aufgestanden, um ihrem Liebsten einen frischen Kaffee zu kochen und ihm das Frühstück zu machen.

Es war erst 5.20 Uhr, als sich Horst auf den Weg machte. Er fuhr mit dem Rad zu den Garagen. Dort stand ihr gutes Stück, ein roter Lada, den sie nach einer sechzehnjährigen Wartezeit im Frühjahr endlich kaufen hatten können. Gewöhnlich fuhr Horst mit dem Rad ins Kombinat, aber heute nahm er das Auto, weil sie sich am Nachmittag in ihrem kleinen Paradies, dem Garten in Deetz treffen wollten.

Waldtraut hatte ihren Haushaltstag und musste eigentlich nicht zur Arbeit im Konsum des Stahlwerkes. Aber sie quälte mal wieder ein schlechtes Gewissen. Ihre Brigadeleiterin, Genossin Paul, war diese Woche zur Parteischulung in Potsdam und Bärbel, ihre Kollegin, mit dem Mann und den Kindern nicht vom Balaton-Urlaub zurückgekehrt. Die Kollegen munkelten, dass sie über die ungarische Grenze in den Westen abgehauen waren.

Dienstag war Liefertag im Konsum und ihre beste Freundin Ingrid war ganz allein und hätte das Geschäft während des Entladens des LKW schließen müssen. Meistens ging das recht schnell, es gab aber Wochen, da kam so viel Ware, dass der Konsum trotz voller Besetzung mehrere Stunden wegen Warenannahme schließen musste. Aber diese Tage waren doch sehr selten. Waldtraut war eine vorbildliche DDR-Bürgerin und da sie Ingrid mit der ganzen Schlepperei nicht allein lassen wollte, nahm sie um halb acht den völlig überfüllten Bus und fuhr ins Stahlwerk.

Der Konsum stand mitten auf dem Werksgelände gleich neben dem Friseur und der Werksfleischerei. Die alte Baracke, in der die Geschäfte untergebracht waren, war inzwischen mächtig in die Jahre gekommen. Die Außenwände bestanden aus grauem Rauputz, der schon an einigen Stellen abbröckelte, und das Dach war unendlich oft mit Dachpappe geflickt worden.

Vor den großen leeren Schaufenstern des Konsums saßen ein paar Stahlwerker in schmutzigen Blaumännern auf einer alten Holzbank. Zu einer gemütlichen Zigarette gab es Bockwurst mit Toast und mit Eiersalat belegte Brötchen zum Frühstück. Die lange Schlange vor dem Konsum war schon von Weitem zu sehen und ein paar gut gelaunte Arbeiter kamen Waldtraut mit zwei Kästen Berliner Pilsner entgegen.

Ach herrje, die Ware schien schon da zu sein und der Verkauf bereits voll im Gange. Hoffentlich hatte Ingrid ihr ein paar Kästen Bier zurückgestellt. Berliner Pilsner war schon seit Monaten nicht mehr geliefert worden. Das passte wirklich gut, Horst konnte das Bier später mit dem Auto mitnehmen und beim Fleischer gegen gutes Grillfleisch fürs Wochenende eintauschen.

Im Konsum angekommen, half Waldtraut, die nicht enden wollende Schlange abzuarbeiten. Die Berliner-Pilsner-Lieferung hatte sich wie ein Lauffeuer im Kombinat herumgesprochen und das halbe Werk stand gierig vor dem Laden. Das war jedes Mal ein Gedrängel und Geschubse. Obwohl jeder Kunde nur einen Kasten Bier bekam, war bereits nach einer guten halben Stunde die letzte Flasche verkauft. Es reichte auch dieses Mal nicht für alle Kunden. Die Wut und der Zorn der Enttäuschten prasselte, so wie sonst auch, auf die armen Verkäuferinnen nieder.

„Ihr braucht euch gar nicht zu wundern, wenn hier alle in den Westen abhauen."

„Hauptsache für die Parteibonzen ist genug da!"

Mit solchen und schlimmeren Worten wurden die Frauen jedes Mal beschimpft. Seit der großen Demo in Berlin am 7. Oktober, dem Tag der Republik und den Montagsdemos in Leipzig, Dresden und Plauen, wurden die Menschen immer mutiger und nahmen kein Blatt mehr vor den Mund. Sie ließen sich nicht mehr „von denen da oben" einschüchtern. Aber was konnten die Verkäuferinnen dafür?

Nach dem das gute Berliner ausverkauft war, dauerte es nur ein paar Minuten, bis der Konsum wieder leer war. Waldtraut hängte ihre weiße Schürze an den

Haken und setzte sich mit Ingrid auf die Stufen vor dem Laden. Ingrid bot ihr eine DUETT an.

„Seit wann rauchst du so teure Zigaretten? Hast du im Lotto gewonnen?", fragte Waldtraut.

„Ne, die sind vom Bierfahrer." Kurze Pause. „Vom LKW gefallen!"

Beide lachten und rauchten genüsslich ihre Zigaretten. Waldtraut schaute auf die Uhr und sprang auf.

„Ich muss los. Mein Bus fährt in acht Minuten. Ruf mal bitte meinen Horschti an, der soll das Bier mitnehmen. Der hat die 376."

"Na klar, mache ich doch gerne. Fährst du zum Garten raus?"

„Ja, wir wollen das Wetter ausnutzen und das Laub noch vor dem ersten Frost wegharken. Wir sehen uns morgen."

Waldtraut ging schnellen Schrittes zur Haltestelle, die gleich hinter dem Werkstor lag. Der hellblaue Schlenki stand schon da. Sie stieg schnell ein und legte dem Fahrer 30 Pfennig für eine einfache Fahrt hin. Der Bus machte jedes Mal einen großen Umweg, weil er einmal den kompletten Ort Brandenburg abklapperte. Nach ungefähr 35 Minuten hielt er dann endlich in Deetz.

Hier draußen war nichts mehr vom dreckigen und verrußten Stahlwerk zu spüren. In den Havelauen zeigte sich der Bezirk Potsdam von seiner schönsten Seite. Die Luft war klar und roch nach frischem Herbstlaub. Hier, auf einer idyllischen kleinen Anhöhe, befand sich die wunderschön gelegene Kleingartenanlage „Zur Einheit". Von jedem Garten aus hatte man freien Blick auf den Fluss mit seinen wilden Ufern und den Inseln.

Das rostige Gittertor am Eingang war wie immer verschlossen. Waldtraut griff durch die Eisenstangen, schob den Riegel mit einem quietschenden Geräusch beiseite und öffnete das Tor.

Der Wind streichelte mit einem sanften Rauschen die Kronen der großen Eichen und die Birken ließen ihre letzten Blätter im Gegenlicht der Sonne auf den Boden fallen. Es war eine angenehme Stille in den Gärten. Nur das Schreien der Kraniche und Gänse, die sich zum Zug in den Süden auf den Havelwiesen sammelten, war von weither zu hören.

Wie Waldtraut so dastand und ihr kleines Glück genoss, schreckte sie plötzlich auf. Etwas griff nach ihrem Fuß. Mit einem leisen Aufschrei sprang sie beiseite und sah nach unten. Es war Streuner, der sich an ihr Bein schmiegte. Ein großer getigerter Kater, der regelmäßig aus dem Dorf herüberkam und hier in den Gärten ein wohlgelittener Gast war.

„Oh Mann, du dummer Kater."

Waldtraut bückte sich und kraulte den Streuner hinterm Ohr. Dann ging sie den langen Weg zwischen den Gärten hinunter in Richtung Fluss. Wegen der untypisch warmen Witterung war der Weg mit saftig grünem Gras bewachsen.

„Eigentlich müsste hier auch nochmal gemäht werden, damit es wieder vernünftig aussieht", dachte sie. „Das könnte Horst doch nachher gleich mitmachen."

Das letzte Grundstück, schon fast in Ufernähe, war ihr kleines Paradies. Es war ein 300qm großer Garten mit alten Obstbäumen und gepflegten Gemüsebeeten. Gleich am Eingang war ein geharktes Beet mit Erdbeeren und an den Zäunen entlang wuchsen Johannisbeersträucher. Im Zentrum des Gartens stand ihr ganzer Stolz. Ein kleines, massiv gemauertes Gartenhäuschen. Das hatte Horst vor 25 Jahren selbst gebaut. Baumaterial oder andere Mangelware waren für die beiden nie ein Thema gewesen. Waldtraut arbeitete im Handel und kam so immer an sogenannte Bückware, wie Bananen, Apfelsinen, Erdnussflips oder Negerküsse heran. Die waren in der DDR mehr wert als Geld, denn die konnte man in Zement, Bauholz, Autoersatzteile, Gardinen oder andere Dinge, die man dringend brauchte und die es nicht zu kaufen gab, eintauschen.

Die Wände des Gartenhäuschens hatte Horst weiß gestrichen und für die Fenster hatte er nach und nach in den Wintermonaten grüne Fensterläden aus Holz gebaut. Davor gab es eine große Terrasse mit Blick in Richtung Havel mit einem selbstgebauten Grill und einem Räucherofen an der Seite.

Und unten am Ufer mitten im Schilfgürtel war ein kleiner Holzsteg. Dort lag ihr Motorboot, ein roter Trainer mit einer 7,5-PS-Forelle als Außenborder. In den Sommermonaten saßen die beiden hier fast jedes Wochenende Arm in Arm und genossen den Sonnenuntergang. Horst mit einem guten Pils und Waldtraut mit einem Gläschen süßen Wein, am liebsten Liebfrauenmilch. Horst war nicht nur der geborene Handwerker, er war auch ein leidenschaftlicher und guter Angler. Die Havel war hier voller Fisch und ihr Horscht zog in den Sommermonaten regelmäßig Hechte, Zander, Karpfen oder Aale aus dem Fluss.

Wieso war die Gartentür offen?

Waldtraut war sich ganz sicher, sie am letzten Wochenende abgeschlossen zu haben. Ein ungutes Gefühl machte sich in ihr breit. Sie schaute auf ihre Armbanduhr. Wenn Horst noch zum Fleischer fuhr, war er frühestens in einer oder anderthalb Stunden hier.

Kein Laut war zu hören. Die Stille war auf einmal gespenstisch. Selbst die Kraniche und Gänse waren verstummt und nicht ein einziges Boot tuckerte heute auf der Havel entlang. Langsam ging sie Schritt für Schritt zum Gartenhäuschen.

Es wird doch wohl keiner eingebrochen haben? Waldtraut konnte ihren Herzschlag spüren. Ihre Schritte wurden immer langsamer. Sie griff in ihre Handtasche und suchte nach dem Schlüssel für die Gartenlaube. Mist, den hatte sie wohl zu Hause vergessen. Nach einer gefühlten Ewigkeit erreichte sie die Eingangstür ihrer Datsche. Sie drückte ganz langsam auf die Klinke. Für einen kurzen Augenblick fühlte es sich an, als ob die Tür nachgab. Aber sie ließ sich nicht öffnen. Also kein Einbruch. Erleichterung machte sich in ihr breit. Und in dem Moment, als die Spannung nachließ, kam auch die Erinnerung. Den Schlüssel hatten sie doch dem Purschke gegeben, der wollte das Wasser pünktlich vor dem ersten Frost in allen Gärten der Anlage abstellen. Dann musste der Trottel wohl das Gartentor offengelassen haben.

Waldtraut legte ihre Handtasche auf die Terrasse, hängte ihre Jacke an den Apfelbaum und ging rüber zum Geräteschuppen. Der war nie verschlossen. Warum auch? Hier war noch nie etwas gestohlen worden. Sie holte sich die Schubkarre und eine Harke heraus und begann unter den Bäumen das Laub zusammen zu harken. Sie liebte diese Arbeit, besonders an Tagen wie heute. Die Spinnweben im Gras waren mit Tau überzogen und glitzerten in der tiefstehenden Herbstsonne.

Als sie die dritte Karre mit Laub in Richtung Komposthaufen fuhr, kehrte plötzlich dieses unwohle Gefühl zurück. Sie blieb stehen und drehte sich um. Nichts, kein Mensch war zu sehen, nur der leise und auf einmal etwas frostige Wind, der vom Fluss herüber wehte, strich ihr über die Schultern. Da war niemand, außer dem Kater auf der Terrasse, der sich sein Fell sauber leckte. Hatte sich gerade die Gardine in der Datsche bewegt? Das Gartenhäuschen war doch abgeschlossen. War das nur Einbildung? Und wo blieb Horst, der hätte doch eigentlich schon hier sein müssen?

Waldtraut ging zur Terrasse und nahm sich eine Packung F6 aus ihrer Handtasche. In der Hoffnung, dass es sie beruhigen würde, zündete sie sich eine Zigarette an und dann sah sie es. Das konnte nicht sein. Sie hatte es doch überprüft. Die Tür war vorhin verschlossen gewesen, aber jetzt stand sie einen kleinen Spalt offen. Das Blut gefror ihr in den Adern und sie bekam kaum noch Luft. War doch eingebrochen worden, hatte sich etwa die Gardine doch bewegt? Oder hatte der Purschke auch vergessen, die Laube abzuschließen? Ihre Gedanken überschlugen sich und sie hielt instinktiv ihre Harke wie eine Lanze schützend vor die Brust. Aber anstatt wegzulaufen, stand sie auf und ging Schritt für Schritt auf die Eingangstür zu. Die Angst in ihrer Brust wuchs unaufhaltsam zu einem großen Kloß heran. Ganz leise rief sie: „Ist da jemand?"

Niemand antwortete ihr.

Sie rief etwas lauter. „Hallo, ist da jemand?"

Keine Antwort. Als sie die Tür fast erreicht hatte, blieb sie stehen und versuchte, durch den offenen Schlitz hinein zu schauen. Vielleicht war es ja doch nur Einbildung. Da war doch ein Schatten hinter der Tür, also keine Einbildung. Ihr Kopf spielte verrückt. Sie nahm die Harke und ohne sich der Tür weiter zu nähern, drückte sie damit gegen das Türblatt. Ganz langsam öffnete sie sich und Licht drang ins Innere. Ein Windspiel an der Fensterwand klimperte leicht vor sich hin. „Ist da jemand? Antworten Sie!"

Der Raum schien leer. Doch plötzlich kam aus der Küchenzeile ein riesiger Mann um die Ecke. Er blieb dicht vor ihr stehen und sagte kein einziges Wort.

„Wer, wer sind Sie?", kam es zitternd über Waldtrauts Lippen und als sie ihn genauer betrachtete, traute sie ihren Augen nicht. Er trug ihre Kleider. Die Augen einer Bestie fixierten sie von Kopf bis Fuß. Voller Panik machte Waldtraut ein paar Schritte nach hinten und kam dabei ins Straucheln, und noch bevor sie fragen konnte, wieso er ihre Sachen trug oder sie den Entschluss zum Weglaufen fassen konnte, sprang der riesige Kerl mit einem unerwartet schnellen Satz auf sie zu. Er riss ihr die Harke aus den Händen und schlug mit äußerster Brutalität auf sie ein. Wieder und immer wieder.

Der Kater fauchte und sprang über den Gartenzaum davon. Stille.

In den Akten der DDR-Kriminalpolizei konnte man sinngemäß lesen: Auf dem Heimweg von der Arbeit im Stahlwerk überfällt ein Unbekannter die 51-jährige Waldtraut Z. auf ihrem Gartengrundstück. Er erschlägt die Frau mit äußerster Brutalität, misshandelt sie, zerrt die teilweise entblößte, getötete Frau durch den Garten und vergeht sich an der Leiche. Es wurden keine Wertgegenstände, jedoch Kleidung und Unterwäsche aus dem Bungalow entwendet.

Es ist von einem Einzeltäter auszugehen. Ein Tatmotiv, ob es sich zum Beispiel um eine Beziehungstat handelt oder einen Wildfremden, der rein zufällig vorbeikam, konnte nicht ermittelt werden. Es wurde ein Stiefelabdruck in Übergröße gefunden. Es handelt sich um einen Militärstiefel, wie sie in der DDR in einer speziellen Einheit der Volkspolizei getragen werden. Da die Übergrößenträger beim Militär bekannt sind, wurde ein Ermittlungsersuchen an den zuständigen Militärstaatsanwalt eingeleitet. Der Täter konnte jedoch nicht aus der von der Staatsanwaltschaft gelieferten Namensliste ermittelt werden.

Wie sich später herausstellte, war diese Liste wahrscheinlich unvollständig. Das Delikt wurde als geheim eingestuft. Es erfolgte keine öffentliche Fahndung.

Der Ehemann der Geschädigten verkraftete das Geschehene nicht und beging kurze Zeit später Selbsttötung mit einem Pflanzenschutzmittel.

Mittwoch, 31. Juli 1991,
16:00 UHR

Aus dem großen Konferenzraum hörte Tina viele Stimmen. Die Redaktion schien inzwischen voll besetzt zu sein. Um nicht mit leeren Händen zur Redaktionskonferenz zu erscheinen, lief sie noch schnell in die Teeküche. Dort standen in einer Ecke der Nadeldrucker und das Faxgerät. Lautstark ratternd kam eine Pressemeldung nach der anderen aus dem Gerät. Das waren Einladungen zu Pressekonferenzen, Polizeimeldungen, Buchvorstellungen, Programmhinweise, Agenturmeldungen - einfach alles, was von redaktioneller Bedeutung war. Sie blätterte in Windeseile den frisch gedruckten Stapel durch und blieb bei einer Polizeimeldung von der Pressestelle des Polizeipräsidiums Potsdam, die vor zwei Minuten über den Ticker lief, hängen. Es war eine Einladung zur Pressekonferenz.

„Sehr geehrte Damen und Herren, im Zusammenhang mit einem Serientäter und dessen sechsfachen Mordes und mehrfachen Mordversuches wurde ein Tatverdächtiger ermittelt und festgenommen. Wir laden Sie am Freitag um 16.00 Uhr mit Vertretern des Ministeriums des Inneren des Landes Brandenburg, der Staatsanwaltschaft Potsdam und des Polizeipräsidium Potsdam zur Pressekonferenz ein. Mit freundlichen Grüßen der Polizeipräsident.

Marko und Conny – ebenfalls Redakteure – und Lars, der festangestellte Fotograf, saßen schon im Halbkreis. Während Marko in einer Berliner Tageszeitung blätterte, steckte sich Lars erst einmal eine Kippe an. So wie sie dasaßen, gaben sie schon ein skurriles Bild ab. Auf den ersten Blick hätte das auch die Gruppe der anonymen Alkoholiker sein können. Lotte kam forschen Schrittes in den Raum und durchbrach die gemütliche Stimmung.

„Moin, Leute."

Ein sehr unverständliches Gemurmel ertönte als Antwort. Ebi folgte Lotte wie ein Schatten. Sie holte ihren Block und einen Bleistift aus der Tasche und stenografierte alles, was er von sich gab.

„Machen wir es kurz. Wir haben die Woche eine große Anzeigenstrecke im Blatt", begann Lotte seine Ansprache.

„Deshalb haben wir nur eine Doppelseite und zwei Einzelseiten Platz für Geschichten. Ich habe das Gefühl, es wird eine ruhige Woche für uns."

Dann holte er seine Themenliste aus einer Mappe und ging in Gedanken die geplanten Storys durch und schaute zu Conny. „Was ist eigentlich aus den rumänischen Panzerknackern geworden?"

Conny holt ihren Block hervor und blättert sehr wichtig darin herum.

„Ossi und ich waren letzte Woche in Frankfurt/Oder beim Chef der SOKO Panzerschrank." Dann blätterte sie wieder ein paar Seiten in ihrem Block.

„Der heißt, äh Radke, Kriminalhauptkommissar Radke."

„Conny, würdest du bitte auf den Punkt kommen, wir haben heute alle noch etwas anders vor", drängelte Lotte ungeduldig.

Connys Gesicht nahm eine leicht rosa Färbung an. Dann fuhr sie, ohne hochzuschauen, fort.

„Es handelt sich dabei um eine osteuropäische Bande, vermutlich Rumänen. Die Kripo hat einen gestohlenen Lieferwagen sichergestellt. Mit diesem sind sie in Frankfurt in einen Baumarkt und in Straußberg durch die Schaufensterscheiben in einen Supermarkt gefahren, haben jeweils die Geldautomaten angekettet und mit dem Lieferwagen herausgerissen, aufgeladen und mitgenommen. Er hatte uns dann noch Schwarz-Weiß-Ausdrucke aus einer Überwachungskamera mitgegeben. Darauf sind vier Täter zu sehen."

„Das klingt ja gut. Reicht das für eine Doppelseite?", fragte der Chef nach.

„Ich denke 150 Zeilen bekomme ich locker zusammen und Ossi hat viele Fotos gemacht. Natürlich von Radke und den sichergestellten Transporter sowie Repros von einigen Polizeifotos von den Tatorten und den Tätern. Auf dem Rückweg haben wir den Baumarkt und den Supermarkt noch abgelichtet sowie eine Postfiliale in Strausberg, aus der auch ein Tresor gestohlen wurde. Anhand von sichergestellten Fingerabdrücken kann dieser Überfall auch den Rumänen zugeordnet werden."

„Sehr gute Arbeit. Mach mir mal bitte den Text bis morgen fertig. Die Fotos?", fragte Lotte nach.

„Die sind in der Hamburger Fotoredaktion", antwortete Conny.

„Dann haben wir die Doppelseite schon mal im Kasten."

Dann ging er wieder seine Liste durch, machte einen Haken mit seinem Kugelschreiber und schaute Marko an. „Wie lief es bei der Tech-Team GmbH? Kannst du da aktuell eine Seite schreiben?"

Marko schoss wie aus der Pistole los. „Ich hatte mit der Treuhand und dem Geschäftsführer der Firma gesprochen. Es ist wirklich der erste VEB, Volkseigene Betrieb, in dem die Mitarbeiter Gesellschafter wurden und die Firma in eine

GmbH umgewandelt haben. Die sind absolut an Presse interessiert und wie es aussieht ziemlich erfolgreich bei dem, was sie tun. Ich habe für morgen einen Termin gemacht. Ich hatte geplant, morgen früh mit Lars hinzufahren. Frau Winter, die Pressesprecherin, hat uns zu einem Betriebsrundgang eingeladen"

Lotte schmunzelte. „Perfekt, das läuft ja wieder wie am Schnürchen. „Und Marko, wenn du noch ein schönes Promithema hast, sind wir für diese Woche durch und können die Beine auf den Tisch legen." Lotte lachte herzhaft über seinen eigenen Witz.

„Kein Problem, dafür brauche ich eine Stunde", antwortet Marko.

Lotte drehte sich zu Tina um. „Apropos - die Story mit Stasi-Günter und den Flughafengrundstücken ist echt Hammer geworden. Ich habe noch ein paar Grundbucheinträge angefordert und die Rechtsabteilung wollte auch noch einmal drüber schauen. Ich denke, da machen wir nächste Woche einen schönen Titel und eine Doppelseite draus." Tina konnte sich ein Grinsen nicht verkneifen. Er kramte in seiner Mappe und gab Tina ein paar Unterlagen. „Ich habe von einem guten Informanten aus der Treuhand erfahren, dass der TV-Moderator Armin Denzel die kleine Honecker-Jagdhütte gekauft hat."

„Die kleine?", unterbrach ihn Lars. „Ich hatte doch vor kurzen eine Reportage über die Jagdhütte in der Schorf-Heide gemacht. Die wird doch gerade zu einem ziemlich großen Hotel ausgebaut."

„Das dachte ich auch", fuhr Lotte fort. „Der Erich hatte da wohl noch ein kleines geheimes Amüsement, tief im Brandenburger Wald für ganz besonders treue, oder besser gesagt, untreue Parteigenossinnen." Und er musste auch dieses Mal als einziger über seinen Witz lachen.

„Tina, häng dich da doch mal ran. Ich hätte da gerne eine schöne exklusive Foto-Homestory. Mmmmm, am besten auch nächste Woche, okay!"

„Äh, ja klar.", antwortete Tina und schaute ein bisschen verzagt in die Runde. Das hatte sie kommen sehen. Früher oder später musste es passieren: ein Ost-Promi, dessen Namen sie noch nie gehört hatte.

Ebi schaute auf und lächelt ihr zu. „Tina, da werdet ihr viel Spaß haben. Armin ist ein sehr beliebter und witziger DDR-Moderator, Mitte 40, lange Locken. Das war einer der wenigen, die auch Späße gegen die Regierung machen konnte. Der hat momentan eine eigene kleine Show im MDR. Ich kann dir gerne seine Kontaktdaten geben."

Erleichterung machte sich in Tinas Bauch breit.

„Lars, du könntest doch mit Tina fahren und Fotos von der Honecker Hütte machen", merkte Lotte an.

„Ne, nächste Woche ist wieder *Wetten Dass*."

„Ist schon wieder ein Monat um? Und wo ist es diesmal?"

„Ich muss spätestens Donnerstag nach Kiel. Es ist noch nicht bestätigt, aber es gibt das Gerücht, dass Tina Turner auftritt. Wir versuchen einen Interviewtermin zu bekommen oder falls sie zur Probe am Freitag kommt, mit Gottschalk zusammen auf der Show-Treppe."

„Die Amis kommen doch niemals zur Probe", wirft Marko ein. „Versucht lieber, Gottschalk zu überreden, dass er zur Probe sein verrücktes Show-Outfit für Samstag schon mal anzieht und dann zusammen mit der Kinderwette auf ein Bild und schon haben wir ein Foto für den Titel am Sonntag."

„Da wäre ich nie draufgekommen", antwortet Lars sarkastisch.

„Was singt denn Oma Turner gerade so?", fragte der Redaktionsleiter.

„Bestimmt *Look me in the Heart*", warf Conny ein.

"Na besser als offene Beine." Keiner verstand diesen Witz, aber der Chef konnte es nicht lassen und merkte noch an: „Dann soll Ossi die Honecker Hütte fotografieren. Ich glaube, das ist eh genau sein Ding." Er schaute dann noch einmal in die Runde. „Von mir aus war es das. Lassen wir die Woche mal ruhig ausklingen. Oder habt ihr noch was auf dem Herzen?"

Marko und Lars standen bereits, als Tina das Wort ergriff. „Ich habe hier noch eine Pressemeldung. Die Potsdamer Polizei hat einen Serienmörder festgenommen. Das könnte vielleicht der ..."

Bevor Tina weiterreden konnte, riss Conny ihr den Ausdruck aus der Hand, schaute darauf und rief in die Runde. „Der Rosa Riese! Wann wolltest du uns das mitteilen?"

„Hallo Conny, rate Mal, was ich hier gerade tue." Tina war ein bisschen genervt.

„Gib mal her." Lotte nahm den Ausdruck, las die Meldung und sein Kopf verfärbt sich rot. Sein Kopf fing immer an zu leuchten, wenn er Stress hatte. „Ihr wartet hier, ich bin gleich wieder da." Und er verschwand in seinem Büro.

„Ich hole mir einen Kaffee", maulte Lars. „Das Wochenende ist jetzt eh im Arsch. Will noch jemand einen?"

In diesem Augenblick kam Ossi in den Raum gestürmt, klopft Lars auf die Schulter und warf einen Stapel Kontaktabzüge und Fotos auf den Tisch

„Alter, ich nehme auch einen." Dann rief er in die Runde: „Leute habt ihr schon gehört, die Kripo hat die Bestie von Beelitz verhaftet."

„Da kommst du etwas spät, das wissen wir seit zwei Minuten", antwortete Conny mit einem bösen Blick zu Tina. „Weißt du auch, dass unser Lieblingsmagazin *Neue Bundesländer* bei der Verhaftung live dabei war und alles im Foto hat? Ich habe Tom, deren Fotografen, gerade im Labor getroffen. Die hatten einen Deal mit der Kripo und er war überall dabei."

„Wen interessiert die *Neue Bundesländer*? Die kommen erst nächsten Mittwoch auf den Markt und auch nur im Osten. Ich dachte, du bist son Profi." Conny grinste Ossi an.

„Hört auf zu streiten", schritt Tina ein und merkte sofort, dass das ein Fehler war.

„Eh, wir reden immer so. Das ist wie bei einem alten Ehepaar. Eigentlich lieben wir uns. Stimmt's Conny?"
Beide grinsten.

In diesem Moment schien Ossi aufzufallen, dass ihn die neue Kollegin angesprochen hatte. „Wir kennen uns noch gar nicht. Hi, ich bin Ossi und du?"
Tina zögerte einen Augenblick und antwortete dann: „Wessi."

Alle lachten los.

Ossi ging zu Tina und legte seine Hand kumpelhaft auf ihre Schulter. „Der war echt gut. Ich heiße Oswald, aber alle nennen mich schon immer Ossi."

Jetzt musste auch Tina lachen. „Und ich bin Christina, aber Tina ist mir lieber."

Die Tür flog auf und Lotte kam, immer noch mit rotem Kopf, zurück zur Konferenz. „Ach, hallo Ossi, du kommst genau richtig. Setzt dich mal hin." Dann drehte er sich zu den anderen um.

„Ich habe mit den Chefs telefoniert. Der Rosa Riese hat absolute Priorität. Alle anderen Geschichten werden geschoben. Wir machen Sonntag mit dem Rosa Riesen auf! Das heißt, Titel und 2-3 Seiten. Ich möchte das komplette Programm: Fotos, Lebenslauf, Verwandte, Freunde usw." Ohne groß Luft zu holen, setzte er seine Anweisungen fort: „Wir gehen mit drei Teams raus. Conny und Lars, ihr besorgt ein Foto von der Bestie. Ossi, hast du bis Samstag Zeit?"

„Ja klar, ich bin dabei."

„Okay, dann bist du hiermit gebucht und fährst mit Tina raus. Ihr kümmert euch um die Kripo. Bringt alles in Erfahrung, wie und warum der denen ins Netz gegangen ist. Bis jetzt waren die Jungs von der Kripo bei der Jagd nach dem Beelitz-Mörder ja nicht so erfolgreich."

Tina sah Lotte an, dass er beinahe schon wieder über seinen eigenen Witz gelacht hätte.

„Marko, buch dir bitte einen freien Fotografen und schau, ob ihr irgendwelche Verwandten auftun könnt, bei denen wir Lebenslauf und Fotos abgreifen können. Das Thema hat absolute Chefpriorität. Ich möchte alle zwei Stunden einen aktuellen Zwischenstand. Das ist die Story des Jahres. Wenn wir das nicht hinbekommen, brennt hier richtig die Luft."

„Lotte, ich weiß nicht, ob du das schon mitbekommen hast. Die *Neue Bundesländer* war bei der Festnahme in der Untersuchungshaft Potsdam mit Fotograf und Redakteur dabei", warf Ossi ein und erzählte aufgeregt weiter: „Tom hat sich ein klein wenig verquatscht. Er sprach von drei Schülern, mit denen er angeblich einen Exklusivvertrag gemacht hat.

Die haben irgendetwas mit der Festnahme des Rosa Riesen zu tun."

Lotte überlegt kurz. „Da sollten wir uns unbedingt dranhängen."

„Ansonsten hat er sich natürlich ziemlich bedeckt gehalten und keine weiteren Fakten Preis gegeben", fügte Ossi noch hinzu.

„Marko, ruf am besten gleich bei der Kripo Potsdam an und tu so, als ob wir bereits wüssten, dass die Jugendlichen den Beelitz-Mörder entdeckt haben. Mal sehen, wie die reagieren. Wenn ja, dann macht ihr die drei ausfindig. Das könnte unsere Geschichte werden. Das sind die Helden, die die Bestie von Beelitz zur Strecke brachten, oder so ähnlich."

Marko nickte.

„Also Leute, gebt Vollgas. Das wird eine echt harte Nummer. Geht davon aus, dass jede journalistische Redaktion dieses Landes auf der Jagd nach den Rosa Riesen sein wird. Was sitzt ihr hier noch rum? Die Jagd hat begonnen! Um 20:00 Uhr möchte ich einen ersten Zwischenstand", sprach Lotte und verschwand in sein Büro. Die anderen taten es ihm gleich.

Tina und Ossi blieben sitzen.

„Oswald, ich meine Ossi, wir fahren jetzt nicht ins Blaue los. Das wäre reiner Aktionismus. Ich telefoniere am besten auch erst mal mit der Kripo und mache ein paar Recherchen. Wir werden höchstwahrscheinlich erst morgen früh rausfahren. Das müssen wir in der Redaktion ja nicht so herumposaunen."

„Null Problemo, falls du meine Hilfe brauchst, sag mir einfach Bescheid. Ich besorge in der Zeit einen Mietwagen."

„Hast du kein Auto?", fragte Tina. „Dann bist du der erste Fotograf, den ich kenne, der kein eigenes Auto hat."

„Nee, im Moment nicht. Das ist in Berlin auch kein Thema."

„Den Mietwagen brauchst du nicht besorgen. Wir nehmen mein Auto. Dann sind wir auch etwas schneller." Tina zwinkerte Ossi zu.

Ossi schaute sich um und sagte dann leise zu Tina: „Du, ich hatte eigentlich heute Abend noch ein kleines Fotoshooting geplant. Ich wohne ganz in der Nähe. Falls du mich brauchen solltest, bin ich natürlich sofort wieder hier. Ruf mich einfach auf meinem Handy an. Ich bin auf Stand-by. Ansonsten wäre es echt cool, wenn du mich morgen früh abholst und mich am besten eine halbe Stunde vorher anrufst. Und lass es bitte lange klingeln, damit ich wach werde."

Rückblick:
Donnerstag, 24.Mai 1990

Das Sturmtief Katharina beendete abrupt den aufkommenden Frühsommer und blies mit voller Stärke über den Schwielowsee. Der Wind war so stark, dass die Schaumkämme der hohen Wellen das Schilf am Ufer wie mit Schneeflocken bedeckten. Für diese Jahreszeit war solch ein Sturm absolut außergewöhnlich. Jens und Dani war das egal, ganz im Gegenteil, sie waren in ihrem Element. Mit ihren Surfbrettern glitten sie glücklich bei sechs Windstärken über die hohen Wellen des Sees.

Sie waren bereits bei Sonnenaufgang in ihren VW-Bus, einen ausgebauten T3, gestiegen und zum See gefahren. Es war ein gelber Surfer-Bus, den sie im letzten Winter liebevoll zu einem Wohnmobil umgebaut hatten. Von der Lackierung war nicht mehr allzu viel zu sehen, da sie überall mit blauen Hawaii-Hibiskus-Blüten übermalt worden war. Auf dem Dach lagen unzählige Surfbretter, für wenig und für viel Wind, für kleine und für hohe Wellen sowie eine Menge Masten, Gabeln und Segel.

Die für Windsurfer sinnlosen Tage – die ohne Wind – musste man anders totschlagen. Deshalb hatte Jens an der Heckklappe einen Fahrradträger montiert, auf dem zwei Mountainbikes standen. Denn was gab es besseres, als mit den Rädern durchs Gelände zu jagen, wenn der See spiegelglatt ruhte?

Von Potsdam waren es nur 20 Minuten Fahrt bis zur Ostseite des Schwielowsees. Gleich hinter dem verträumten Örtchen Caputh befand sich die

Flottstelle, von der aus ein kleiner Weg direkt bis runter ans Wasser führte.

Für die Brandenburger Surfer war dieser Spot längst kein Geheimtipp mehr. Früher war hier ein kleiner Badestrand. Aber da dieser schon lange nicht mehr gepflegt wurde, hatten sich erst die Erlen und dann das Schilf das Ufer nach und nach zurückerobert. Es war jedes Mal eine ganz schöne Plackerei, auf das Wasser zu gelangen. Man musste nicht nur die Surfbretter durch den Schilfgürtel schleppen, sondern diese auch durch den ekligen und tiefen Modder am Ufer tragen.

Dani meinte spaßhaft: „Hier könnte man bestimmt eine Leiche für immer und ewig verschwinden lassen."

So schnell, wie der Sturm gekommen war, schlief er gegen Mittag wieder ein. Jens, der für gewöhnlich den Wetterbericht akribisch studierte, hatte das vorausgesagt. Gegen 10.00 Uhr war der Himmel bereits wieder aufgerissen, ließ die Sonne durch und die Temperaturen stiegen langsam an. Die weißen Schaumkämme der Wellen lösten sich auf, genauso wie das Rauschen der Erlen am Ufer. Das waren definitiv keine guten Zeichen für windhungrige Surf-Junkies.

Die beiden standen aus Windmangel in ihren Neoprenanzügen am Ufer und vor ihnen lagen die Surfbretter im hohen Gras.

Dani nutzte die Surfpause und warf den kleinen Gas-Campingkocher an, holte zwei Tassen aus dem Bus und kochte leckeren Früchtetee.

„Das kann doch nicht alles gewesen sein." So richtig konnte sich Jens mit der aufkommenden Flaute nicht

arrangieren. „Vielleicht zieht das Tief ja zur Ostseeküste hoch. Lass uns den Kram einpacken, in drei Stunden sind wir in Wustrow."

Es sah sehr komisch aus, wie er den Weltempfänger hoch in die Luft hielt, um irgendwie Empfang zu bekommen. „Ich versuche mal, über Mittelwelle den NDR rein zu bekommen. Die müssten eigentlich zur vollen Stunde den Seewetterbericht für Nord- und Ostsee bringen."

Dani dachte kurz nach. „Lass uns doch lieber morgen in Ruhe auf den Darß fahren. Dann treffen wir uns doch eh übers Wochenende mit der Clique. "

„Aber der Wind ist heute", maulte Jens.

„Ganz ehrlich, ich müsste eigentlich noch was für die Uni machen. Lass uns noch eine Runde biken und dann fahren wir erst mal heim."

Jens war viel zu hungrig auf Wind, um jetzt Rad zu fahren. Er würde sich Beulen ärgern, wenn der Sturm wieder auffrischte und er im Wald mit seinem Bike unterwegs wäre.

Eine halbe Stunde später hatte Dani ihre Radklamotten an, klickte die Schuhe ins Pedal und fuhr alleine los. Jens konnte sich nicht so richtig von seinem Neo trennen. Vielleicht kamen ja noch ein, zwei Böen und wenn es heute schon nicht mehr an die Ostseeküste ging, so wollte er wenigstens die auf keinen Fall verpassen.

Dani fuhr hoch zur Uferstraße. Sie überlegte kurz, ob sie rechts in Richtung Ferch abbiegen sollte, um vielleicht eine Runde um den Schwielowsee zu fahren. Dann konnte sie auf dem Rückweg in Caputh die Fähre nehmen oder über die Eisenbahnbrücke zurückkommen. Aber dann dachte sie: „Auf der Ostseite des Sees sind zu wenig Bäume. Dort wird der Wind von vorn ganz schön den Spaß am Radfahren verderben." So entschied sie sich, geradeaus auf einer alten mittelalterlichen Feldsteinstraße in den Forst hinein zu fahren. Sie kannte den Wald mit seinen verzweigten Wegen so gut wie ihre Westentasche. Unzählige Ausfahrten mit dem Rad hatten die beiden hier schon unternommen.

Dani trat mit voller Kraft in die Pedale und wählte kurz entschlossen den Pfad in Richtung Lienewitzsee. Das war ein kleiner Waldsee, eigentlich waren es zwei kleine Seen, umgeben von dichtem Wald mit altem Baumbestand, die eng aneinander lagen. Menschen traf man hier so gut wie nie. Die nächsten Ortschaften waren ein paar Kilometer quer durch den Forst entfernt und wenn nicht gerade ein paar Angler am Ufer saßen oder Jugendliche zum Baden hier waren, hatte man die Natur für sich alleine.

Obwohl die breiten Reifen des Mountainbikes mit einer Leichtigkeit über den Zuckersand rollten, musste Dani sich ganz schön anstrengen. Die Sonne stand hoch und die Temperaturen folgten ihrem Beispiel. Der Schweiß lief Dani bereits den Rücken herunter. Hier war nichts zu spüren von der sonst so platten Mark Brandenburg. Ganz im Gegenteil, die letzte Eiszeit hatte bei ihrem Rückzug ein bergiges Terrain mit Urstromtälern und Sandern hinterlassen.

Die Baumkronen der Kiefern und der Jahrhunderte alte Eichen rauschten im Takt der letzten Windböen. Sie standen so dicht, dass sie fast kein Tageslicht zum Boden durchließen.

Noch ein paar hundert Meter über einen letzten Sandhügel, dann lichtete sich der Wald schlagartig und man bekam einen wunderschönen Blick auf den See. Die Fahrradkette sprang mit einem leichten Knacken auf das große Kettenblatt. Das Mountainbike beschleunigte in Richtung Uferweg. Der Schweiß von der sportlichen Fahrt brannte ihr in den Augen und sie sah alles etwas verschwommen. Mit einem flüchtigen Blick übers Wasser konnte Dani auf der anderen Uferseite, die nur 300m entfernt war, einen Jogger sehen, der genau in ihre Richtung unterwegs war. Er war ein ziemlich großer Typ, der einen grauen US-Militär-Jogginganzug trug, die Kapuze tief über den Kopf gezogen. Das Ganze wirkte wie eine Szene aus einem Rocky-Film.

Hier draußen einen Jogger zu treffen, war schon sehr ungewöhnlich. Wenn ihre Mutter wüsste, dass sie alleine durch den Wald fuhr, sie würde ihr trotz ihrer 23 Jahre für so viel Leichtsinn die Ohren langziehen.

Sie kamen sich immer näher. Es gab nur diesen einen Weg um den See. Der Läufer sah bei genauerem Hinsehen gar nicht aus wie ein typischer Jogger. Er war viel zu groß und muskulös, hatte ein breites Kreuz und unter seiner Kapuze ein Handtuch um den tätowierten Hals gebunden. An den Händen, das konnte man auf die Schnelle nicht richtig erkennen, hatte er Gewichtheber-Handschuhe oder gewickelte Bandagen. Das war so ein Typ, bei dem man innerhalb einer Sekunde wusste, dass man eigentlich die andere Straßenseite benutzen sollte, um keinen Ärger zu bekommen. Das Dumme war nur, es gab keine andere Straßenseite und sie kamen sich rasant näher.

Bald trafen sich ihre Blicke. Der Fremde zwinkerte nicht ein einziges Mal, fixierte Dani und machte nicht die geringsten Anstalten, den Weg freizugeben. Ganz im Gegenteil, er beschleunigte sein Tempo und rannte direkt auf sie zu. Dani machte eine Vollbremsung. Zum Umkehren war es jetzt zu spät. Mist, nirgends gab es eine Ausweichmöglichkeit. Links lag der See, in allerletzter Sekunde riss Dani den Lenker nach rechts und stürzte kopfüber in einen Knallerbsenbusch. Die grünen Zweige schlugen ihr ins Gesicht, die Augen brannten, sie konnte nichts sehen. Mit einem dumpfen Schlag knallte sie auf den Boden. Panik erfasste sie, ihre Lippe blutete und die Schulter schmerzte. Mit den Füßen hing sie in den Klickpedalen fest. Aufstehen oder weglaufen war so nicht möglich. Sie wischte sich panisch den Dreck aus dem Gesicht und suchte verzweifelt den Jogger. Wo war er? Dann sah sie ihn. Er war einfach weitergelaufen, drehte sich frech grinsend um und hob den Mittelfinger zum Gruß.

Im ersten Impuls wollte sie diesem Arschloch etwas hinterherrufen, aber sie biss sich doch auf die blutende Lippe und schluckte den Ärger hinunter.

Das Rad hatte Gott sei Dank nichts abbekommen und der neue Alurahmen hatte nur ein paar kleine Kratzer. Dani saß noch eine ganze Weile am See. Sie musste erst mal runterkommen. Die Schulter schmerzte nach einer Weile nicht mehr so stark und so beschloss sie, geradewegs Richtung Ferch zu fahren und danach die Abkürzung über die Mülldeponie zu nehmen, um zu Jens an den See zurückzufahren.

Nach ein paar Kilometern durch den Wald kam die Freude am Radfahren zurück und sie dachte sich: Ich *lasse mir doch von solch dämlichem Idioten nicht den Tag verderben.*

Sie raste einen hohen Berg hinauf und dann einen langen Berg hinunter. Vor ihr lag die Mülldeponie. Diese war ein Relikt aus alten DDR-Zeiten. Bis vor einem Jahr war hier noch achtlos jeglicher Müll in den Wald gefahren worden. Am Jahresanfang hatte der neue Bürgermeister, als eine seiner ersten Amtshandlungen die Deponie geschlossen und versuchte seitdem, Gelder für die Sanierung des Waldgebietes aufzutreiben.

Die Luft stank hier widerlich nach Abfall, Dreck und Rauch. Dani musste sehr vorsichtig über die Deponie radeln, damit sie sich keine Scherben oder Nägel einfuhr. Jetzt noch an den alten Bauwagen vorbei und dann nur noch knapp zweihundert Metern, bis zum Ausgang am verrosteten Maschendrahttor.

In den klapprigen Bauwagen hausten hin und wieder Aussteiger, Künstler oder Obdachlose. Das waren Menschen, die andere mieden, mit denen keiner was zu tun haben wollte oder die einfach nur einen Unterschlupf suchten. Die Bewohner wechselten ständig, denn es war immer nur eine Frage der Zeit, bis die Polizei auftauchte und den Platz räumte.

Aus einem Schornstein dieser Wagen stieg dunkler Rauch empor und ein alter, zottiger Rottweiler, der davor angekettet war, bellte sich die Seele aus dem Leib. Hunde machten Dani Angst. Es half aber alles nichts, sie musste an dem Kläffer vorbei, um durch das offene Tor hinausfahren zu können. Sie nahm all ihren Mut zusammen, konnte sich aber kaum überwinden weiterzufahren. Die Eisenkette am Hals des Hundes war Gott sei Dank sehr kurz, aber was war, wenn er sich losreißen würde? Der Weg war inzwischen so schlecht geworden, dass Dani ihr Rad lieber schob. Vielleicht war es ihr auch angenehmer, das Rad zwischen sich und dem Rottweiler zu wissen. Im Vorbeigehen konnte sie einen kleinen Blick ins Innere des Bauwagens erhaschen. Die Eingangstür stand leicht offen. Da drinnen war es genauso wie hier draußen, vermüllt und dreckig.

Wie konnte man nur so leben?

Je mehr sie ihren Gedanken auseinanderpflückte, desto mehr kam Dani zu der Erkenntnis, dass sie es eigentlich nicht genauer wissen wollte und schon gar nicht wollte sie hier irgendjemanden treffen.

Los, einfach wieder rauf aufs Rad und schleunigst weg von hier. Aber es war wie bei einem Verkehrsunfall. Es ist unangenehm und es macht Angst, aber man muss immer wieder hinsehen. Und schon waren ihre Augen wieder auf den Bauwagen gerichtet. Dani blieb stehen. Ihr Blick fiel auf einen offenen Schrank, aus dem achtlos die Wäsche herausgerissen war. Überall lagen Flaschen und Klamotten herum. Ein lebloser Arm kam zum Vorschein. Oh Scheiße, was war das denn? Sie ging ganz langsam ein paar Schritte auf den Bauwagen zu. Der Hund bellte mit einer lautstarken Aggressivität und zerrte mit aller Kraft an der Kette.

„Ganz ruhig, Kleiner."

Das putschte den Köter eher noch auf, als ihn zu beruhigen. Er kläffte so wild, dass Speichel durch die Luft flog. Dani stellte sich auf die Zehenspitzen, um mehr sehen zu können. Ihr Herz überschlug sich jetzt vor Angst. Dann kam ein Bild des Grauens zum Vorschein. Auf dem Bett lag eine bewegungslose, *entkleidete Frau. Ihre aufgerissenen Augen starrten ins Leere, das Haar war zerzaust und ihre Arme hingen leblos am Bett hinunter.*

Bei genauerem Betrachten gab es ein perverses System in der Unordnung. Auf dem weißen Laken war fein säuberlich um die Tote herum rosa Frauenunterwäsche drapiert worden. Unzählige Fliegen umkreisten das Ensemble.

Das war mehr, als sie ertragen konnte. Panik ergriff Dani und sie überlegte keine Sekunde. Sie sprang aufs Rad und ohne sich noch einmal umzudrehen, stürzte sie davon. Mit Vollgas radelte sie durch den Kiefernwald, getrieben von Angst. Ihr Puls war am Anschlag, hinein ins Dorf, mit Vollgas quer über die menschenleeren Straßen. Vor dem Dorfkrug sprang sie im vollen Tempo vom Rad, riss die Tür zur Schenke auf, rannte hinein und brach weinend zusammen. Gäste sprangen erschrocken auf. Mit bebender Stimme flüsterte sie: „Polizei, ruft die Polizei!"

Dann musste sie sich übergeben.

In den Akten der DDR-Volkspolizei für schwere Straftaten stand sinngemäß:

Sabine D. (55) überrascht ihren Mörder, der vermutlich auf der Mülldeponie beim Suchen von gebrauchter Damenwäsche gestört wurde. Der Täter erdrosselt Sabine D. mit einem Stromkabel und vergeht sich anschließend an der Leiche.

Es konnten Spermaspuren sichergestellt werden. Da es keinen Tatverdächtigen oder eine DNA-Datenbank gibt, sind diese momentan wertlos. Slips, Unterröcke und BHs lagen überall herum.

Ein Zusammenhang mit dem Mordfall in Deetz wurde nicht hergestellt, da es bei der Spurenlage keine Übereinstimmungen gab. Es wurden keine Wertgegenstände entwendet.

Der Beelitz-Mörder gesteht später: „Ich packte mir ein altes Kabel, erdrosselte die Frau. Ich zog sie erst aus und mir dann ihre Unterwäsche an und dann verging ich mich an der Toten."

Donnerstag der 01.August 1991
8:30 Uhr

In der Ferne klingelte ein Telefon, ganz leise. Mit jedem neuen Anschwellen des Klingeltons wurde es in Ossis Kopf ein wenig lauter, bis es sich zu unerträglichem Lärm steigerte. Aus den vielen Kissen und Decken streckte er eine Hand hinaus und tastete über den Boden. Sein Gehirn schien bei dem Klingellärm vor Schmerzen zu platzen. Endlich fand er das Handy, klappte die Antenne des Alcatel SEM340 auseinander, drückte auf die rote Taste und flüsterte: „Ossi."
Eine gnadenlos laute, verrauschte Stimme antwortete: „Los, mach dich fertig. Ich bin in 30 Minuten bei dir."
Ossi fehlte die Orientierung. „Wer ist denn da?"
„Guten Morgen, du Nase, wir gehen auf Mörderjagd. Ab unter die Dusche. Ich fahre jetzt los."
Mit einem Schlag waren alle Erinnerungen zurück. Er sprang auf, was er sofort bereute. Sein Schädel schmerzte unerträglich.
Ossi lehnte sich an die mit Raufaser tapezierte Wand. Sein Blick wandert durchs Schlafzimmer. Hier herrschte totales Chaos. Überall waren Klamotten auf dem Boden, zwischen vollen Aschbechern und umgefallenen Rotweinflaschen lagen seine Kamera und ein paar Polaroid-Fotos. Er beugte sich langsam vor und nahm sich die Polaroids. Mit einem Lächeln blätterte er sie durch. Es waren Aktfotos von einem hübschen Model. Sein Blick schweifte nach rechts und er zupfte vorsichtig die Bettdecke zurück. Ein dunkelhaariges Mädchen lag schlafend und nackt, wie Gott sie geschaffen hatte, neben ihm. Es war die Schöne auf den Fotos.

Zwanzig Minuten später saß Ossi geduscht in seiner Küche, trank einen frisch gebrühten türkischen Kaffee und zündete sich eine Karo an.

Es klingelte. Das musste Tina sein.

Es folgte ein Bummern an der Tür und schmerzhaft hallte jeder Schlag in seinem Schädel wider. Er öffnete die Tür einen Spalt und sofort kam Tina sprühend vor guter Laune regelrecht in die Wohnung gestürzt. Soviel Energie konnte er jetzt gar nicht gebrauchen.

„Na, das nenne ich eine geile Wohnung", sprudelte es aus ihr heraus. „Ich wohne in Kreuzberg in einem möblierten Zimmer in einem dunklen Hinterhof. Aber wenn ich das hier sehe, werde ich wohl auch bald in den Prenzlauer Berg ziehen." Für einen Augenblick war sie still. „Wie kannst du dir das leisten, das sind locker 150 qm? Darf ich?" Sie machte einen Bogen um Ossi und ging in sein Atelier, einen ca. 60 qm großen Raum. Das war das Berliner Zimmer, das Wohnzimmer der Berliner herrschaftlichen Altbauwohnungen.

Ossi hatte diesen Raum zu einem Fotostudio umgebaut. An den Wänden hingen 3 m breite Hintergründe in allen Farben, daneben war ein Schminkplatz für eine Visagistin und überall standen Studioblitze und Lampen herum. So oder ähnlich wie Tina reagierten alle, die das erste Mal zu Ossi kamen.

„Das sind 220 qm und das kann ich mir leisten, weil ich einen DDR-Mietvertrag habe und nur 322 DM Miete zahle. Haben wir noch Zeit, möchtest du einen Kaffee?"

„Also bist du doch aus dem Osten? Ich dachte, in der DDR war Wohnraum knapp und man kam nur schwer an eine Wohnung."

„Das war auch so. Ich habe die Wohnung im Herbst 1989 sozusagen besetzt. Die Vorbesitzer sind über Ungarn oder Tschechien in den Westen abgehauen. Ich habe eines Nachts die Tür aufgebrochen, ein neues Schloss eingebaut und das komplette Inventar übernommen."

„Da hat dich keiner rausgeschmissen?"

„Ne, die Alteigentümer haben sich nie wieder gemeldet. Das haben hier vor der Wende viele so gemacht. Es war eine chaotisch wilde Zeit. Als im November '89 die Mauer fiel, habe ich mir die 100 DM Begrüßungsgeld abgeholt und bin zur AWG, die sind heute noch Vermieter, und habe bei einer Sachbearbeiterin für Mietangelegenheiten das Geld gegen einen regulären Mietvertrag eingetauscht. Ich glaube, das war bis jetzt meine beste Investition."

„Na, das glaube ich aber auch. Schnapp dir dein Fotozeug, wir müssen langsam mal los!", antwortete Tina.

Beim Thema Sachbearbeiterin fiel Ossi das Model in seinem Bett ein. Er kramte einen Zettel aus einer Schublade und schrieb: „Guten Morgen …" Mist, er hatte ihren Namen vergessen. Also schrieb er: „Guten Morgen, schöne Frau, in der Küche steht Kaffee. Wenn du gehst, zieh einfach die Eingangstür zu. Ich rufe dich an. LG Ossi."

Dann schnappte er sich seine Fototasche und ein paar Kopfschmerztabletten und schloss die Haustür hinter sich.

Donnerstag, der 01. August 1991
10:00 Uhr

Tina fuhr ihren tiefer gelegten Golf GTI am Potsdamer Interhotel vorbei und bog am Filmmuseum in die Dortustraße ein.

„Schau, dort vor dem Eingang kannst du parken."

„Ossi, kannst du nicht lesen? Da steht: nur für Einsatzfahrzeuge der Polizei. Ich stelle mich doch nicht direkt vor dem Polizeirevier ins Halteverbot."

„Mach es einfach!"

Widerwillig stoppte Tina das Auto und Ossi holt eine blaue ca. 20 cm große Karte mit der Aufschrift PRESSE mit einem fetten Stempel vom Journalistenverband aus seinem Rucksack. Er legte sie vorn an die Windschutzscheibe. „Die solltest du dir bestellen, wenn du deinen Presseausweis das nächste Mal verlängerst. Das Ding akzeptieren die überall im Osten."

Sie gingen ins Polizeirevier. Tina drehte sich noch einmal zum Auto um, steckte den Schlüssel ins Türschloss und verriegelt den PKW.

„Wow, der hat Zentralverriegelung, nicht schlecht."

Das Präsidium versprühte auch im zweiten Jahr nach der Wende noch den Charme der DDR-Volkspolizei. Draußen vor den Fenstern waren schwere Stahlgitter montiert und die Wände waren im Inneren mit ockerfarbener Ölfarbe gestrichen. Der Fußboden war mit grauem Linoleum ausgelegt und es roch unangenehm nach Desinfektionsmittel. Gleich hinter der Eingangstür war ein großes Fenster in einem kupferfarbenen Alurahmen gefasst. Passend zur tristen Location saßen schlecht gelaunte Polizisten hinter dem Panzerglas und begrüßten ihre Gäste mit den Worten: „Wohin, Bürger?"

Ossi drängelte sich an Tina vorbei und sprach in das kleine Loch in der Scheibe.

Schlagartig änderte sich die Stimmung auf der anderen Seite. „Ach Mensch, Oswald, altes Haus. Was machst du denn schon wieder hier." Einer der Grünen war wohl gut mit Ossi bekannt.

„Moin, Jan, wir sind wegen dem Beelitz Mörder hier und wollten zu Oberkommissar Müller von der Pressestelle."

„Ich weiß nicht, ob Oberkommissar Müller da ist. Mmm, ich rufe am besten mal an. Für welches Blatt bist du heute hier, Oswald?"

„Ich bin mal wieder für meine Stammredaktion, dem *Star am Sonntag* hier. Lass uns doch einfach rein. Ich kenne den Weg. Das ist echt wichtig für uns."

„Oberkommissar Müller ist, ich will mal sagen, etwas gereizt. Ihr seid ungefähr die zehnten, die ihn heute wegen dieses Vorgangs sprechen wollen, und er hat bis jetzt keine Presseleute vorgelassen. Wir haben die Anordnung, auf die Pressekonferenz heute Nachmittag um 16:00 Uhr zu verweisen."

„Jan, der alten Zeiten wegen. Wir müssen Müller sprechen und zwar sofort. Bitte!"

Der grüne Schupo überlegt kurz, dann drückte er auf den Summer. Die Tür zum Flur öffnet sich.

„Zweite Etage und ich habe euch nicht reingelassen. Ist das klar!"

Tina stand fasziniert im Hintergrund und beobachtet das Szenario, dann folgte sie Ossi ins Gebäude. Vor ihnen, auf dem langen Flur, entfernte sich schnellen Schrittes ein älterer Mann in einem braunen Anzug.

Ossi stupste Tina an. „Das ist Müller."

Dann beging Tina einen folgenschweren Fehler. „Hallo, Herr Oberkommissar Müller", rief sie und Müller blieb stehen und drehte sich verwundert um.

„Kennen wir uns, junge Frau?"

Tina fühlte, wie Ossi an ihrer Jacke zupfte, aber sie ignoriert ihn. „Ja, wir haben gestern Abend miteinander telefoniert. Mein Name ist Christina von Kottwitz vom *Star am Sonntag*."

Oberkommissar Müller ging mit festen Schritten auf die beiden zu. Mit ruhiger, aber sehr strenger Stimme sagte Müller: „Hatte ich Ihnen nicht bereits gesagt, dass wir keinerlei Auskünfte vor der Pressekonferenz heute Nachmittag geben? Unterbrechen Sie mich nicht, Frau von Kottwitz! Ich wüsste keinen Grund, warum Ihr persönliches Erscheinen das ändern sollte. Ich möchte Sie freundlichst bitten, das Polizeipräsidium sofort zu verlassen. Es steht Ihnen natürlich frei, heute Nachmittag um 16:00 Uhr zur PK zu erscheinen. Und nun gehen Sie!" Müller zeigte mit todernstem Blick auf die Ausgangstür.

Tina holte tief Luft, jede weitere Diskussion schien sinnlos zu sein und sie schaute Ossi kopfschüttelnd an. „Was ist denn in den gefahren?" Ziemlich angepisst drehte sie sich um und ging schweigend mit Ossi in Richtung Ausgangstür.

„Oswald, komm mal her", ertönte wie aus dem Nichts Müllers Stimme.

Ossi schaute Tina an, zuckte grinsend mit den Schultern und ging schnell zu Müller hinüber. Die beiden tuschelten sehr intensiv miteinander.

So sehr sie sich auch anstrengte, Tina konnte nichts verstehen. Wie machte der das? Den Oswald schien hier jeder zu kennen.

Das Vieraugengespräch war so schnell beendet, wie es begonnen hatte. Ossi rannte zu Tina zurück. Dann drehte er sich noch einmal um und rief: „Bernd, danke! Ich schulde dir was."

Ossi legte Tina gut gelaunt den Arm über Schulter, zog sie in Richtung Ausgang und beide saßen kurz darauf im Auto.

„Du kennst den Müller persönlich und lässt mich auflaufen? Vielen Dank auch", schimpfte Tina.

„Ist doch alles gut gelaufen."

„Was, was ist gut gelaufen? Was hat der Müller denn zu dir gesagt?"

„Naja, er hat mir den Tipp gegeben, dass ein guter Bekannter vom Rosa Riesen in Philadelphia lebt."

„Sehr witzig Ossi. Wir können ja Lotte anrufen und sagen, dass wir nach Philadelphia fliegen. Jetzt mal im Ernst, hat er was Brauchbares gesagt?"

„Genau, wir werden jetzt Lotte anrufen und ihm sagen, dass wir uns auf den Weg nach Philadelphia machen", sagte Ossi grinsend.

Diese Art von Humor war gar nicht Tinas Ding. Ihr Blick verdunkelte sich.

Ossi lächelte Tina an. „Mensch, Tina, Philadelphia ist ein ganz kleines Dorf, so 50 Kilometer östlich von hier, bei Storkow. Das Kaff ist so klein, da haben wir im Handumdrehen den ominösen Bekannten, der übrigens Lehmann heißt, gefunden und ruckzuck ein Foto von der Bestie."

In ihren Gesichtern machte sich ein siegessicheres Grinsen breit.

„Na dann, ab nach Philadelphia!" Tina drehte den Zündschlüssel, startete den Motor und schaute in den Rückspiegel. Aber anstatt loszufahren, drehte sie sich langsam um. „Was ist das denn für ein Verrückter?"

Ein dicker, glatzköpfiger Typ um die 50 kam schreiend auf das Auto zu gerannt.

„Will der was von uns?" Unruhe machte sich in Tina breit.

Ohne Vorwarnung schrie Ossi: „Gib Gas, los, gib Gas, der hat einen Baseballschläger in der Hand!"

Der Fremde war nur noch zwei oder drei Meter vom Golf entfernt. Tina haute den ersten Gang rein, lies die Kupplung springen und gab Vollgas. Die 160 PS ließen die Räder sofort durchdrehen. Eins war klar, dieser kranke Typ hatte es auf sie abgesehen. Der Irre schlug mit voller Wucht gegen den Kofferraum, der Motor heulte auf und der Wagen beschleunigte mit jedem PS, den er unter der Haube hatte.

Tina warf einen flüchtigen Blick in den Rückspiegel und raste in Richtung Kreuzung. Ein schwarzer Volvo kam von hinten regelrecht angeflogen, bremste und der Fremde sprang hinein. Das Auto nahm sofort die Verfolgung auf.

Tina bog mit durchgedrücktem Gaspedal rechts in die Breite Straße.

Ossi schrie: „Die Ampel ist rot. Willst du uns umbringen?"

Und spätestens jetzt war klar, die Verfolger meinten es ernst. Die rote Ampel war für den Volvo kein Hindernis, sofort klebte er wieder am Hinterrad.

„Wer ist das, Ossi? Was wollen die von uns?"

„Keine Ahnung. Vielleicht irgendein Stasi-Typ, den wir enttarnt haben. Ich habe den noch nie gesehen! Los, fahr hier links in die Schlossstraße und dann über den Neuen Markt!"

Tina riss das Lenkrad nach links in den Gegenverkehr. Ossi schrie abermals auf und aus den Augenwinkeln sah Tina, dass er sich die Hände vors Gesicht hielt. Der Wagen raste Millimeter an einem Frontalcrash vorbei in die Seitenstraße. Der Volvo musste eine Vollbremsung hinlegen, der Gegenverkehr ließ ihm keine Lücke. Mit angezogener Handbremse und driftendem Heck raste Tina in die nächste Kurve. Eins musste man ihr lassen, den Wagen beherrschte sie. Doch der schwarze Volvo war schon wieder im Rückspiegel zu sehen.

„Da hinein", rief Ossi.

Tina bremste den Wagen an. Das Heck flog 90 Grad herum und zwei Sekunden später standen sie in einer dunklen Einfahrt. Sie duckten sich hinter den Sportsitzen. Durch das Heckfenster sahen sie, wie der Volvo an ihnen vorbeischoss. Tina schaute Ossi an. Sie waren beide durchgeschwitzt.

„Ossi, was war das?"

Immer noch außer Atem antwortete er: „Eh, keine Ahnung, so einen Scheiß hab ich noch nie erlebt. Ich kann dir aber garantieren, das ist nicht der normale Wilde Osten. Da ist irgendjemand richtig sauer auf uns."

„Hatte der Müller was damit zu tun?"

„Blödsinn, der ist Polizist."

„Na ja, aber woher kennst du den netten Bernd?"

„Mal ganz locker, wir kennen uns von früher."

„Der sieht son bisschen aus, als wenn er mal dein Führungsoffizier war."

„Es ist zwar ein offenes Geheimnis, dass die Potsdamer Kripo ein Auffangbecken für ehemalige Stasioffiziere ist, aber für den Müller lege ich meine Hand ins Feuer. Normalerweise ist der ganz ok."

"Ach ja, das habe ich gemerkt."

„Tina, das ist ganz dünnes Eis. Bernd Müller war einer meiner Trainer in der Judo-Nationalmannschaft. Mein Bruder ist 1988 in Kleinmachnow durch den Teltowkanal geschwommen und in den Westen abgehauen. Danach sind Bernd und ich aus dem Team geflogen. Das ist der Grund, warum wir uns gut kennen. Und wenn du dich etwas zurückgenommen hättest und mich hättest reden lassen, dann wäre alles entspannter gelaufen."

Eine ganze Weile herrschte Schweigen im Auto.

Ossi schaute Tina an. „Glaub mir, dem ist heute eine Laus über die Leber gelaufen. Mit Bernd werden wir noch gute Geschichten machen und immerhin hat er uns den Tipp mit Philadelphia gegeben. Lass uns ganz gemütlich aufs Land fahren. Zum Kaffee haben wir das Foto. "

Donnerstag, der 01.August 1991
12:00 Uhr

Tina steuerte den Golf über eine langgezogene, mit Granitsteinen gepflasterte Dorfstraße. Es war ein typisches märkisches Dorf, mit einem Dorfplatz in der Mitte und darum herum standen alte Bauernhäuser in klassizistischem Stil. Der Einblick in die Grundstücke war durch hohe Bretterhoftore versperrt. Eine gespenstische Ruhe lag über dem Ort. Zu hören war nur das Kläffen der Hunde auf den Höfen, die durch das Geräusch des langsam dahinfahrenden Autos aufgeschreckt wurden.

„Na, Tina, wie wäre es mit einem sonnigen Ferienhaus in Philadelphia?", witzelte Ossi.

„Sehr lustig, hier möchte doch keiner tot über'm Zaun hängen."

„Halt mal an."

Auf der anderen Straßenseite kamen zwei ältere Frauen aus einer Toreinfahrt und schoben einen Kinderwagen. Ossi kurbelte die Scheibe auf der Beifahrertür hinunter.

„Einen schönen guten Morgen, die Damen", rief er.

Die beiden Frauen musterten die Fremden mit einem skeptischen Blick und kamen näher ans offene Fenster.

„Vielleicht können Sie uns helfen, wir sind auf der Suche nach Herrn Lehmann."

„Und was wollen Sie von ihm?"

„Wir sind Bekannte."

„Mmm, und dann wissen Sie nicht, wo er wohnt?"

„Wir haben die Hausnummer vergessen."

Die Frau mit dem Kinderwagen warf den beiden einen bösen Blick zu, drehte sich um und zog die andere mit sich. „Lass das, komm Helga, wir müssen weiter." Ohne ein weiteres Wort zogen sie von dannen.

„Sind die hier alle so gesprächig?", fragte Tina.

„Ne, eigentlich sind die Leute sehr aufgeschlossen und reden gerne und viel. Die hat uns das mit den Bekannten nicht abgenommen."

„Warum nicht?"

„Hamburger Nummernschild, du im Kostüm mit hochgestecktem Haar, ich mit meiner Lederjacke, das passt nicht so ganz ins Dorfbild. Was meinst du, klingeln wir uns von Haustür zu Haustür?"

„So schrecken wir das ganze Dorf auf. Lieber nicht. Lass uns mal die Straße ablaufen. Irgendwo wird schon Lehmann dranstehen."

Sie stellten das Auto ab und liefen wie zwei bunte Hunde die eine Seite der Straße hinauf und die andere wieder herunter.

„Das ist doch Murphys Gesetz." Am letzten Klingelschild blieb Ossi stehen. „Hier steht Lehmann, und nun?"

Sie schauten auf ein kleines altes Einfamilienhaus. Der Garten wirkte ungepflegt, das Unkraut wucherte überall und der Putz des Hauses bröckelte, genauso wie die Farbe an den Holzfenstern, bereits an vielen Stellen.

Tina schob Ossi freundlich, aber bestimmt beiseite und drückt mehrmals auf den Klingelknopf. „Lass mich das mal machen."

Kurz darauf öffnete sich die Haustür und ein ungepflegter Mann im lila Jogginganzug, so Mitte Zwanzig, schaute heraus. „Was wollt ihr hier?", rief er ihnen zu, ohne das Haus zu verlassen.

„Mein Name ist von Kottwitz. Wir müssen Sie in einer wichtigen Angelegenheit sprechen."

„Seid ihr auch solche Zeitungsfuzzies? Dann könnt ihr euch gleich verpissen!"

Tina hatte für ein paar Sekunden ihren Presseausweis in die Luft gehoben, steckte ihn aber schnell wieder in ihre Handtasche. „Wir kommen gerade von der Polizei aus Potsdam und wie ich bereits sagte, müssen wir Sie dringend sprechen."

Schon das laute Aussprechen des Wortes *Polizei* löste bei Lehmann offensichtlich Unbehagen aus. Er schaute unsicher in Richtung des Nachbargrundstücks und wusste nicht so recht, wo er mit seinen unruhigen Händen hinsollte.

Tina registrierte Lehmanns verräterische Körpersprache augenblicklich und erhöhte den Druck. Sie rief ein weiteres Mal und diesmal noch lauter: „Also, wie ich schon sagte, wir kommen gerade von der Kriminalpolizei aus Potsdam."

Die Wirkung der Worte setzte umgehend ein. Lehmann kam zum Gartentor gelaufen. Bevor er auch nur ein Wort sagen konnte, gab Tina ihm eine klare Ansage: „Das ist mein Kollege und ich schlage vor, wir gehen ins Haus und unterhalten uns mal in Ruhe."

„Aber gestern waren doch schon mehrere Polizeikollegen von Ihnen hier."

„Herr Lehmann, wir können Sie gerne mitnehmen oder Sie kooperieren jetzt!"

Verängstigt öffnete Lehmann das Tor und Tina ging selbstbewusst durch. Bevor Ossi seinen Mund wieder schließen konnte, zog ihn Tina an der Jacke hinter sich her.

„Meine Kamera ist noch im Auto", protestierte er.

„Bist du bescheuert? Die bleibt, wo sie ist!", flüsterte Tina zurück.

Die drei betraten das Haus. Ein muffiger Geruch schlug ihnen entgegen. Hier war schon ewig nicht mehr gelüftet oder saubergemacht worden. Die Bude war dreckig und vollgekramt. Sie gingen ins Wohnzimmer. Lehmann räumte schnell ein paar Bierflaschen und eine alte Zeitung vom Tisch.

„Bitte setzen Sie sich doch!"

Ossi schob eine schmutzige Unterhose von einem Stuhl und setzte sich, wie die anderen beiden, an den Tisch. Tina holte einen Block aus ihrer Handtasche und kramte eine gefühlte Ewigkeit in der Tasche. Im ersten Moment sah es so aus, als ob sie Lehmann schon wieder verunsichern wollte. Dann schaute sie aber zu Ossi. „Hast du mal einen Stift?"

„Was?", fragt Ossi.

„Wie bitte, heißt das und ja, ein Gerät zum Schreiben, Herr Kollege!"

„Ähh, ja." Ossi griff in die Innentasche seiner Lederjacke, holte einen Kugelschreiber hervor und reichte ihn Tina.

„Oh, ein 4-Minenkugelschreiber, nicht schlecht."

„Wiedersehen macht Freude, der war teuer!"

„So, Herr Lehmann, wie war gleich noch mal Ihr Vorname?", fragt Tina.

„Lutz."

Tina sah sich an Lehmann vorbei im Raum um und macht Notizen. Ziemlich runtergekommene DDR-Möbel und ein altes Sofa standen vor einem gardinenlosen Fenster. Unter dem Tisch lag ein dreckiger abgewetzter Teppich und an der Decke hing ein Kronleuchter aus Omas Zeiten. „Ist das Ihr Elternhaus?"

„Ja, wieso wollnse dit wissen?"

Ossi zeigte auf ein Foto, das auf der Kommode steht. „Sind Sie das?"

„Dit bin ick mit men Kumpel Falko."

„Falko. Falko, der Beelitz-Mörder?"

Lutz Lehmann schaute die beiden irritiert an. „Ähh ja, Falko Büschel, aber dit wissen se doch, oder?"

„Na sicher wissen wir das", log Ossi. „Haben Sie noch mehr Fotos von Falko Büschel?"

„Ne, die andren Fotos sind alle bei men Vadder. Da jibts och en paar von mir und Falko. Wir warn ja zusammen in ener Schule und och bei der Fahne."

„Fahne, bedeutet Nationale Volksarmee", übersetzte Ossi für Tina ins Westdeutsche.

Tina schaute ernst und gab zu verstehen, dass sie nicht unterbrochen werden wollte.

„Sie leben hier alleine?"

„Ja, aber dit habe ick doch alles Ihren Kollejen schon erzählt. Und außerdem habe ick den auch erzählt, dass Falko selba bei der Polizei war und ick von den janzen Scheiß nix gewußt habe."

Tina wurde hellhörig und fragte nach: „Wir reden gerade über den Beelitz-Mörder? Er war Polizist? Aktiv im Dienst bei der Volkspolizei?"

Lehmann steckte sich eine Zigarette an.

Tina seufzte. „Muss das sein, Herr Lehmann?"

„Ich werd in men Haus wohl noch rochen dürfen."

Ossi fand die Idee grandios, holte sich zu Tinas Ärger eine Karo aus der Jackentasche und steckte sich ebenfalls erst mal eine an.

„Und?", fragte Tina ungeduldig nach.

„Wat und?"

„Na war er nun Volkspolizist?"

„Nee, der war bei der Volkspolizei Bereitschaft in Potsdam."
Dem Lehmann musste man aber auch jedes Wort aus der
Nase ziehen. „Also ist er jetzt nicht …" Weiter kam sie nicht
mit ihrer Frage, denn in diesem Augenblick klingelte jemand
an der Haustür. Sie schaute Ossi erschrocken an.

„Den janzen Morjen tauchen hier schon irgendwelche
Pressefuzzis auf."

„Woher haben die denn Ihre Adresse?"

„Kene Ahnung. Ick jag die schnell mal davon."

„Das ist eine gute Idee", warf Ossi ein.

Es klingelte schon wieder. Da schienen ein paar sehr
ungeduldige Pressefritzen vor der Tür zu stehen. Tina
lächelte Ossi selbstzufrieden an und Lehmann öffnet die
Haustür. Mit langem Hals konnte Tina von ihrem Platz aus
sehen, wie er zum Gartentor ging und mit den Besuchern
einen Streit am Zaun begann.

„Ich würde sagen, unsere Kollegen von der Konkurrenz
haben nicht so viel Glück."

Ossi stand auf und ging, um besser sehen zu können zur
Flurtür hinüber. „Da ist der Glatzkopf."

„Welcher Glatzkopf?", fragte Tina.

„Na, der Dicke, der uns in Potsdam verfolgt hat, und der ist
nicht alleine. Die sind zu dritt."

Tina sprang auf und ging zu Ossi. „Wer sind diese Typen?"
In diesem Moment schubsten die drei Lehmann grob beiseite
und gingen ungefragt auf das Haus zu.

Panik. Tina wurde kreidebleich. „Was jetzt, wir sitzen in der
Falle!"

Ossi drehte sich suchend im Raum um. „Los, da rüber." Er
sprang durch den Raum aufs Sofa und öffnete das Fenster.

„Hier raus!" Mit einem sportlichen Satz stand er im Garten.
„Los, beeil dich!"

Tina hatte Mühe, in ihrem Kostüm aufs Sofa zu klettern. Die Stimmen der Verfolger wurden immer lauter. Die müssen schon fast im Haus sein. Vom Gartenzaum brüllte Lehmann irgendetwas von Polizei und Hausfriedensbruch.

Ossi packte Tina am Arm und zog sie unsanft ins Freie.
„Ossi! Das Foto!"

Ohne zu überlegen, kletterte Ossi wieder ins Wohnzimmer. Tina sah ihm bang zu. Mist, die Fremden standen schon im Flur, sahen Ossi am Sofa und rannten auf ihn zu. Keine Chance, das Foto war zu weit weg. Er konnte es nicht mehr greifen. Mit dem zweiten Sprung stand er im Garten, packte Tina und sie rannten um ihr Leben. Ossi schmiss hinter sich das Gartentor zu. Auf der anderen Straßenseite stand der Golf. Er war nicht abgeschlossen. Sie sprangen hinein und Tina kramte voller Panik in ihrer Handtasche nach dem Autoschlüssel. Ossi griff hinter den Beifahrersitz und holte seinen Rucksack mit der Nikon. „Ich will wenigstens noch ein Foto vom Haus machen, wenn uns schon der Lehmann und das Foto von der Bestie durch die Lappen geht. Oh Mann, ich habe keinen Film in der Kamera. Nun fahr schon los!", brüllte er.

Tina versuchte mit zitternden Händen, den Schlüssel ins Zündschloss zu bekommen.

Ossi griff in seine Innentasche. Einen 36er hatte er doch immer dort deponiert. Mit einem Handgriff, den er tausend Mal gemacht hatte, legte er den Film in wenigen Sekunden in die Kamera. Die Verfolger hatten inzwischen die andere Straßenseite erreicht. Tina haute den Gang rein, gab Vollgas und er machte in letzter Sekunde ein paar Foto aus dem fahrenden Auto. Die drei Mafiatypen, die ihm ins Motiv gerannt waren, konnte man später vielleicht einfach aus dem Bild herausschneiden.

Der GTI beschleunigte mit Vollgas über das Kopfsteinpflaster in Richtung Ortsausgang.

Donnerstag, der 01. August 1991
14:06 Uhr

Obwohl sein Puls immer noch irgendwo bei 200 war und sie wie Karpfen nach Luft schnappten, konnte Ossi sich ein Grinsen nicht verkneifen. Das Adrenalin hatte ihn fest im Griff.

„Ich habe keine Ahnung, wer diese Typen sind und was die von uns wollen, aber die Nummer eben war schon ziemlich abgefahren."

„Ziemlich abgefahren? Das war megascheiße. Der Lehmann war gerade richtig am Plaudern und das Foto haben wir auch nicht. Eigentlich haben wir gar nichts!"

„Gar nichts würde ich nicht sagen. Immerhin wissen wir jetzt, dass der Beelitz-Mörder Falko Büschel heißt und bei der Bereitschaftspolizei gedient hat. Eh, der Typ war ein Bulle!"

Tina schaute Ossi fassungslos an. „Wir müssen zurück zu Lehmann. Ich brauche die Story und du das Foto!"

„Spinnst du? Wir können nicht zurück. Der Typ weiß doch jetzt, dass wir Journalisten sind."

„Wir ziehen die Nummer noch mal durch. So blöd wie der ist, klappt das schon."

„Tina, hast du gar keine Bedenken oder ein kleines bisschen Moral?"

Der Ton wurde immer hitziger und lauter.

„Erzähle mir bloß nichts von Moral!"

„Na, jedenfalls gebe ich mich nicht als Polizist aus. Du bist dir schon bewusst, dass das richtig Ärger geben kann, und da wird dich keiner von der Chefredaktion in Schutz nehmen."

„Ich weiß gar nicht, was du willst", grinste Tina. „Ich habe dem Lehmann meinen Presseausweis gezeigt und nur gesagt, dass wir vorher bei der Polizei waren. Vergiss nicht, die Chefredaktion will eine Seite Eins und zwar bis morgen Abend!"

„Ich finde diese Art von Journalismus voll daneben. Das geht auch anders."

„Pass mal auf, Ossi! Das mag vielleicht grenzwertig sein, aber wir waren die einzigen, mit denen er gesprochen hat. Und du solltest mal ganz ruhig sein. Deine nackten Weiber, die du für die Magazine fotografierst, und mit denen du dann in die Kiste springst, sind keinen Deut moralischer oder intellektueller als das hier. Und ich glaube, gut bezahlen lässt du dich auch für die kleine Mörderjagd."

Während Ossi nach einer passenden Antwort suchte, durchbrach Tina das kurze Schweigen.

„Los komm, wir sind eigentlich ein perfektes Team. Wir kaufen jetzt ein paar Blumen und fahren zu Lehmann zurück."

„Zurück zu Lehmann, nur über meine Leiche!"

Sie standen mit einem Blumenstrauß vor dem Einfamilienhaus. Tina legte leicht zögerlich ihren Finger auf die Klingel. In letzter Sekunde schlug Ossi ihre Hand weg.

„Warte!" Er drückte gegen das Gartentor. Es war abgeschlossen.

„Was hast du vor?", fragte Tina.

Der Zaun war nicht hoch, höchstens ein Meter dreißig. Für Ossi eine Kleinigkeit. Mit einem Sprung war er auf der anderen Seite.

„Eh, du kleiner Moralist. Das ist jetzt aber Hausfriedensbruch", rief ihm Tina zu, mit einem Gesichtsausdruck, der ihm klar machte, dass sie diese Aktion nicht wirklich verurteilte.

Ein paar Meter rechts von ihm standen zwei runde Mülltonnen aus verzinktem Stahlblech. Er öffnete sie. Ein Heer von grünen Fliegen kam dem Fotografen entgegen. Er zog den Kopf zurück. War das ein Gestank. In der Tonne lag sämtlicher Hausmüll durcheinander. Leere Dosen, Flaschen, Tetra Paks, Tüten, alte Zeitungen, Essensreste, einfach alles, was in der Wohlstandsgesellschaft so übrigblieb. Ossi hob einen kleinen Ast vom Boden auf und wühlte mit langem Arm in dem Sammelsurium herum. Mit der anderen Hand hielt er sich die Nase zu. Das war schon ziemlich eklig, denn überall kletterten die gelben Maden der Fliegen herum. Das eine oder andere Fundstück schaute sich Ossi genauer an. Ein gestapeltes Papierhäufchen weckte dabei sein besonderes Interesse. Der Fotograf fummelte es auseinander und fand einen aufgerissenen Briefumschlag. Er war an Lehmann adressiert. Ossi dreht ihn um. Vielleicht konnte der Absender weiterhelfen.

Wie aus dem Nichts stand auf einmal Lutz Lehmann in der Haustür.

Mit einem Sonntagslächeln rief Tina ihn zu sich herüber.

„Hallo, Herr Lehmann, wir haben Ihnen Blumen mitgebracht."

Lehmann sah die beiden und lief im Gesicht rot vor Wut an. Das war der Gipfel der Zumutbarkeit. Drohend wie ein Stier kam er auf sie zu. „Ihr dämlichen Zeitungsschmierer, ihr Dreckspack, ich mache euch fertig!"

Zwei schnelle Schritte und Ossi hangelte sich übers Gartentor. Mit einem Fuß blieb er hängen und knallte auf den Gehweg. Puh, Gott sei Dank war weiter nichts passiert. Sie rannten zum Auto. Das schien ihr neues Markenzeichen zu sein: Flucht. Der wütende Lehmann rannte auf die Straße und schleuderte dem davonrasenden Golf die Büchse Bier aus seiner Hand hinterher. Mit lautem Scheppern schlug die Dose gegen das Heck und bespritzte das Auto mit Bierschaum.

Ossi konnte sich nicht beherrschen und bekam einen Lachanfall. Er äffte Tina nach: „Wir ziehen die Nummer noch mal durch. So blöd wie der ist, klappt das schon." Er legte seine Füße aufs Armaturenbrett. „Hier Tina, ich habe ein paar Blumen für dich. Dem Lehman hätten wir lieber einen Doppelkorn mitbringen sollen. Den hätte er bestimmt liebend gerne genommen."

Selbst Tina konnte sich das Lachen nicht verkneifen. Sie nahm Ossi die Blumen aus der Hand und warf sie auf den Rücksitz. „Das hätte ja auch klappen können. Hoffentlich bezahlt mir die Redaktion eine neue Lackierung der Heckklappe. Und nimm deine Käsesocken da runter!"

Sie düsten durch die märkische Sommerlandschaft. Auf den Feldern wurde das Getreide geerntet. Es war keine Wolke am Himmel zu sehen. Das Thermometer zeigte inzwischen fast 30 Grad im Schatten an. In Brandenburg und Berlin waren die Sommerferien gerade zu Ende gegangen. Sie fuhren an Seen, Flüssen und Kiefernwäldern vorbei, aber sie hatten kein Auge für die traumhafte Gegend. Sie spürten, wie ihnen die Zeit davonlief und langsam, aber sicher machte sich

Unruhe breit. Wenn sie heute Abend mit leeren Händen in die Redaktion kamen, gab es Ärger.

„Fahr doch mal da vorn am Imbiss rechts ran. Ich muss etwas essen. Und lass uns bei einem Kaffee überlegen, wie wir weiter vorankommen."

Susis IMBISS war ein alter umgebauter DDR-Wohnwagen, ein Bastei. Ossi bestellte zwei Thüringer Bratwürste.

„Mit Ketchup oder mit Senf?", fragte die Verkäuferin.

„Was hast du für welchen?"

„Den guten Werder Ketchup."

„Ja super, dann einmal mit Ketchup und einmal mit dem Bautzener und bitte eine Schrippe dazu."

„Setzt euch schon mal, der Kaffee läuft noch durch, den bringe euch an den Tisch."

Ein kurzes Piepen vom Handy war zu hören. Es hat sich in diesem Augenblick ins C-Netz eingewählt und fast zeitgleich klingelte es auch schon. Ossi drückte Tina die Würstchen in die Hand und holte das Telefon aus der Gesäßtasche seiner Jeans. Er klappte die Antenne auseinander und schaute aufs Display. Dann sah er mit knirschenden Zähnen zu Tina. „Die Redaktion."

„Hallo Ebi … was gibt es Neues? Ach ja, … dann gib mir mal bitte Lotte … Hi Lotte, es rauscht ganz doll. Die Verbindung ist schlecht, du bist fast gar nicht zu verstehen. Was sagt's du? Ne … wir konnten uns nicht melden, wir hatten keinen Empfang … Ja alles läuft bestens … Wo sind Lars und Conny? Tina? Geht jetzt nicht … sie ist gerade im Interview … Tut mir leid… Hörst du mich noch? Falls ja, ich habe nur Rauschen im Ohr… ich rufe zurück, wenn wir wieder Funkkontakt haben." Er legte auf und schaltete das Handy aus. Mit einem verwegenen Lächeln steckte er das

Telefon wieder in die Hosentasche. „Also, in der Redaktion brennt so richtig die Luft. Ich lass das Ding jetzt mal lieber eine Weile aus. Falls ich das richtig verstanden habe, stehen bis jetzt alle Teams mit leeren Händen da. Wenn wir unseren Job nicht verlieren wollen, wäre jetzt genau der richtige Augenblick für eine gute Idee." Ossi holte seine Karo aus der Jackentasche und zündete sich eine Zigarette an.

„Es gab wohl inzwischen eine weitere Pressemitteilung. Wie ich vermutet hatte, haben zwei Jugendliche den Rosa Riesen gefangen. Lars, Marko und Conny sind in Rietkow auf der Suche nach den beiden."

„Weißt du, wo dieses Rietkow liegt?"

„Wenn ich mich nicht irre, muss das irgendwo bei Potsdam sein. Was meinst du, fahren wir da auch hin?"

„Das ist eine absolut blöde Idee, Ossi. Zwei Teams von uns sind vor Ort und nach der Pressemeldung wahrscheinlich noch hundert andere Redaktionen."

Sie saßen ratlos auf ihren Plastikstühlen und schauten in den Himmel. Ossi nahm einen Zug aus seiner filterlosen Zigarette, als Susi aus dem Imbiss die vollen Kaffeebecher brachte.

„Die Kaffeesahne steht da drüben. Das macht dann 4,20 DM." Ossi griff in seine Hosentasche. Der ganze Inhalt - Geldscheine, Kleingeld, ein zerknüllter Zettel und ein altes Taschentuch kamen ans Tageslicht. Er legte alles auf den Tisch und zählte das Kleingeld für die Würstchen und den Kaffee ab. Susi steckte das abgezählte Geld ein und räumte den Tisch ab. Sie nahm die leeren Teller, den Zettel und das Taschentuch leicht angeekelt mit.

Plötzlich sprang Tina auf. „Warte mal! Gib mir mal bitte den Zettel! Den hab ich doch schon mal gesehen. Ist das nicht der Briefumschlag aus Lehmanns Mülltonne?" Sie faltete ihn auseinander. „Ja, der Umschlag! Schau, Volltreffer! Ossi, du alter Fuchs. Oder sollte ich lieber sagen, du dummer Fuchs?" Er hatte den Brief bei seiner Flucht einfach in die Hosentasche gesteckt und ihn dann vergessen. Tina hielt den Briefumschlag so, dass er mit drauf schauen konnte. Mit Kugelschreiber geschrieben stand die Adresse von Lutz Lehmann auf der Vorderseite.

Tina drehte voller Erwartung den Umschlag um. „Ich glaube unser Glück kommt zurück."

Dort stand: Absender: Erich Lehmann, Ringstr. 142, Beelitz. Ossi riss Tina den Umschlag aus der Hand. „Den hatte ich total vergessen! Erich Lehmann, ich kenne nur alte Leute, die Erich heißen. Bingo!"

Sofort waren die Körper der beiden wieder bis zum Anschlag mit Energie gefüllt. Sie schauten sich an, hoben die Hände in die Luft und klatschten synchron mit den Worten: „Das ist der Vater vom Lehmann und der hat doch die Fotos vom Junior mit dem Beelitz Mörder", über den Köpfen ab.

Die Jagd ging wieder los.

Rückblick:
Donnerstag, 14. März 1991

Die Tür sprang auf.

„Genosse Grabowsky! Entschuldigung, ich meinte, Herr Grabowsky. Können Sie nicht anklopfen?"

„Herr Kriminalhauptkommissar Schmittchen, wie lange ist die Wende jetzt her? Das mit dem Genossen kann auch mal nach hinten losgehen."

Schmittchen drehte sein Radio etwas leiser. „Herr Kriminalkommissar Grabowsky, bitte nicht in diesem Ton, ich bin immer noch Ihr Vorgesetzter."

„Ja, ja schon klar. Der Polizeipräsident persönlich möchte uns sprechen und zwar sofort."

„Wissen Sie aus welchem Grund, Herr Grabowsky?" Kriminalhauptkommissar Schmittchen legte eine besondere Betonung auf das „Herr".

„Genau weiß ich das auch nicht." Grabowsky kam ins Büro, schloss die Tür und sprach leise.

„Der sowjetische Kommandant aus Beelitz-Heilstätten, Generalleutnant Stanislaw Jewgrafowitsch Rokossowski, hat dem Buschfunk zu Folge persönlich um Amtsunterstützung gebeten. Aber um was es genau geht, weiß ich auch nicht."

„Ist doch klar, wegen dem Genossen Honecker", fällt ihm Schmittchen ins Wort.

„Genossen Honecker?" Dieses Mal betonte Grabowsky den „Genossen" besonders.

„Sie waren ja heute früh bei der Lagebesprechung noch auf Außentermin. Der Honecker ist gestern Nacht vom russischen Militärflughafen Sperenberg aus nach Moskau geflohen."

„Nicht im Ernst?"

„Doch, doch, auf die guten Genossen aus Moskau ist halt noch Verlass. Die Sowjets haben die Bundesregierung, also Kanzler Kohl, erst 15 Minuten vor Abflug informiert. Sehr clever."

„Tatsächlich?"

„Hören Sie eigentlich kein Radio? Der RIAS berichtet alle Viertelstunde darüber."

„Nein, dazu habe ich keine Zeit. Ich muss jetzt noch schnell Oberkommissar Müller Bescheid geben."

„Etwa dem Müller aus der Pressestelle? Soll der auch mit zum Alten kommen?"

„Ja, genauso ist es, Bernd Müller, unser Pressereferent."

„Da können die ja gleich die ganzen Schmierenzeitungen dazu einladen. Was lobe ich mir die alten Zeiten, wo man noch in Ruhe arbeiten konnte und der Bürger nur mit den Dingen belästigt wurde, die wir für richtig hielten."

Grabowsky drehte sich beim Verlassen des Büros noch einmal um. „Treffen wir uns in fünf Minuten oben!" Und aus der Ferne des langen Flures hörte man ihn noch leise vor sich hinreden. „Stasitype."

Dreißig Minuten später saßen Schmittchen, Müller und Grabowsky in einem dunkelgrünen Opel Omega.

„Die Belehrung hätte sich der Alte aber auch sparen können. Rokossowski kannte ich schon persönlich, da hat unser lieber Polizeipräsident noch in NRW in der Polizeischule gesessen", maulte Kriminalhauptkommissar Schmittchen vor sich hin. Es ging nur im Schritttempo voran.

„Wir hätten am Templiner Eck abbiegen sollen. Hier in Michendorf quält man sich neuerdings immer ewig bis

zur Autobahnauffahrt durch." Bernd Müller saß am Steuer." Er schaute in den Rückspiegel. „Die Jungs von der Spurensicherung sind Gott sei Dank noch hinten dran."

„Los, Müller, hauen Se mal das Blaulicht aufs Dach. Wir wollen doch Generalleutnant Rokossowski nicht warten lassen!"

Im Bruchteil einer Sekunde war die Scheibe heruntergekurbelt und das Blaulicht mit einem Magneten auf dem Dach befestigt. Blaulicht fahren war immer gut. Die Sirene erklang und ein mittleres Chaos brach auf der Straße aus. In beiden Spuren standen die Autos Stoßstange an Stoßstange. Ein gelber Fiesta vor ihnen versuchte irgendwie zwischen riesigen alten Alleeeichen in Richtung Gehweg Platz zu machen. Er kam nicht sehr weit, da ihm parkende Autos den Weg versperrten. Außer viel Krach, Chaos und Unruhe passierte so gut wie gar nichts, weil die Straße einfach zu eng und zu voll war. Auto für Auto drängelte sich der Omega die Potsdamer Straße entlang.

„Müller, nun machen Sie mal! Das dauert ja ewig." Kriminalhauptkommissar Schmittchen hatte sich das irgendwie eleganter vorgestellt. Er wurde langsam nervös und nach einer kurzen Gedankenpause drehte er sich nach hinten um. „Was ist los Grabowsky? Sie haben noch kein Wort seit Potsdam gesprochen."

„Alles gut. Sie haben ja alles im Griff."

„Sie wirken so nachdenklich."

„Ganz ehrlich. Ich frage mich, was in Beelitz passiert ist. Warum fordern die Russen auf ihrem Staatsgebiet die Deutsche Kripo an? Ob der Honecker bei seiner Flucht vielleicht noch jemanden umgelegt hat oder ein russischer Soldat in die Bundesrepublik abhauen wollte und sich dabei den Weg frei geschossen hat?"

„Bei ihren eigenen Soldaten machen die kurzen Prozess. Da gibt es einen Genickschuss und dann ist die Sache für die erledigt. Da brauchen die keine Polizei."

„Das habe ich auch gehört. Aber wenn Sie mich fragen, ich halte das für ein Gerücht. Die landen dann sicher irgendwo in einem Gulag in Sibirien, aber einfach so erschießen ...", warf Müller in die Runde.

„Nein, Müller, Sie hat keiner gefragt."

Und sofort war wieder Ruhe im Auto. Kriminalhauptkommissar Schmittchen hatte ein echtes Talent, sich mit wenigen Worten bei allen unbeliebt zu machen. Die beiden Autos hatten inzwischen die Autobahnbrücke erreicht und konnten nun endlich mit Vollgas die B2 in Richtung Beelitz-Heilstätten entlang rasen.

„Dobreu djen tawarisch Rokossowski." Der Kriminalhauptkommissar schüttelte euphorisch die Hand des russischen Offiziers. Er wollte sie gar nicht wieder loslassen. Schmittchen schien der einzige im Raum zu sein, dem seine eigene Peinlichkeit nicht bewusst war. Nach einer gefühlten Ewigkeit riss der Uniformierte seine Hand los. Nun wurde es richtig peinlich. Mit einem russischen Akzent, aber in fließendem Deutsch begrüßte er seine Gäste: „Guten Tag, ich bin Oberstleutnant Alexei Paskewitsch und ich bedanke mich im Namen unseres Kommandeurs Generalleutnant Stanislaw Jewgrafowitsch Rokossowski, dass Sie unserem Anliegen so schnell gefolgt sind."

Kriminalhauptkommissar Schmittchen lief rot an.

Grabowsky musste bei diesem Anblick fest die Zähne zusammenbeißen, um nicht laut loszuprusten. Am liebsten hätte er die Situation noch einmal in Zeitlupe gesehen.

Der russische Oberstleutnant durchbrach diese wunderschönen Gedanken, indem er weiterberichtete.

„Auf unserem Militärgelände hat es heute zwei Morde gegeben. Bei den Opfern handelt es sich um russische Staatsbürger, es sind jedoch keine Angehörigen der russischen Streitkräfte, sondern Zivilisten."

„Russen, also nicht Erich und Margot", dachte Grabowsky.

Bernd Müller holt seinen Notizblock heraus und schrieb sich ein paar Stichpunkte auf.

Schmittchen, der ganz langsam wieder eine normale Gesichtsfarbe annahm, fragte vorsichtig nach: „Wenn ich Sie richtig verstanden habe, sind russische Staatsbürger auf russischem Staatsgebiet vermeintliche Opfer eines Tötungsdeliktes geworden. Für mich stellt sich die Frage, was die Bundesrepublik Deutschland damit zu tun hat?"

„Das werde ich Ihnen vor Ort erklären."

Die Augustsonne stand schon ziemlich tief hinter den Baumkronen der Kiefern. Die Dämmerung hatte begonnen. Höchstens noch eine Dreiviertelstunde, dann würde es dunkel sein. Zwei russische Militärjeeps des Typs UAZ-469 kämpften sich durch das Unterholz. Der Wald war hier so dicht, dass der Opel Omega und die Kollegen der Spurensicherung mit ihrem VW Transporter nie durchgekommen wären. Wie aus dem Nichts tauchten mehrere russische

Soldaten auf, die ein abgesperrtes Arial bewachten. Die grünen Militärfahrzeuge hielten. Ein mit einer AK74 bewaffneter sowjetischer Soldat knallte die Hacken zusammen, nahm die Hand zum Gruß ans Käppi und machte dem Offizier eine Meldung auf Russisch.

Dann setzte sich das ganze Team zu Fuß in Bewegung. Sie gingen noch einige hundert Meter weit in eine Kiefernschonung hinein.

„Das ist ja echt ein Wunder, dass die Leichen so schnell entdeckt wurden, so tief wie wir hier im Wald sind", dachte Bernd Müller.

„So meine Herren, sehen Sie selbst!"

Kriminalhauptkommissar Schmittchen schaute Paskewitsch über die Schulter. Es genügte ein einziger Blick. Einen ähnlichen Tatort hatten sie in Ferch gesehen. Grabowsky ging es ganz genauso. Die beiden Kripobeamten schauten sich an und Schmittchen rutschte ein kurzes „Mist" heraus. Dann zeigte er mit einer Handbewegung in den umliegenden Wald. Bevor er seine Frage laut aussprechen konnte, antwortete der russische Oberstleutnant auf die nicht gestellte Frage: „Wir haben bereits jeden Quadratzentimeter des umliegenden Geländes mit einer Hundertschaft Soldaten durchsucht und leider nichts gefunden. Keine Fußabdrücke, Zigarettenkippen oder sonstige Dinge."

„Es wäre besser gewesen, Sie hätten alles unberührt gelassen. Naja, wenn hier bereits eine Horde Soldaten durch ist ... Mmmm, dann will ich das mal so hinnehmen", maulte Schmittchen.

Die Männer von der Spurensicherung waren in ihre weißen Anzüge geschlüpft und dabei, einen

Dieselgenerator aufzustellen. Sie würden Licht brauchen. Es würde definitiv eine lange Nacht werden. Es dauerte gut zwei Stunden bis die Spurensicherung mit dem ersten Opfer fertig war. Die Kollegen hatten alles sorgfältig fotografiert, jeden Zentimeter mit Klebeband abgerollt, in der Hoffnung, dass irgendwelche Haare oder DNA-Spuren hängen bleiben, alles eingepudert, um eventuell irgendwo einen Fingerabdruck zu finden.

Einige Fingerabdrücke und ein paar sehr große Fußspuren konnten tatsächlich gesichert werden. Schmittchen und Grabowsky waren sich ziemlich sicher, dass mindestens einer davon mit denen in der Gartenlaube in Deetz zusammenpasste. Die optischen Übereinstimmungen der beiden Tatorte waren einfach zu groß. Die anderen Spuren würde man bestimmt den Soldaten und Offizieren zuordnen können, die den Tatort bereits betreten hatten.

Inzwischen war es stockdunkel. Die Stille der Nacht wurde nur durch das Brummen des Stromgenerators und das unaufhörliche Schreien eines Waldkauzes durchbrochen. Endlich konnten Schmittchen und Grabowsky den Tatort näher betreten. Die Arbeit der Spurensicherung war wichtig. Die Kripo konnte die drei bestialischen Morde zwar inzwischen einem Täter zuordnen, aber er war nie gesehen worden und hinterließ bisher keine brauchbaren Spuren, die zu seiner Ergreifung führen würden.

Vor ihnen lag eine attraktive Frau mittleren Alters. Es war die vierunddreißig Jährige Tatjana Karschinski. Sie war die Ehefrau des Chefarztes des Lazaretts der Sowjetarmee in Heilstätten. Um den Hals hatte die

Frau einen BH und zeigte Spuren von Strangulation. Es würde nur eine Formsache sein, dass die Gerichtsmedizin die Todesursache bestätigte. Bernd Müller, immer ein paar Meter hinter den beiden Kommissaren notierte alles, was er sah, eifrig in sein kleines Büchlein: Das Opfer lag auf einem Haufen Damenunterwäsche. Sie trug rosafarbene, gebrauchte Reizwäsche. Diese passte von der Konfektionsgröße offensichtlich nicht zum Opfer und zur Situation.

In Klammern notierte er: Könnte der Täter möglicherweise der Toten angezogen haben. Pornohefte lagen überall um die Leiche herum. Ein Fußabdruck wurde in Gips gegossen. Mindestens Schuhgröße 47. Im Vordergrund befand sich ein gebrauchter rosa Rock. Dann überlegt er kurz und macht sich eine weitere Notiz: Rosa Riese.

Im Hintergrund hörte Müller, wie Grabowsky sich mit dem russischen Offizier unterhielt.

„Herr Oberleutnant, haben Sie irgendeine Ahnung, was die Frau hier im Wald gemacht haben könnte?"

„Diese Frage hatten wir uns auch schon gestellt. Ich habe heute selbst mit Major Karschinski gesprochen. Laut unserem Lazarettarzt hat sich seine Frau nie alleine in den Wald begeben und schon gar nicht in Richtung unseres Truppenübungsplatzes. Nach meiner persönlichen Meinung wurde sie gewaltsam oder nach ihrem Tod hierhergebracht."

„Wir müssen erst mal den Bericht der Gerichtsmedizin abwarten, aber auf den ersten Blick sieht es nicht so aus, als wenn hier ein Kampf stattgefunden hat. Mein erster Gedanke war, dass das Opfer vielleicht von hinten überrascht und sofort getötet wurde. Das *würde jedenfalls dieses Wäldchen als Tatort ausschließen."*

Oberleutnant Paskewitsch stimmte dem Kommentar mit einem unauffälligen Nicken zu.

"Falls er wieder ansprechbar ist, können Sie gern im Anschluss versuchen, Major Karschinski zu befragen. Er liegt mit einem Nervenzusammenbruch im Lazarett. Dann stelle ich Ihnen auch die beiden Soldaten zur Verfügung, die seine Frau während einer Truppenübung gefunden haben."

"Das würde ich sehr gerne tun. Vielleicht könnten Sie mir noch eine Liste der oder besser gleich die Personen selbst, die das Opfer zuletzt gesehen haben, zur Befragung zur Verfügung stellen."

Die Spurensicherung war nun mit dem zweiten Tatort beschäftigt. Einer der Mitarbeiter zog eine grüne Militärplane, unter der das Opfer lag, beiseite. Es war der drei Monate alte Sohn von Tatjana Karschinski. Oberkommissar Müller kam beim Anblick des Babys ins Straucheln. Grabowsky musste seine Meinung revidieren, was den Säugling anging, dieser war zu 100% hier getötet worden.

Bernd Müller wurde blass und machte drei Schritte zurück, dann musste er sich übergeben. Die Kommissare Grabowsky und Schmittchen, die schon viel in ihrer Polizeiarbeit gesehen hatten, waren ebenso schockiert. Vor ihnen lag der kleine Wladimir in einer großen, angetrockneten Lache aus Blut und Hirnmasse oder eher dem, was davon noch übrig war. Diese Bestie hatte den Kopf des Babys mit voller Wucht an einem Baumstamm zerschmettert.

Spätestens jetzt war allen klar: Sie hatten es mit einem Psychopathen, einem Serienmörder, einer unkontrollierten, grausamen Bestie zu tun.

Kriminalhauptkommissar Schmittchen und sein Kollege Grabowsky konnten nicht ahnen, was zeitgleich im zehn Kilometer entfernten Ort Borkheide geschah.

Dort verging sich die Bestie genau in diesem Augenblick, angepeitscht von unkontrollierten Trieben, wieder an einer toten Frau.

Donnerstag, der 01. August 1991
18:10 Uhr

Um nicht allzu viel Aufsehen zu erregen, hatte Tina den Golf in einer kleinen Querstraße geparkt. Die Adresse stimmte schon mal. Aufregung machte sich breit. Tina spürte sofort wieder diese Unruhe, es war wie Lampenfieber in ihrer Brust. Sie standen vor einem frisch sanierten Plattenbau aus den Sechzigern mit roten Tonziegeln und einem Spitzdach. Das Wohngebiet war großzügig angelegt, die einzelnen Häuser standen recht weit auseinander, viele Bäume und blühende Büsche wuchsen zwischen ihnen. Die Fassaden strahlten in hellem Weiß vor dem blauen Sommerhimmel. Eine nette und freundliche Anlage mit kleinen Vorgärten, in denen viele Rosenbüsche standen.

An der Haustür befand sich eine Klingelleiste mit zehn Namensschildern darauf. Tina strich mit den Fingern über die Namensleiste auf der Suche nach dem Nachnamen Lehmann. Ganz oben rechts wurde sie fündig.

„Das ist doch wieder typisch. Warum wohnen die immer ganz oben?", nörgelte Ossi und drückte mit einem langen Arm über Tinas Schulter hinweg auf mehrere Klingeln gleichzeitig. Es dauerte nicht lange bis das erste *Hallo* erklang. „Die Post", rief Ossi.

Ein Summen ertönte. Ossi ließ seine halb aufgerauchte Zigarette fallen, drückte die Tür auf und zwinkerte Tina zu. „Bitte, nach Ihnen."

Ein Blick in den hellen Hausflur verriet Tina, dass sich niemand für sie interessierte. Ohne lange zu überlegen, ging sie zügig die Stufen hinauf. Jetzt bloß keinen Nachbarn treffen und unliebsame Fragen beantworten müssen. Als sie endlich die fünfte Etage erreichten, war Tina ziemlich außer Atem. Sie holte tief Luft, wischte sich den Schweiß von der Stirn und drückte zweimal kurz auf die Klingel. Nichts passierte.

„Mach schon auf!", flüsterte Ossi mehr oder weniger zu sich selbst.

Dann hörten sie Schritte hinter der Tür, das Klappern eines Schlüssels und die Tür öffnete sich einen kleinen Spalt, gestoppt durch eine Türkette.

Ein gebückter, alter Mann schaute grimmig durch den Türschlitz.

„Wir müssten Sie noch einmal sprechen", schießt Tina sofort los.

Der Senior musterte sie von oben bis unten. Nach einer gefühlten Ewigkeit fragt er ganz langsam und unsicher: „Und woher sollte ich Sie kennen?"

„Wir kommen gerade von der Polizei aus Potsdam. Es geht um Ihren Sohn."

„Ach so?", fragt Lehmann irritiert. „Welchen meinen Sie denn?"

Hundert Gedanken sprangen Tina durch den Kopf. Ach, der weiß ja noch gar nicht, dass sein Junior mit dem Beelitz-Mörder befreundet war.

„Ich denke es wäre besser, wir besprechen das nicht im Treppenhaus. Die Nachbarn brauchen ja nicht alles mitzubekommen."

Lehmann schaute sie wieder für ein paar Sekunden an, bevor er antwortete: „Junge Frau, dann sollten Sie vielleicht Ihren Fuß aus dem Türspalt nehmen, damit ich die Kette öffnen kann."

Mist, das war ein heikler Punkt. Falls er sie durchschaut hatte, blieb die Tür garantiert geschlossen. Aber um die Kette zu lösen, musste er nun mal die Eingangstür schließen. Tina zog zögerlich ihren Fuß zurück. Die Tür schloss sich augenblicklich. Sie schaute Ossi bangend an und atmete auf, als die Tür einen kurzen Augenblick später wieder geöffnet wurde.

„Dann kommen Sie mal rein!"

Die Wohnung war das genaue Gegenstück zu Lutz Lehmanns Wohnung. Sie wirkte hell und freundlich, alles war aufgeräumt, die Wände waren frisch tapeziert. Ein kurzer Blick in die Küche zeigte nicht einen einzigen schmutzigen Teller oder eine schmutzige Tasse. Ganz im Gegenteil, es herrschte penible Ordnung im Hause Lehmann Senior.

Tina und Ossi schoben sich an dem Rentner vorbei. Die schwierigste Hürde war geschafft, sie waren drin. Mit einem Armwink bedeutete Lehmann den vermeintlichen Polizisten, in Richtung Wohnzimmer zu gehen. Dieses entpuppte sich als ein nicht sehr großer Raum mit Möbeln aus der Gründerzeit. Tina schaute sich um und versucht sich alles, was sie sah, genau einzuprägen. Für Notizen war es einfach noch zu früh. Die Schränke aus dunklem Holz wirkten viel zu groß für die kleine Wohnung und das Domizil vermittelte den Charakter eines Hotels. Sehr puristisch, nirgendwo standen persönliche Dinge oder eine Dekoration herum.

„Sie leben hier alleine, Herr Lehmann?", fragte Tina in strengem Ton.

„Ja klar, bitte setzen Sie sich doch." Erich Lehmann wirkte immer noch etwas unsicher.

Sie setzten sich an einen runden Tisch aus lackiertem Wurzelholz.

„Sie sind von der Polizei?"

„Wie ich Ihnen schon sagte, wir kommen von der Polizei aus Potsdam."

„Kann ich Ihnen vielleicht etwas anbieten? Wasser oder Kaffee?"

„Einen Kaffee nehmen wir immer", haute Ossi dazwischen.

„Nein, Herr Lehmann, vielen Dank. Ich möchte nichts trinken und mein Kollege möchte auch nichts! Ich würde gerne mit Ihnen über Ihren Sohn reden." Bei diesen Worten fing Tina wieder an, in ihrer Handtasche zu kramen. „Herr Kollege, hast du vielleicht einen Stift für mich?"

„Ich will hoffen, dass mein guter Kuli nicht weg ist. Den habe ich dir doch vorhin schon gegeben." Tina rollte mit den Augen.

„Ich kann Ihnen gerne einen Stift geben." Mit diesen Worten zog Lehmann eine Schublade unter der Tischplatte auf und nahm aus einer alten Zigarrenschachtel einen Kugelschreiber, den er Tina reichte.

Sofort kritzelt Tina in ihren Block.

„Ich habe zwei Söhne. Worum geht es eigentlich? Ist was Schlimmes passiert?"

„Was ist das?" Ossis Hals wurde immer länger. Er stemmte sich auf die Tischplatte und spähte in die Schublade. „Wow, wow, was ist das, Herr Lehmann?"

Als wenn es das Selbstverständlichste der Welt wäre, griff der Senior in die Schublade, holte eine alte Pistole hervor und legte sie vorsichtig auf den Tisch. Seine Körperhaltung wurde mit einem Mal aufrechter und mit Stolz in der Stimme sprach er: „Das ist meine Walther P38."

Dann zeigte er auf ein gerahmtes Foto an der Wand. Dort sah man den jungen Lehmann, vielleicht war es aber auch sein Vater, der dort abgebildet war, das ließ sich nicht so genau erkennen. Es war ein Schwarz-Weiß-Foto mit einem Offizier in einer Wehrmachtsuniform. Tina fiel vor Schreck der Stift aus der Hand und Ossi rollte eine Schweißperle über die Stirn.

Lehmann schob die Pistole noch etwas mehr in die Mitte des Tisches. „Wenn dieses Gesocks da draußen denkt, hier wohnt ein alter, greiser Trottel, der sich nicht zu wehren weiß, dann haben die sich aber alle geirrt!"

Nicht mehr ganz so sicher und mit zitternder Stimme fiel ihm Tina ins Wort: „Sie wissen schon, dass das unerlaubter Wa…" Weiter kam sie nicht.

Ossi trat ihr unter dem Tisch gegen das Schienbein. „Herr Lehmann, wir würden dann doch gerne ein Glas Wasser nehmen."

„Wasser?", fragte Lehmann ungläubig.

Mit Nachdruck in der Stimme sprach Ossi ganz laut und langsam: „Ja, ein Glas Wasser, Herr Lehmann."

Der Alte gehorchte. Er ging zwar zögerlich, aber er ging in Richtung Küche.

Tina, die abrupt ihre Sprache wiedergefunden hatte, fasste Ossi an die Schulter. „Los, lass uns hier schleunigst abhauen!"

Ossi blieb jedoch ruhig. Er griff über den Tisch und nahm sich die Walther P38. Mit einem Griff zog er das Patronenmagazin heraus und lies die Kugeln in seine Jackentasche gleiten. Dann steckte er das leere Magazin wieder hinein, zog die Waffe einmal durch und mit lautem Klappern landete die letzte Patrone auf der polierten Tischplatte. Er flüsterte: „Dieser Mistkerl!"

Tina glaubte nicht, was sie sah. „Ossi, ich weiß nicht, wer mir gerade mehr Angst einjagt!"

Ossi zwinkerte Tina zu. „Beim Abi war ich in der GST-AG-Schießen."

In diesem Augenblick kam der Alte schon wieder zurück ins Zimmer. Auf einem kleinen silbernen Tablett trug er drei Gläser mit Sprudelwasser vor sich her.

Tina griff schnell und unauffällig nach der letzten Patrone, die vor ihr auf dem Tisch lag, und ließ sie in ihrer Handtasche verschwinden.

Ossi musterte die Pistole, die er immer noch in seiner Hand hielt und schaute dann zu Lehmann hoch.

„Feines Stück, 9mm, Zehla Mehlis Werke 1943?"

Lehmann, erst stutzig über die Situation, taute bei Ossis Worten auf. Er war sichtlich erfreut über dessen Fachwissen, stellte das Wasser auf den Tisch und nahm Ossi die Pistole aus der Hand. Er zeigte auf die Seriennummer. „Ne, ne schau hier - cyq - Spreewerke Berlin 1943."

„Ach, verstehe. Die letzten zwei Buchstaben beziffern das Herstellungsjahr."

Erich schaute leicht grimmig. „Was bringen die euch eigentlich auf der Polizeischule bei?"

„Das ist übrigens ein sehr schönes Stück, Herr Lehmann, und vor allem so gut erhalten und gepflegt." Ossi machte eine kurze Pause. „Ist die eventuell zu verkaufen?"

Tina schaute mit offenem Mund zu. Was ging denn hier auf einmal ab?

Mit einem Vogelschrei schlug die Kuckucksuhr an der Wand. Das laute Geräusch holte Tina zurück in die Realität. Dieses Gespräch ging gerade irgendwie in die falsche Richtung. Sie holte tief Luft und schlug mit der flachen Hand auf den Tisch. Mit selbstbewusster Stimme schaute sie dabei Ossi in die Augen. „Wenn ich die Herren mal unterbrechen darf. Ich glaube, wir müssen ein sehr ernsthaftes Gespräch führen."

Abrupte Stille im Raum. Ossi sah Lehmann an, zuckte mit den Schultern und beide setzen sich an den Tisch. Kurzes Schweigen.

„Herr Lehmann, nur zur Erinnerung, wir haben da ein paar Fragen zu Ihrem Sohn."

„Was hat denn der Lutz angestellt?"

„Wir sind eigentlich nicht unbedingt wegen Lutz hier, sondern wegen Falko, Falko Büschel. Es gibt das Gerücht, dass die beiden beste Freunde waren und sich des Öfteren auch hier aufhielten."

Lehmann schaute lange in Tinas Gesicht, bevor er sprach.

„Ach so, was ist denn mit Falko, hat er wieder Mist gebaut?"

„Das kann man so sagen", antwortete Tina.

„Und?"

Um die Spannung etwas zu erhöhen, ließ sich Tina mit der Antwort Zeit. Im Gedanken zählte sie bis zehn und versuchte dabei, ein möglichst uninteressiertes und entspanntes Gesicht zu machen, bevor sie mit sehr leiser Stimme sagte: „Falko werden sehr schwere Straftaten vorgeworfen."

„Hat der Taugenichts etwa wieder geklaut oder jemanden verprügelt? Ich will mal hoffen, dass Lutze nicht in irgendetwas reingezogen wurde?"

Tina schrieb eifrig jedes Wort mit. Ihre Hand flog regelrecht über den Notizblock und sie fragte nach: „Geklaut?"

„Deshalb haben sie ihn doch aus dem Stahlwerk geworfen."

Tina fragt weiter. „Und wen hat er da verprügelt?"

„Nee, nicht im Stahlwerk, deshalb hat er doch an der Tankstelle seinen Job gleich wieder verloren."

Tina kommt mit dem Schreiben kaum noch nach und nuschelt vor sich hin. „… in Tankstelle Kunden verprügelt." Von dem selbstsicheren Erich mit der Pistole war kaum noch etwas zu spüren. Sein Gesicht lief leicht rosa an und man konnte sehen, wie sich seine Aufregung immer weiter steigerte. „Was soll der Mist? Das war sein Kollege und der hat ihn wohl provoziert."

Tina legte den Stift ab, schaut bedächtig in den Raum. „Ich komme gerade nicht mit. Es wäre besser, wenn Sie mir das ganz systematisch der Reihe nach erzählen." Dann überlegte sie kurz und fragte: „Ich dachte, er hat bei der Polizei gearbeitet? Das müssen Sie mir wirklich nochmal der Reihe nach erklären."

Erich, inzwischen voll in Rage, erhob sich und stemmte sich mit beiden Armen auf den Tisch.

„Reden wir über Lutz oder Falko?"

„Falko!"

„Nee, ick meine jetzt Lutz. Ja, ja der Falko war wohl bei Bereitschaftspolizei in Potsdam und jetzt reicht es mir hier aber!"

Die Situation schien zu eskalieren. Ossi stand auf und fasste Erich behutsam auf die Schulter. „Es gibt da einige Missverständnisse. Wir versuchen das nur in Ordnung zu bringen. Wir sind doch auf Ihrer Seite. Haben Sie ein Foto von Ihrem Sohn oder vielleicht auch von Falko? Wir müssten nur mal die Bilder vergleichen."

Der Senior zog seine Schulter weg. Der Körperkontakt war ihm sichtlich unangenehm. Aber Ossis Worte verfehlten ihre Wirkung nicht. Erich holte ein paar Mal tief Luft und ging langsam zum Schrank hinüber. Er öffnete eine Schublade und kramte in einem Stapel Schwarz-Weiß-Fotos herum.

„Hier, das sind alle." Damit legte er ein Bild mit seinem Sohn und eins vom Beelitz-Mörder, beide in einer Polizeiuniform, auf den Tisch. „Die Jungs waren beide bei der 20. Volkspolizei Bereitschaft in Potsdam."

Ossi nahm sich ohne zu fragen ein paar weitere Fotos aus der Schublade.

„Ist doch okay, Herr Lehmann?"

Um sie besser betrachten zu können, ging er ans Fenster, schob die Gardine leicht beiseite und blätterte den Stapel Fotos durch. Er wusste genau, was er suchte, und wurde schnell fündig. Ein Porträt, formatfüllend fotografiert, mit Blick in die Kamera, auf dem die Bestie dem Leser am Sonntag von der Titelseite aus direkt in die Augen schauen konnte.

Auch für Tina wendete sich das Gespräch in die richtige Richtung. Jetzt wurde es interessant. War der Beelitz-Mörder etwa einer aus den Reihen der Polizei? Wie ein trockener Schwamm saugte sie glücklich jedes Wort Lehmanns auf.

„Mensch, Herr Lehmann, ich wusste ja gar nicht, dass Falko auch Polizist war."

„Die Jungs haben doch alles versaut, diese Taugenichtse."

„Wieso versaut?", fragt Tina nach.

„Zu Adolfs hundertstem Geburtstag haben die Jungs in der Kaserne ein bisschen arg gefeiert. Da haben die keinen Spaß verstanden und die Jungs mir nichts, dir nichts rausgeworfen."

Ossi, der am Fenster stand, schob die Gardine noch etwas weiter beiseite, um einen besseren Blick auf den Hof zu haben. „So ein Scheiß", flüsterte er.

„Aber nur, weil man feiert, wird man doch nicht gleich aus dem Polizeidienst entlassen?", fragte Tina weiter.

Ossi tippte Tina nervös auf die Schulter und gestikulierte in Richtung Fenster. Tina schaute böse zurück.

Sie sah wieder zu Lehmann, ignorierte Ossi und schrieb eifrig weiter.

„Was hatten Sie gerade gesagt?"

„Einer von denen hat *Heil Hitler* über den Flur gebrüllt und ihren Vorgesetzen mit einem Nazigruß empfangen! Wie dämlich muss man denn sein?"

In diesem Moment klingelte es Sturm. Alle drei schreckten auf. Ossi zeigte hektisch in Richtung Tür und griff nach seinem Rucksack. Das durfte doch nicht wahr sein. Wer unterbrach sie da? Jetzt, wo der Lehmann endlich so richtig aus dem Nähkästchen plauderte.

„Erwarten Sie jemanden?" Tina war sichtlich genervt.

„Nein, eigentlich nicht."

„Falls das jemand von der Presse ist, reden Sie auf keinen Fall mit denen!"

Es klingelte wieder. Erich stand auf und ging zur Tür.

Ossi packte Tina und zog sie zum Fenster.

„Was ist los, Ossi?"

Sie schauten auf die Straße hinunter.

„Da unten steht ein Bullenwagen vor der Tür", antwortete Ossi. Ihre Blicke trafen sich für eine flüchtige Sekunde.

„Nix wie weg! Los, beeil dich! Das gibt jetzt richtig Ärger."

Tina stürzte zum Tisch und sammelte in Windeseile ihre Sachen ein. Dann rief sie Ossi zu, der bereits im Flur stand.

„Die Fotos!"

Der Fotograf machte auf der Stelle kehrt. Noch einmal wollte er auf keinen Fall ohne Bilder flüchten. Er griff in seinen Rucksack und holte die Nikon heraus. Ein Blick auf die Optik. Mit dem 24-70mm kann man auch Makroaufnahmen machen. Ein Film war auch noch drin. Ein Blick in die Runde. Wo ist das beste Licht? Im Bruchteil einer Sekunde war die Entscheidung gefallen und er platzierte die Fotos auf der Fensterbank.

Tina hatte in der Zwischenzeit zu Lehmann aufgeschlossen, der gerade in die Wechselsprechanlage sprach. Im Hintergrund hörte man das laute Klicken der Spiegelreflexkamera und das Surren des Motors der Nikon, wenn diese den Film zum nächsten Bild weitertransportierte. Erich schaute zu Tina. „Die sagen, sie sind von der Polizei?" Wenn es einen guten Zeitpunkt für Panik gab, dann war er jetzt, und Tina musste sich extrem konzentrieren, um nicht die Kontrolle zu verlieren.

„Das kann ich Ihnen erklären. Wir gehen mal kurz runter und reden mit den Kollegen. Ossi, wo bleibst du?"

Der packte gerade die Fotos zurück in die Schublade. Auf einem der dort liegenden Klassenfotos stand handschriftlich etwas auf der Rückseite. Obwohl das Licht für einen 200er ISO Film zu dunkel war, hielt Ossi schnell noch mal mit dem Fotoapparat drauf. Ein viel zu langes Klicken war zu hören. Der Profi erkannte sofort, das war mindestens 1/8 Sekunde. Mist, verwackelt. Für eine Korrektur war keine Zeit mehr. Tina rief schon zum dritten Mal.

„Ich komme, einen Moment noch!"

„Los, die sind gleich im Haus!"

Mit einer geübten Bewegung stellte Ossi die Kamera auf Rückspulen. Der Motor summte mit Vollgas. Es kam Ossi wie eine Ewigkeit vor. Dann war endlich Ruhe. Er öffnete das Kameragehäuse, nahm den Film heraus, machte als Zeichen für „belichtet" einen Knick in das heraushängende Filmende und steckte sich die Rolle in seine Socke unter die Jeans. Wenn sie jetzt erwischt wurden, durften die Bullen auf keinen Fall den Film finden.

Ossi kam in den Flur und warf die Kamera in den Rucksack. Tina machte die Tür auf und sie eilten an dem verdutzten Lehmann vorbei.

„Machen Sie nicht die Haustür auf, wir reden unten mit den Kollegen."

Sie sprangen regelrecht die Treppe hinunter. Ossi, immer zwei, drei Stufen auf einmal. Tina konnte ihm auf ihren Pumps kaum folgen. Als sie in der dritten Etage ankamen, hörten sie, wie sich unten, mit einem lauten Summen, die Haustür öffnete und Männerstimmen ins Haus drangen.

„Scheiße, dieser Trottel hat denen die Tür aufgemacht."

Was jetzt? Sie saßen in der Falle. Eine kurze Panikattacke überfiel Ossi. Es fühlte sich an, als würde jeder Herzschlag im Hausflur lautstark widerhallen, und aus den Augenwinkeln konnte er eine knarrende Tür sehen, die sich öffnete. Eine mollige, ältere Frau kam heraus. „Was machen Sie denn hier für einen Lärm?"

Ossi blieb schlagartig stehen, schaute hoch, dann wieder runter, überlegte eine Sekunde, sprang die Treppe hinauf und schob Tina zur Seite. Er holte seine Kamera aus der Tasche und schaute auf das Namenschild. Dann sprach er mit atemloser Stimme:

„Frau Becker? Wir sind vom Stadtboten und Sie sind unsere Wochengewinnerin!"

Bevor Frau Becker überhaut begriff, was mit ihr geschah, schob Ossi die Frau in ihre Wohnung. Tina folgte schnell und schloss die Tür hinter ihnen. Sie schien kaum Luft zu bekommen und stützte sich erstmal mit den Armen an ihren Knien ab. Ossi fing ihren Blick ein und konnte sich nicht gegen das einsetzende Lächeln wehren.

Tina schüttelte unmerklich den Kopf und flüsterte: „Ossi, du alter Fuchs."

„Was ist denn mit Ihnen passiert? Sie sind ja ganz außer Atem."

„Ja, ja, Frau Becker. Journalisten sind manchmal wie kleine Kinder." Ossi baggerte Frau Becker mit seinem besten Sonntagslächeln an. „Wir hatten gewettet, wer als erstes an der Haustür ist und Ihnen die gute Botschaft überbringt, dass Sie unsere Wochengewinnerin sind! Und wie Sie sehen, der Fotograf war wieder mal schneller." Er lächelte Frau Becker freudestrahlend an.

„Ich habe gewonnen? Ich habe doch bei gar keinem Preisausschreiben mitgemacht?"

Ossi griff in seine Brieftasche, holt 20 Mark heraus und drückte sie der Frau in die Hand. „Das ist doch nach dem Zufallsprinzip. Jede Woche nehmen wir uns das Telefonbuch und diese Woche haben wir Sie als Wochengewinnerin ausgesucht."

„Da habe ich ja Glück! Wissen Sie, junger Mann, die Deutsche Post hat uns ja erst vor zwei Monaten einen Anschluss gelegt. Ich sage Ihnen, die haben dabei einen Dreck gemacht, und die Schuhe haben die auch nie ausgezogen, und dann haben die überall rumgebohrt und allen Schmutz liegen lassen. Das war ein Lärm und sah hier schlimm aus."

Ossi nickte verständnisvoll.

„Die Post, das ist halt ein deutsches verstaubtes Amt."

Frau Becker war von dem charmanten Fotografen anscheinend sehr beeindruckt und hatte wohl das Gefühl, jetzt auch noch lustig sein zu müssen. Sie hielt den Zwanziger gegen das Licht.

„Ist der auch echt, junger Mann?" Sie grinste Ossi mit ihrer schlecht gearbeiteten Zahnprothese an. „Das ist doch bestimmt versteckte Kamera!"

„Sie sind aber lustig, Frau Becker. Nein, keine versteckte Kamera, ich mache jetzt ein schönes Foto von Ihnen, und am Sonntag sind Sie im Stadtanzeiger zu sehen."

Vor der Eingangstür im Hausflur waren die schweren Männerschritte der Polizisten zu hören, die Stufe für Stufe zu Herrn Lehmann hinauf ächzen. Vorsichtshalber schob Ossi Frau Becker in die Küche. „Hier ist viel besseres Licht. Wir wollen ja, dass Sie gut aussehen."

Frau Becker stockte kurz. „Wo kommen Sie her? Bote oder Stadtanzeiger?"

„Habe ich Anzeiger gesagt?", grinste Ossi. „Nee, der Bote natürlich. Wenn das mein Chef hört! Der schmeißt mich gleich raus. So attraktiv, wie Sie aussehen, kommt das Foto bestimmt auf die Titelseite. Halten Sie mal den 20ziger ganz dicht an den Kopf und lächeln Sie in die Kamera. Sagen Sie: ‚Cheese'!"

Ossi stellte Frau Becker ans Fenster und löste ein paar Mal mit seiner Nikon aus. Frau Becker fühlte sich wie ein Fotomodell und machte sehr komisch wirkende Posen in

Richtung Kamera. Woher sollte sie auch wissen, dass Ossi nicht mal einen Film eingelegt hatte.

Die Geräusche im Flur verstummten.

Tina rief: „Sie sind weg, Ossi, komm!"

„So, Frau Becker, das war es schon. Zeit ist Geld, wir müssen wieder los." Die Kamera war schnell im Rucksack verschwunden und dieser auf dem Rücken platziert. Mit den Worten: „Ich wünsche Ihnen noch einen schönen Tag", flitzte Ossi an Frau Becker in Richtung Ausgangstür vorbei.

Die arme Frau traute ihren Augen nicht. Im Vorbeigehen schnappte Ossi ihr den Zwanziger aus der Hand, steckte ihn sich in die Jeans und rannte dann mit Tina die Treppe runter, ohne sich noch einmal umzudrehen.

Sie standen auf der letzten Stufe des Treppenhauses und grinsten sich an.

„Du hast jetzt nicht im Ernst der Oma den Geldschein wieder abgenommen, oder? Ossi, halt mir nie wieder einen Vortrag über Moral!"

Ossi war das sowas von egal. „Freu dich und sei doch mal entspannt, wir haben das Foto, Tinchen! War das eine geile Nummer. Dafür liebe ich diesen Job." Er hielt den 20 DM-Schein hoch. „Hallo Titelstory, wir kommen."

Auch Tina grinste. „Auf dem Rückweg kaufen wir davon eine Flasche Rotkäppchen Sekt oder besser gleich zwei."

Laut lachend öffnete er die Haustür.

Sein Blick gefror. Auf der anderen Seite der Tür standen zwei muskelbepackte Männer und studierten die Namensschilder. Es waren die Schlägertypen aus Philadelphia.

Tina rannte ohne Zögern zwischen den beiden durch. Ossi war überrumpelt. Bevor er losrennen konnte, hatte ihn der Lange fest an der Jacke gepackt. Der andere Kerl, ein zwei-

Meter-Riese und über 100kg schwer, jagte erstaunlich schnell Tina hinterher. Mit zwei, drei Schritten hatte er sie eingeholt und griff ihr brutal in die Haare.

Ossi hörte, wie Tina aufschrie. Ohne zu überlegen drückte er seinem Angreifer, der ihn fest am Kragen hielt, den Fuß in den Bauch. Er fand einen Griff in dessen Revers und so wie er es tausend Mal im Training gemacht hatte, setzte er zur Tomoe Nage an, ließ sich mit vollem Schwung nach hinten auf den Rücken fallen, zog den Russen mit sich und warf ihn im hohen Bogen über sich. Dann sprang er auf dessen Oberkörper, griff sich den Arm, stieg mit seinem Fuß darüber und ließ sich mit erneutem Schwung in den Armhebel fallen. Ein lautes Krachen erklang. Der Lange schrie.

Ossi sprang auf, packte seinen Rucksack und rannte zu Tina. Kratzend und schreiend versuchte sie verzweifelt, sich aus den Klauen ihres Peinigers zu befreien. Ohne seinen Lauf zu stoppen, schlug Ossi ihm mit voller Wucht von hinten die Faust in die Rippen. Der Faustschlag erzielte nicht die gewünschte Wirkung, jedoch ließ der Riese von Tina ab, drehte sich um und stürzte sich auf Ossi. Dieser Schwungmasse hatte der Fotograf nicht viel entgegen zu setzen. Beide stürzten zu Boden. Mit seinen über 100 Kg lag der Riesenkerl auf Ossi, und bevor er irgendwie reagieren konnte, spürte Ossi die volle Wucht der Faust in seinem Gesicht. Blut spritzte und ein heftiger Schmerz drohte, seinen Schädel zu spalten. Als der Russe zum zweiten Schlag ausholte, konnte Ossi blitzschnell sein linkes Bein befreien. Der Rest von ihm steckt wie in einem Schraubstock unter dem massigen Körper fest. In letzter Sekunde drehte er seinen Kopf beiseite, und der zweite Schlag ging mit einem dumpfen Aufprall dicht neben Ossi ins Gras. Wie im Rausch holte der Riese zum nächsten Schlag aus. Ossi wusste, dass es jetzt schnell gehen musste. Er zog sein linkes Bein vor den Körper des Fettsackes, drückte mit dem Fußspann gegen dessen Hals, griff dabei blitzschnell mit der rechten Hand den Kragen der Jeansjacke des Riesen und zog den Würgegriff mit voller Kraft zu. Die nächsten Atemzüge blieben dem Schläger wortwörtlich im Hals stecken. Zum dritten Schlag kam es nicht mehr. Er röchelte und versuchte sich aus der Würge zu befreien. Der Typ hatte Bärenkräfte und Ossi konnte den Kragen kaum noch festhalten. Seine Finger bogen Millimeter für Millimeter auseinander. Mit allerletzter Kraft zog er an der Jacke, um die Würge geschlossen zu halten. Er wusste, dass nicht die Atmung, sondern die Blutzufuhr zum Gehirn unterbrochen wurde. Es konnte sich nur noch um Sekunden handeln. Aber der Kragen rutschte ihm langsam, aber sicher aus den Fingern. Der Russe lief vor Anstrengung rot an und Ossi kämpfte mit letzter Kraft. Dann endlich, nach einer gefühlten Ewigkeit sackte der Angreifer zusammen, verdrehte die Augen und fiel wie ein Sack auf die Seite.

Ossi sprang auf. Vor ihm stand Tina und hielt ihre Pumps wie Waffen in der Hand. „Was hast du damit vor?"

Wenn ihm der Schädel nicht so gebrummt hätte, hätte er schon wieder lachen können. Tina stand barfuß mit zerrissenen Strümpfen und zerzaust vor ihm. Sie bot ein skurriles Bild.

Im Hintergrund erhob sich der andere Russe, hielt seinen Arm und humpelte auf die beiden zu.

Ossi überlegte nicht lange. Er schaute auf den Riesen vor sich am Boden. „Schnell, der kommt gleich wieder zu sich!" Er

packte seinen Rucksack, dann Tina am Arm und sie rannten
zum Auto.

Donnerstag, der 01.August 1991
19:44 Uhr

Außer Atem erreichten sie endlich den Golf. Die Verfolger waren abgehängt. Ossi setzte sich auf den Boden und lehnte sich mit dem Rücken ans Auto. Er kramte in seinem Rucksack, holte erst seine Kamera und dann sein Telefon heraus und überprüfte beides.

„Gott sei Dank ist nichts kaputt!"

Tina schaute ihn an. „Du glaubst an Gott?"

„Sehr witzig, Tina. Mich würde viel mehr interessieren, wer die beiden sind und wie die uns schon wiedergefunden haben?" Er gab seinen Pin Code ins Alcatel Handy ein und klappte die Antenne auseinander. Er hielt das Telefon hoch in die Luft. Auf dem Display erschien der Hinweis ‚Suche Netz'. „Die Post soll endlich mal das Scheiß C-Netz ausbauen! Das ist echt eine Katastrophe, sobald man aus Berlin raus ist."

„Entspann dich! Es ist doch nichts passiert", versuchte Tina ihn zu beruhigen.

„Nichts passiert? Hallo, hattest du einen Blackout? Da haben uns gerade zwei Typen die Fresse poliert. Die sahen aus wie die Russenmafia. Sobald ich wieder Funkkontakt habe, rufe ich die Bullen an! Ich habe keine Lust, denen nochmal über den Weg zu laufen!"

Ossi stand auf und hielt das Funktelefon übers Autodach, in der Hoffnung, endlich eine Verbindung zu bekommen.

Tina legte Ossi einen Arm über die Schulter und sprach ihm leise ins Ohr. „Da kannst du eigentlich auch gleich zu Lehmann wieder hinaufgehen und bei den Kollegen von der

Kripo eine Anzeige aufgeben und denen nebenbei erklären, was wir hier gerade tun."

„Kollegen?" Ossi stieß Tina von sich. „Das ist genau das, was ich vorhin meinte. Es wird noch richtig Ärger geben mit deinem 'Wir sind von der Polizei'."

„Eh, ich habe nie gesagt, dass wir Polizisten sind. Du Gewinner vom Stadtboten!"

Das Gespräch wurde durch einen langen Piep des Telefons unterbrochen. Ein Balken im Display zeigte, wenn auch schwach, dass das Handy sich eingeloggt hatte. Es war endlich wieder funktionsfähig.

„Ich würde es lassen!" Mit diesen Worten ließ Tina ihre Pumps auf den Boden fallen und zog ihre zerrissenen Feinstrumpfhosen aus. Sie steckte sie in ihre Handtasche und nahm sich dann die Haarbürste, drehte den Außenspiegel des Golfs zu sich und fing an, ihre Haare wieder in Ordnung zu bringen.

„Bloß gut, dass wir etwas abseits geparkt haben."

Tina lächelte selbstgefällig, ihr schien das Ganze auch noch Spaß gemacht zu haben.

Ossi, dessen Puls sich gerade wieder normalisierte, konnte ihrem Charme nicht wirklich widerstehen.

„Komm mal her, mein kleiner Kung-Fu-Kämpfer. Das war eine echt geile Nummer. Sowas habe ich bis jetzt nur im Kino gesehen. Dass die dich aus dem Judo-Club geworfen haben, war ein großer Fehler, und die beiden Russen oder wer auch immer die sind, werden demnächst einen großen Bogen um uns machen." Tina nahm eine Packung Papiertaschentücher aus ihrer Handtasche, öffnete sie und wollte Ossi das Blut aus dem Gesicht wischen. „Was schaust du so?""

„Falls du vorhast, auf das Taschentuch zu spucken, so wie Mutti früher, wehe dir!"

Sie lachten und Tina wischte Ossi das Blut vorsichtig, fast zärtlich aus dem Gesicht, ohne auf das Taschentuch zu spucken. Die Nase blutete immer noch leicht und Ossi zuckte vor Schmerz zusammen, als Tina sie berührte, doch er genoss ihre Fürsorge.

„Was ist? Ist alles Okay? Hast du noch irgendetwas anderes abbekommen?"

„Ne, ne, ich dachte gerade nur …"

Tina lehnte sich etwas zurück „Was dachtest du?"

„Na ja, dass du sehr schöne Beine hast."

„Deine Nase blutet und du denkst an meine Beine, typisch Mann!" Und sie drückte mit Absicht gegen Ossis Nase.

„Auaaaaa, na ja, du bist halt die erste Redakteurin, die sich auf der Straße vor mir auszieht. Wir sollten unbedingt mal Fotos in meinem Studio machen!"

Bevor Tina ihn ein zweites Mal auf die Nase drücken konnte, unterbrach ein lauter Klingelton die traute Zweisamkeit.

Ossi hielt das Telefon ans Ohr. „Oswald … Ah schön dich zu hören!" Ossi hielt die Sprechmuschel zu. „Die Redaktion, Ebi."

Tina kam ganz dicht an Ossi heran, drückte ihr Ohr mit ans Telefon und Ossi spürte ihre warme Hand auf seiner Schulter.

„Ossi, ihr solltet euch doch alle zwei Stunden melden, Lotte ist außer sich vor Wut."

Ossi musste erst einmal schlucken. Das kam jetzt heftig und unvorbereitet.

„Glaub mir, das hätten wir auch gerne getan. Unser Einheitskanzler Helmut Kohl hat dem Osten zwar blühende

Landschaften versprochen, aber irgendwie das Mobilfunknetz in Brandenburg dabei vergessen."

„Das ist jetzt nicht der richtige Moment für Witze!"

„Das sollte kein Witz sein. Wir haben seit zwei Minuten wieder Empfang und waren gerade dabei, euch anzurufen. Gib mir doch mal Lotte an den Hörer!"

„Der telefoniert gerade mit Hamburg. Wie du ja weißt, die Chefredaktion hat für Sonntag den Titel und eine Doppelseite eingeplant."

„In der Ostausgabe?"

„Nein, bundesweit! Ich hoffe ihr habt gute Nachrichten. Bis jetzt ist keine brauchbare Geschichte in Sicht. Du kannst dir gar nicht vorstellen, was hier für schlechte Stimmung herrscht."

„Liebe Ebi, dann bestell Lotte mal einen schönen Gruß von uns. Der Ossi fährt jetzt ins Fotolabor und kommt anschließend mit wunderschönen Fotos von der Beelitz-Bestie in die Redaktion. Und die Tina hat ein ausgiebiges Interview mit spektakulären Details geführt."

Ossi hörte, wie Ebi aufatmete.

„Das sind ja endlich mal gute Nachrichten. Mensch Ossi, bloß gut, dass wir dich haben! Beeilt euch bitte, um 21:00 Uhr ist noch mal eine Konferenz angesetzt. Es wäre gut, wenn du wenigstens die Kontaktabzüge bis dahin fertig hast. Dann kann Lotte schon mal draufschauen."

„Gar kein Problem, das Fotolabor ist doch bis mindestens 22:00 Uhr besetzt. Am besten sagst du dem Labor schon mal Bescheid, dass ich noch mit einem eiligen Auftrag vorbeikomme." Mit diesen Worten legte Ossi auf und griff in seine Socke, um den Film herauszuholen.

Tina nahm den Autoschlüssel, schloss die Zentralverriegelung auf und setzte sich in den Golf. „Wo bleibst du, wir müssen los!"

Ossi erstarrte. Da war nichts in der Socke, vielleicht doch der andere Fuß? Er griff hastig in den anderen Strumpf. Scheiße, auch da war nichts. Hastig öffnete er seinen Fotoapparat. Kein Film war in der Kamera und auch kein belichteter Film im Rucksack. Er durchsuchte alle Hosentaschen. Aber alle waren leer. Der Film war weg! Eigentlich war er sich ganz sicher, die Filmkassette in die Socke gesteckt zu haben. Ossi öffnete die Beifahrertür. „Tina, ich habe den Film verloren."

„Du hast was?" Tinas Stimme überschlug sich fast.

„Ich muss bei dem Gerangel mit den Russen den Film verloren haben."

„Das können wir jetzt gar nicht gebrauchen."

„Das weiß ich, aber was soll ich machen? Er ist weg."

„Wir brauchen unbedingt die Fotos!"

Tina stieg wieder aus dem Auto und kam zu Ossi. Sie strahlte eine Mischung aus Angst und Wut aus. „Gib den Rucksack her!" Sie legte die Nikon und einige Objektive auf die Motorhaube und schüttete den Rest vor sich aus. Ungefähr zehn kleine Päckchen mit der Aufschrift Fujifilm Superia 400, eine Autoantenne, eine angebrochene Packung Karo Zigaretten und ein schwarzes Feuerzeug mit einem aufgedruckten Playboyhasen lagen auf dem Boden. „Was sind das für Filme?

„Tina, die sind noch original verpackt, die sind unbelichtet."

Tina tastete Ossi am ganzen Körper ab, jede Tasche, sogar die Socken. „Wo hast du den Film zuletzt gesehen?"

„Oben bei Lehmann, ich hatte mir den Film definitiv in die Socke gesteckt, bevor wir runtergerannt sind."

„Und wieso hast du ihn nicht in der Kamera gelassen?"

„Weil ich belichtete Filme immer aus der Kamera nehme."
Panik machte sich in Ossi breit. „Hast du eine Ahnung, wie schnell man die auch zweimal belichten kann, und dann kannst du alles wegwerfen."

Tina schüttelte den Kopf. „Wird der beim Rückspulen nicht immer komplett in die Kassette eingezogen? Bei meiner Kamera ist das jedenfalls so."

„Bei der Nikon kannst du das einstellen, dass immer ein Schnippel draußen bleibt. Die Laboranten sind meistens zu blöd in der Dunkelkammer, ohne etwas zu sehen, an das Filmmaterial zu kommen. Die freuen sich, wenn sie den Film einfach nur rausziehen müssen. Außerdem wollte ich, dass der Film sicher ist, falls wir den Bullen in die Arme laufen. Stell dir vor, die hätten uns den abgenommen."

„Ossi, wir müssen zurück, nach dem Film suchen."

„Nein!"

„Was, nein? Wir brauchen die Fotos!"

„Du bleibst im Auto. Oder besser noch du fährst eine Runde und sammelst mich hier wieder ein. Ich habe den Film unter Garantie während der Schlägerei verloren. Ich gehe alleine zurück, falls die Russen noch irgendwo in der Nähe sind, und suche den Film. Hier ist mein Funktelefon, wenn ich in 15 Minuten nicht wieder da bin, rufst du die Polizei an."

Mit diesen Worten drückte Ossi Tina das Alcatel in die Hand und verschwand in Richtung Lehmanns Wohnblock.

Die kühle Abendluft streifte Tina über die Schultern. Jetzt, wo sie alleine war, machte sich sofort ein ungutes Gefühl breit. Sie hatte Gänsehaut an den Unterarmen. Für einen Tag war das eine ganze Menge innere Aufruhr. Sie stieg schnell

113

ins Auto und verriegelte die Türen. Ein Blick auf die Uhr. Es war 20:12 Uhr. Sie gab Gas und verschwand hinter der nächsten Kurve.

Totenstille lag über Lehmanns Wohnblock. Die Sonne stand schon ziemlich tief und tauchte den kleinen Ort in ein warmes orangenes Licht. Ossi war vorsichtig auf die andere Seite der Wohnanlage geschlichen. Er stand mitten in einer hohen Buchsbaumhecke. Von hier aus hatte er einen guten Blick, ohne selbst gesehen zu werden. Die Schläger schienen nicht mehr hier zu sein. Kein Mensch war zu sehen. Ossi schaute auf seine silberne Armbanduhr. Die hatte er sich zu seinem Geburtstag selbst zum Geschenk gemacht. Es war eine digitale Zeigeruhr. Der Sekundenzeiger wurde von einem Schrittmotor angetrieben, einmal pro Sekunde bewegte er sich unaufhaltsam immer weiter. Es war schon 20:17 Uhr. Vielleicht hätte er sich mehr Zeit einräumen sollen. Ihm blieben nur noch zehn Minuten. Plötzlich öffnete sich die Tür an Lehmanns Block. Lachend und kreischend störten drei Teenies die abendliche Stille. In aller Seelenruhe zündeten sie sich eine Zigarette vor dem Haus an. Die sollten verschwinden! Es dauerte ewig, bis sie endlich weitergingen. Jetzt oder nie. Sein Herz bummerte und er rannte in Richtung Eingangstür, schaute in alle Richtungen. Er war allein. Hastig begann Ossi, alle Ecken abzusuchen. Nichts, kein Film war zu sehen. Ein unangenehmer Gedanke schoss ihm durch den Kopf. Hoffentlich hatte er den nicht schon oben bei der Becker verloren. Nach der Nummer mit dem Zwanziger war die bestimmt nicht erfreut, wenn er nochmal nachfragte. Womöglich hatte die in der Zwischenzeit beim Stadtboten angerufen und erfahren, dass ihn da keiner kannte.

Er rannte über den rotgelben Pflasterweg zu dem Ort, wo der zweite Kampf stattgefunden hatte. Es waren nur ein paar Meter. Die Stelle war gut zu erkennen. Die Rasenfläche neben dem Weg war deutlich aufgewühlt. Grasnarben waren herausgerissen und lagen im breit getretenen Sand auf den Pflastersteinen. Er konnte sogar sein Blut im Gras erkennen. Es war schwer, etwas zu finden. Ossi kniete nieder und tastete den Boden ab. Das Gras war lange nicht gemäht worden. Es stand fast 20cm hoch. Ossi musste sich Zentimeter für Zentimeter durch die Wiese tasten. Es war die klassische Nadel im Heuhaufen.

„Können wir Sie irgendwie helfen?" Eine dunkle Männerstimme aus dem Nichts riss Ossi aus seiner Suche. Er starb fast vor Schreck. Ossi drehte sich um und schaute auf zwei Paar braune Lederschuhe, die vor ihm auf dem Weg standen. Langsam hob er den Kopf. Sein Blick folgte unmodernen, braunkarierten Karottenhosen, in denen weite weiße Hemden bis zum Anschlag steckten. Dann erblickte er die passenden Comickrawatten, einmal Mickey Mouse und einmal Superman. Zwei Typen, glattrasiert mit geschniegeltem Seitenscheitel schauten Ossi ernst ins Gesicht. Er hatte sie gar nicht kommen hören. Die gute Nachricht war, es waren nicht die Russen. Die schlechte, Ossi erkannte eindeutig die beiden Kripobeamten wieder, die er von Lehmanns Fenster aus gesehen hatte. „Können wir Sie irgendwie helfen, junger Mann?"

Ossi stand langsam auf. „Ihnen!"

„Was?"

Das war eindeutig ein Fehler, die beiden grammatikalisch zu korrigieren. Sie musterten Ossi mit bösem Blick. Jetzt erst merkte er, dass seine Jeans angerissen und seine Knie vollkommen verdreckt waren und sein Haar wild zerzaust abstand. Auch seine Hände waren noch leicht blutverschmiert und voller Dreck.

Ossi glaubte, den heranfahrenden Golf zu hören. Ein flüchtiger Blick auf seine Uhr bestätigte es. Mist, es war schon 20:26 Uhr. Hoffentlich wartete Tina noch einen Moment und rief nicht sofort bei der Polizei an. Warum klappte das in Filmen immer so gut mit den 15 Minuten?

Das, was Ossi gehörte hatte, war wirklich Tina. Knapp 200 Meter von dem Geschehen entfernt hielt sie ihren GTI an. Wo blieb Ossi nur? Noch eine Minute. Wenigstens hatte das Telefon Funkkontakt. Tina hatte unterwegs schnell die Klappantenne vom Telefon abgeschraubt und eine passende externe Autoantenne angebracht. Auf dem Autodach war sie mit einem großen Magneten und einer ca. 40 cm langen Stabantenne befestigt, die mit einem Kabel durch das Seitenfenster direkt mit dem Telefon verbunden wurde. Das brachte gut zwei Balken mehr Empfang. Tina überlegte, was sie machen sollte. Ossi hatte gesagt: „Ruf in 15 Minuten die Polizei an!", und die Zeit war genau jetzt um. Hoffentlich war ihm nichts passiert.

„Können Sie nicht reden oder verstehen Sie mich nicht. Was machen Sie hier?"

„Ach ja, doch, ich habe meine Uhr hier irgendwo verloren." Das war die spontane Lüge, die Ossi einfiel und er wusste sofort, die war extrem schlecht.

Die beiden Polizisten schauten sich kurz an.

„Sie suchen also Ihre Uhr, und was ist das an Ihrem Arm?"

„Ähhh, nein, ich suche meine Stoppuhr, die muss ich vorhin hier verloren haben, als ich mit den Kindern Sport gemacht habe." Kurze Pause. „Ich bin Übungsleiter." Wieder eine kurze Pause.

„Kann ich mal Ihren Personalausweis sehen!"

Bevor Ossi den beiden Zivilpolizisten fragen konnte, warum er ihnen seinen Ausweis zeigen sollte, hatte er auch schon einen Dienstausweis der Kripo vor seinem Gesicht. Zögerlich griff Ossi in seine Hosentasche und holt den zerknitterten blauen Personalausweis hervor.

„Der hat aber auch schon bessere Tage gesehen, junger Mann."

Ossi zuckte mit den Schultern. Das nervte vielleicht mit dem *jungen Mann*.

Während der eine Kripobeamte gemächlich den Personalausweis durchblätterte, behielt der andere Ossi scharf im Auge. Besonders sportlich sahen die beiden nicht aus. Für einen kurzen Moment kam Ossi der Gedanke, sich seinen Ausweis zu schnappen und einfach wegzurennen. Aber dann hätte er noch mal zurück und weiter den Film suchen müssen. Und falls Tina die Polizei gerufen hatte, konnten die auch jeden Moment auftauchen. Also noch mehr Polizei.

„Haben Sie hier eventuell zwei Journalisten gesehen? Die hier rumrennen und Leute befragen?"

„Solange ich hier bin, habe ich niemanden gesehen. Wie sehen die denn aus?"

Der Kommissar mit der Superman-Krawatte schaut Ossi leicht angeekelt an. „So in Ihrem Alter, auf den ersten Blick sehr freundlich." Er überlegt kurz. „Und auf jeden Fall sauber und vernünftig gekleidet." Die Augen des anderen

Polizisten lösen sich mit einem befremdlichen Lächeln von Ossis Ausweis. „Aha, wie ich sehe, wohnen Sie im Prenzlauer Berg. Also einer von uns."

„Ne, aber Sie werden es nicht glauben und das habe ich heute schon mehrmals gesagt, ich bin definitiv nicht von der Polizei!"

Die beiden Kripobeamten lachten lautstark über diesen scheinbaren Witz und klopften Ossi auf die Schulter. „Junger Mann, das sehen wir, ich meine doch aus der DDR."

„Ach so, ja klar …"

Der Kripobeamte mit der Mickey-Mouse-Krawatte gab Ossi seinen Ausweis zurück. „So wie der aussieht sollten Sie mal einen neuen beantragen und etwas pfleglicher damit umgehen, junger Mann. Ich hoffe, Sie finden Ihre Uhr noch."

Dann zogen die beiden, als wäre nichts gewesen, von dannen. Ossi schaute ihnen ungläubig nach.

Die Polizisten stiegen in ihren weiß-grünen Polizei-Wartburg und fuhren davon.

Tina, ich muss zu Tina! Ossi wollte gerade zum verabredeten Treffpunkt rennen, da sah er, wie sie auf ihren Pumps herüber gestöckelt kam.

„Erzähl mir bitte nicht, dass jetzt gleich die nächsten Bullen hier auftauchen."

„Nein, ich dachte mir, bevor ich da anrufe, schaue ich erst mal, ob ich dich vielleicht finde und dann hast du hier gestanden, im Gespräch vertieft. Waren das die Kripobeamten, die bei Lehmann waren?"

„Ja, das waren Herr Mickey Mouse und Herr Superman." Ossi äffte die beiden nach. „Junger Mann, Sie sind ja auch einer von uns."

Tina lachte laut. „Ja, so sahen die auch aus."

Ossi kniete zur Wiese runter. „Los komm, hilf mal mit suchen, der Film muss hier irgendwo sein."

Grasnarbe für Grasnarbe tasteten sich die beiden suchend durch die Wiese.

Stille, nur der leichte Abendwind mit seinem Rauschen in den Bäumen war zu hören. Keiner von ihnen wollte den Gedanken, dass der Film weg war, laut aussprechen. Sie suchten die Fläche ein zweites Mal ab.

Und dann, kaum zu sehen, hineingedrückt in den märkischen Sand, schaute nur eine kleine runde Fläche heraus. „Ich habe ihn! Tina, ich habe ihn!" Ossi grub mit seinen Händen in Windeseile die Filmdose aus dem Boden und pustete den lockeren Sand ab. Ein kontrollierender Blick. Er war unversehrt, die Dose war dicht, kein Licht war eingefallen, nur etwas Dreck haftete außen daran. Tina und Ossi fielen sich vor Freude in die Arme. Das fühlte sich gut an. Erleichterung machte sich breit, die Welt war wieder in Ordnung. Arm in Arm standen die beiden im Licht der untergehenden Sonne und genossen den Augenblick.

„Was denkst du?"

Ossi grinste. „Ich habe gerade gedacht, dass du schöne Beine hast und wir sollten in meinen Studio unbedingt mal Fotos machen."

Tina lachte und boxte Ossi in die Rippen. „Du bist ein unverbesserlicher Mistkerl."

Rückblick:
Sonntag, 24.März 1991

„Hallo, wer ist denn da?", fragte Ina schlaftrunken. Sie musste beim Fernsehschauen eingeschlafen sein.

„Ich bin's, Dieter. T'schuldigung, dass ich so spät noch anrufe. Ich dachte, du bist noch wach."

„Was issn los?"

„Haste was von ihr gehört?"

„Mann, Dieter. Bitte ruf nicht jeden Tag zweimal an! Mich macht das genauso fertig wie dich. Ich melde mich, sobald ich was höre, okay?"

„Hast du was von ihr gehört, ja oder nein?"

„Mensch, nein, das habe ich dir schon x-Mal und der Polizei auch schon gesagt."

„Die Polizei, hör mir bloß auf, die machen ja nichts."

„Mal ganz ehrlich, so schnell passiert da nichts. Gabi ist gerade mal drei Tage verschwunden und irgendwelche Anzeichen eines Verbrechens hat es Gott sei Dank nicht gegeben. Vielleicht hatte sie die Schnauze voll und sie ist einfach abgehauen."

„Eh, da ist was passiert. Gabi haut doch nicht einfach ab."

„Dieter, ich weiß es auch nicht. Sie war an dem Tag schon etwas durcheinander."

„Bei ihrer Mutter ist sie jedenfalls nicht. Mann, du bist ihre beste Freundin. Dich würde sie doch auf jeden Fall anrufen!"

Kurze Stille.

„Ina, bist du noch da."

„Ich bin noch da. Dieter, wenn ich ganz ehrlich bin, ich habe Angst. Angst, dass sie sich etwas angetan hat."

„Son Quatsch, sowas würde sie nie tun. Sie ist glücklich."

„Ihr habt aber auch ganz schöne Probleme."

„Komm, hör auf damit!"

„Ich höre aber nicht auf. Es fing doch alles mit dem Kauf eures Hauses an."

„Darf ich dir mal ins Wort fallen. Es fing damit an, dass wir hier alle unseren Job verlieren, weil ein Kombinat nach dem anderen geschlossen wird. Das wird sie dir ja sicher gesagt haben. Das Haus verkaufen wir und gehen in den Westen, irgendwo in Richtung Stuttgart. Da werden jedenfalls Bauingenieure überall gesucht."

„Dieter, ich mache mir große Sorgen."

„Frage mich mal, ich habe eine Scheißangst. Ich habe die letzten drei Tage nicht mehr als zwei bis drei Stunden pro Nacht geschlafen."

Das Geräusch eines ankommenden Mopeds war zu hören. Dieter schob die Gardine zur Seite und schaute zum Gartentor hinüber.

„Warte mal kurz, da steht jemand draußen vor der Tür und klingelt Sturm. Sieht aus, als wenn es der Bengel vom Techert ist."

Er spürte, wie sein Herzschlag bis hinauf zum Hals pulsierte. Dieter legte den Hörer beiseite und öffnete den Fensterflügel. Eine böse Ahnung machte sich in ihm breit.

„Was iss'n los, Großer? Was machsten son Lärm?", ruft er aus dem Fenster.

„Vater schickt mich."

„Und?"

„In der LPG, am Waldrand ist alles voller Polizei. Die haben eine tote Frau gefunden. Vater sagt, das hat vielleicht was mit Gabriele zu tun."

Die letzten Worte drangen gar nicht mehr bis zu Dieter vor. Die Haustür sprang auf und er stürmte hinaus. Er packte den überraschten Jungen mit beiden Händen am Kragen und zog ihn zu sich heran.

„Was hast du gesagt?" Tränen rollten ihm die Wangen herunter und seine Lippen zitterten.

„Die sind hinterm Kuhstall", flüsterte der Junior.

Dieter ließ schlagartig von dem Jungen ab und rannte wie angestochen in Richtung Bauernhof.

Der Telefonhörer lag immer noch auf dem Tisch. Inas Stimme ertönte blechern aus der Ohrmuschel. „Dieter? Dieter ... was issn los?", rief sie verzweifelt ins Leere. Doch der junge Techert konnte sie nicht hören, als er die offene Haustür schloss, dann seinen Kickstarter trat und Dieter auf seiner Schwalbe folgte.

Eine kleine Gruppe Schaulustiger stand am Kuhstall und beobachtete das Geschehen aus der Ferne. Die Polizei hatte alles weiträumig abgesperrt, näher kamen sie nicht heran. Der Waldrand war in ein warmes Scheinwerferlicht gehüllt. Die Ermittler hatten dort wieder einmal ihre großen Lampen aufgestellt und das noch eingeschaltete Blaulicht eines geraden ankommenden Polizeiautos verlieh dem Ort von Weitem schon eine gespenstische Wichtigkeit.

„Schön, dass Sie da sind, Grabowsky. Sie hatten bestimmt auch etwas Besseres am Sonntagabend vor."

„Schönen Abend, miteinander", grüßte der Kripobeamte in die Runde. „Das können Sie aber laut sagen, Herr Schmittchen. Mein Schwiegervater hat heute Geburtstag. Wir wollten uns gerade beim Chinesen zum Abendessen treffen. Das kam gar nicht gut an."

„Tut mir leid. Es spricht leider alles wieder für den Beelitz-Mörder. Der Alte und die Presse werden uns morgen in der Luft zerreißen."

„Das sagten Sie schon am Telefon. Ist Bernd Müller auch hier?"

„Nein, die Pressestelle bekommt morgen Vormittag eine Zusammenfassung von uns. Die feinen Herren kommen Sonntagabend doch hier nicht raus."

Kriminalhauptkommissar Schmittchen deutete Grabowsky an, ihm zu folgen. Ein paar Meter in den Wald hinein, kaum zu sehen vom Feldweg aus, lag die Tote. Die Gerichtsmediziner und die Spurensicherung begrüßten die Neuankömmlinge mit einem knappen „Hallo".

„Das ist aber kein schöner Anblick", stellte Grabowsky fest und rieb sich dankbar Menthol Salbe unter die Nase, die ihm ein Kollege der Spurensicherung mit einem leicht sarkastischen Lächeln rüberreichte.

Vor ihnen lag die Leiche auf einer Art Nest aus Damenunterwäsche, so wie sie es schon in Beelitz Heilstätten gesehen hatten. Außerdem lagen auch wieder überall Pornohefte herum. Der Anblick machte keinen Appetit aufs Abendessen. Der Körper der Ermordeten war mit Maden übersät. Es war aber noch gut zu erkennen, dass die Tote entkleidet und ihr *dann, wie in den anderen Fällen, Reizwäsche angezogen worden war.*

„Ist das die Todesursache?", fragte der Kriminalhauptkommissar den Gerichtsmediziner und zeigt dabei auf den Hals der Leiche. Auch sie hatte einen BH darum geknotet.

„Da bin ich mir nicht sicher."

Der Gerichtsmediziner drückte dem Kripobeamten eine durchsichtige Plastiktüte in die Hand. Darin befand sich ein mit Blut verschmiertes ca. dreißig Zentimeter langes Küchenmesser.

„Sie sehen ja selbst, der Zustand der Leiche ist leider nicht der Beste. Die Verwesung ist bei dem feuchtwarmen Wetter schon ziemlich weit fortgeschritten."

„Können Sie schon ungefähr sagen, wie lange sie hier liegt, und ob sie wie die anderen Opfer nach dem Tode missbraucht wurde?"

„Naja, wie immer, für detaillierte Angaben brauchen wir noch mindestens zwei Tage. Aber das bekommen wir in diesem Fall denke ich noch hin. Meine erste Einschätzung, aber ohne Gewähr, liegt irgendwo zwischen 8 bis 12 Tagen, die sie hier liegt."

Schmittchen überlegte kurz. „Das ist ja zum gleichen Zeitpunkt wie Heilstätten. Die Abstände, wenn man davon überhaupt noch sprechen kann, werden verdammt kurz."

„Habt ihr irgendwelche neuen Spuren in Bezug auf den Täter? Gibt es Zeugen?", fragte Schmittchen in die Runde.

Von ziemlich weit hinten antwortete einer der Kollegen und hielt mit einer Pinzette die Seite eines Pornoheftes hoch. „Nur ein paar Fingerabdrücke bis jetzt."

„Sperma, DNA, Zigarettenstummel, Kaugummi! Leute, strengt euch doch mal ein bisschen mehr an!"

„Herr Kriminalhauptkommissar Schmittchen, lassen Sie uns einfach unsere Arbeit machen. Ok? Wir werden unser Bestes geben und so schnell wie möglich wird der Bericht auf Ihrem Schreibtisch liegen", erwiderte der Chef der Spurensicherung mit angesäuertem Blick.

„Entschuldigung, ich weiß ja, dass ihr einen guten Job macht. Aber die Presse sitzt uns im Nacken und verbreitet Hysterie. Frauen und Kinder trauen sich nicht mehr auf die Straße. Wir brauchen schleunigst Ergebnisse!"

Schmittchen drehte sich nervös um und schaute suchend in die Runde, bis sein Blick auf Grabowsky fiel.

„Wir müssen morgen früh jede Person im Ort befragen, ob sie irgendetwas oder irgendjemanden gesehen haben und wirklich alle! Organisieren Sie das bitte!"

„Weiß man denn schon, wer die Tote ist?", fragte Grabowsky.

Schmittchen wiederholte laut die Frage in die Runde.

„Wissen wir schon, wer die Tote ist?"

Ein Polizeibeamter in grüner Uniform zückte einen Notizblock und rief vom Feldweg herüber. „Eventuell, Herr Kriminalhauptkommissar."

Die beiden Ermittler gingen zu ihm rüber. „Und? Erzählen sie mal!"

„Es gibt hier im Ort zwei vermisste Personen. Seit dem 14. März ist eine Claudia Erdmann spurlos verschwunden. Die Beschreibung, na sagen wir mal, könnte auf das Opfer passen. Sie ist 34 Jahre alt, weiblich, lange blonde Haare, 1,70m groß und etwas kräftiger gebaut."

Schmittchen nickt nachdenklich. „Und was ist mit der anderen vermissten Person?

„Gabriele Winter, vom Alter her auch Anfang 30. Von Frau Winter fehlt seit dem 19.März jedes Lebenszeichen. Zu Fall Winter haben wir momentan keine weiteren Informationen."

„Okay, und was wissen wir noch?"

„Eigentlich nicht viel. Sie, also Frau Erdmann, ist mit einem Heiko Erdmann verheiratet, wohnhaft hier in Borkheide. Sie hatte am Tag ihres Verschwindens frühmorgens das gemeinsame Haus verlassen und war angeblich den ganzen Tag bei einer Freundin, einer Ina Müller, in Klaistow. Dort ist sie gegen 18:00 Uhr aufgebrochen, um zu Fuß nach Hause zu gehen. Wobei der Wahrheitsgehalt der Aussagen noch überprüft werden müsste."

„Und woher wissen Sie das alles?"

„Herr Kriminalhauptkommissar, ich habe hier die Vermisstenakten."

„Gute Arbeit, junger Mann, gute Arbeit."

Schmittchen klopfte dem Polizisten anerkennend auf die Schulter und drehte sich zu Grabowsky um.

„Wir sollten dem Ehemann mal einen Besuch abstatten."

„Welchem?", fragte der Kommissar irritiert nach.

„Na wohl beiden, oder was dachten Sie?"

„Das müssen wir auf jeden Fall tun. Aber das ist doch nie und nimmer eine Beziehungstat. Als Ehemann passt der nicht in das Tätermuster."

„Na meinen Sie, dass weiß ich nicht selbst? Haben Sie eine bessere Idee? Besorgen Sie mal eine Adresse!", fauchte ihn Schmittchen an.

„Ich habe so eine Ahnung, dass wir das nicht brauchen."

„Wieso?"

„Na schauen Sie selbst." Der Kriminalkommissar zeigte zum Kuhstall rüber.

In der Menschengruppe am Feldrand war ein mächtiger Tumult ausgebrochen. Es sah so aus, als wären zwei Personen mit einem Moped durch die Gruppe gefahren. Zwei Streifenpolizisten versuchten vergebens, sie aufzuhalten. Mit Vollgas kam eine blaue Schwalbe über den Acker direkt auf sie zugefahren. Ein bizarres Bild gaben die beiden ab. Der Fahrer, vom Alter her noch ein Schüler, trug einen orangefarbenen DDR-Helm und eine weiße Fliegerbrille. Sein Sozius trug eine Jeans und obwohl es höchstens 14 Grad waren, war sein Oberkörper nur mit einem kurzen weißen Feinripp-Unterhemd bekleidet. Er saß barfuß auf dem Moped und umklammerte seinen Vordermann, um nicht vom Gefährt zu fallen.

„Ich verstehe nicht, was die Jugend heutzutage an diesem Nonnenhocker so toll findet. Wenn ich früher mit einer Schwalbe in die Schule gefahren wäre, hätte ich Klassenkeile bekommen", kommentierte Grabowsky.

Die beiden Kommissare blieben trotz des schnell näherkommenden Fahrzeuges sehr entspannt und unerwartet ruhig.

„Ich nannte damals eine rote Simson S50 mein Eigen. Was hatten Sie denn?", fragt Schmittchen nach.

„Wer bei uns cool sein wollte, musste schon ein S51 Enduro fahren. Ich hatte eine silberne mit aufgebohrtem Auspuff. Die hatte ich mir von meinem Jugendweihegeld gekauft."

Der Kriminalhauptkommissar unterbrach die Plauderei und drehte sich ruckartig zu den uniformierten Polizisten um.

„Lasst die auf keinen Fall hier durch. Das könnte der Ehemann des Opfers sein. Und wenn möglich bitte etwas sensibel!"

Die Schwalbe kam mit Höchstgeschwindigkeit angeflogen. Vollbremsung. Auf dem sandigen Feldweg schafften es sogar die schwachen Trommelbremsen, dass die Räder blockierten. Dieter sprang sofort vom Moped und wollte schreiend losrennen. „Wo ist sie?", rief er.

Zwei Uniformierte stürzten sich auf den verzweifelten Mann. Alle drei lagen am Boden und bildeten ein kämpfendes Knäuel. Dieter wehrte sich verzweifelt, er schrie und schlug wild um sich. Kriminalhauptkommissar Schmittchen griff an seinen Hosenbund und holt ein paar Handschellen hervor. Er griff sich eine Hand aus dem Knäul und ein paar Sekunden später waren die Hände des vermeintlichen Ehegatten hinter seinem Rücken fixiert. Die beiden Polizisten drückten ihn mit aller Kraft auf den Boden. Dann brach er wie ein Häufchen Elend zusammen.

„Hallo, sind Sie Herr Erdmann?", fragte Kriminalhauptkommissar Schmittchen den *gefesselten Mann. Als Antwort erhielt er nur ein schwaches Schluchzen.*

„Wenn Sie mir versprechen, dass Sie ruhig bleiben, lassen meine Kollegen Sie jetzt los.“

So einfühlsam hat Grabowsky seinen Chef noch nie gesehen. Was war denn mit dem heute los? Sonst neigte er doch eher dazu, das Arschloch zu sein.

Der Mann in Handschellen nickte unmerklich als Antwort. Er sah aus, als ob jegliche Energie ihn in diesem Augenblick verlassen hätte.

Grabowsky hasste solche Situationen. Mit den Angehörigen zu sprechen oder ihnen die Nachricht zu überbringen, dass ein Angehöriger zu Tode gekommen war, und dann mit anzusehen wie sie verzweifelt zusammenbrachen. Daran würde er sich wohl nie gewöhnen. Es war aber genau das, was den Antrieb ausmachte, die Täter dingfest zu machen. Die überhaupt nicht ahnten, wieviel Leid, Verzweiflung, Angst und Wut sie bei den Hinterbliebenen hinterließen.

Die beiden Polizisten halfen dem verschmutzten Ehemann, sich zu hinzusetzten. Grabowsky drehte sich zu dem Schwalbefahrer um. „Und wer bist du?“

„Torsten Techert, meinem Vater gehört der Bauernhof.“

„Pass auf, Torsten Techert, ich gebe dir genau eine Minute, um von hier zu verschwinden. Verstanden, Junge, sonst verbringst du die Nacht auf dem Revier!“

Das ließ sich der Schüler nicht zweimal sagen. Ein kurzer Tritt in den Kickstarter, eine Wende um 180 Grad, den Gasgriff bis zum Anschlag gedreht und die Polizisten sahen nur noch das schlecht beleuchtete Rücklicht in der Dunkelheit verschwinden.

„Und kauf dir ne vernünftige Karre!", rief ihm Grabowsky noch hinterher. Dann wandte er sich dem Geschehen wieder zu.

„Herr Schmittchen, ich habe eine Decke im Auto. Ich glaube, ich hole die mal."

Der Kriminalhauptkommissar nickte.

Als Grabowsky zurückkam, sah er schon vom Weiten, dass sie dem Häufchen Elend die Handschellen wieder abgenommen hatten. Einer der Streifenpolizisten stand mit einem Phillips Porty, einer Art Koffertelefon, etwas abseits und versuchte einen Krankenwagen zu rufen. Das Ganze scheiterte am fehlenden Funknetz hier draußen. Grabowsky hängte dem Mann die Decke über die Schultern.

„Herr Erdmann, glauben Sie mir, es ist besser, wenn Sie das dort nicht sehen." Er zeigte in Richtung des Tatortes. „Außerdem ist die Gefahr zu groß, dass irgendwelche Spuren verwischt werden. Haben Sie das verstanden?", fragte der Kommissar vorsichtig nach.

„Ich heiße nicht Erdmann. Mein Name ist Dieter Winter."

„Wie bitte?", kam die Reaktion der beiden Polizisten synchron.

„Ich heiße Dieter Winter."

Grabowsky und Schmittchen schauten sich mit großen Augen an. Im Hintergrund wedelte der Streifenpolizist mit seiner Vermisstenakte und gestikuliert flüsternd. „Das ist der andere!"

Spontane Erleichterung überfiel Grabowsky. Er setzte sich zu Dieter Winter auf den feuchten Waldboden. In seiner Hand hielt er immer noch das eingepackte Geschenk, das er aus dem Auto mitgebracht hatte. Er riss es auseinander und eine Flasche BOLS Weinbrand kam zum Vorschein.

„Die war eigentlich für meinen Schwiegervater." Er schraubte sie auf und reichte sie Dieter Winter.

Der erste Impuls von Kriminalhauptkommissar Schmittchen war Protest. Doch dann hielt er kurz inne und schaute Grabowsky an. „Ich glaube, ich könnte auch einen Schluck gebrauchen."

Wumm. Mit einem heftigen Schlag haute Ossi den Stapel Kontaktabzüge auf den Tisch. Ohne anzuklopfen oder „Hallo" zu sagen, war er in den Raum geprescht und stand inmitten in der Redaktionskonferenz. Er hielt das Porträtfoto der Beelitz-Bestie in die Runde. Das fühlte sich gut an. Das war ein Tag für Sieger. „Na, ihr Loser, hier könnt ihr schon mal das Foto der Seite Eins vom Sonntag bewundern." Er konnte sich ein breites Grinsen nicht verkneifen. „Was ist los mit euch, hat es euch die Sprache verschlagen? Ich habe uns Sekt mitgebracht. Ebi, hol doch mal ein paar Gläser!"

Wumm, dieses Mal war es Lottes Faust, die auf den Tisch schlug. „Oswald, halt deine Klappe und setz dich irgendwo hin!"

Was war dem denn über die Leber gelaufen? Lotte zitterte ja fast vor Wut. Im Eifer seiner überschwänglichen Freude hatte es Ossi gar nicht bemerkt. Sein Blick wanderte in die Runde. Oh Gott, was war hier passiert? Da saß ein Haufen freudloser Gesichter. Das sieht sonst immer schon wie die Runde der anonymen Alkoholiker aus, aber heute kam es eher einer Trauergesellschaft gleich.

„He, was ist denn los? Ist jemand gestorben?"

Keine Antwort. Sein Blick wanderte zu Tina rüber. Sie hielt die morgige Ausgabe der Berliner Morgenzeitung in der Hand und reichte sie Ossi. Er nahm die Tageszeitung und drehte sie auf die Vorderseite. Es war der Andruck für die morgige Ausgabe. Ein eiskalter Schauer schlug wie ein Blitz durch seinen Körper. Auf dem Titel stand in großen schwarzen Lettern: „Der Rosa Riese ist gefasst!" Darunter war ein Foto, fast über die ganze Seite gedruckt. Es war genau das gleiche Foto, das Ossi in der anderen Hand hatte. Ihm fiel die Kinnlade runter und ehe Ossi wieder denken konnte, hatte er genau den gleichen, bleichen Beerdigungsblick wie der Rest der Redaktion. Dem ersten Schock folgte ein langsam aufkommendes und stärker werdendes Gefühl, ein Bauchschmerz der Wut, der sich im ganzen Körper ausbreitete. Sie waren so erfolgreich gewesen, alles war so perfekt gelaufen.

„So eine Scheiße!" Ossi knüllte die Zeitung zusammen, haute sie mit Wucht vor sich auf den Boden und brüllte in die Runde. „Wo haben die das Foto her? Dann war ja heute alles umsonst!"

Marko schaute Ossi mit einem schiefen Lächeln an. Wollte er witzig oder spöttisch sein? „Willkommen im Club, Loser!" Tina beugte sich vor und hob die Zeitung auf und zog Ossi am Arm zu sich rüber. Sie gab ihm zu verstehen, dass er sich neben sie setzen sollte. Mit einem tadelnden Kopfschütteln blickte sie zu Marko.

„Wie ich sehe, sind jetzt alle auf dem aktuellen Stand." Lotte, nun in einem ruhigen professionellen Ton, ergriff das Wort: „Ich fasse noch einmal kurz zusammen. Morgen gehen wir mit vier Teams raus. Ebi, du buchst bitte noch freie Kollegen dazu. Ich glaube, der König wäre ganz gut. Wir konzentrieren uns nur noch auf die Jugendlichen, die den Rosa Riesen gefasst haben. Das wird unsere Story! Außer Tina und Ossi." Lotte schlug Ossi tröstend auf die Schulter. „Sorry, aber wir brauchen ein anderes und ich hoffe, besseres Foto von der Bestie. Tut mir leid, Ossi. Ihr habt einen echt guten Job gemacht, aber das muss ich dir nicht erklären. Nichts ist so alt, wie die Zeitung von gestern. Auf den Punkt gebracht, wir haben gar *nichts*. Uns bleiben noch genau anderthalb Tage! Ich mache keinen Hehl draus, wir haben enormen Druck aus Hamburg, und wenn wir nicht erfolgreich sind, brennt hier richtig die Luft. Aber wir sind sonst immer das erfolgreichste Zeitungsteam und das wird auch morgen so sein. Okay, machen wir Schluss für heute. Ach, Ossi, stell den Sekt doch in den Kühlschrank, für morgen." Lotte lächelte ihm tröstend zu.

Mit lautem Scharren der Stühle löste sich die Gruppe auf. Ossi war noch nicht in der Lage aufzustehen. Der Schlag war zu heftig gewesen.

Marko blieb im Türrahmen stehen. „Ossi!" Er führte ein unsichtbares Glas in der Hand zum Mund und tat so, als würde er trinken. „Kommste mit, wir gehen noch rüber ins Roxy?"

Das Roxy war eine der angesagten Szenekneipen der Hauptstadt. Die Gastronomie gab es schon seit über 100 Jahren in der Oranienburger Straße. Früher hieß sie „Zum Bierkutscher" und in den Achtzigern hatte die Wirtschaft eine Diskothek hineingebaut und es in Roxy umbenannt. Im Herbst 1988 war das Lokal von heute auf morgen geschlossen worden. Hinter vorgehaltener Hand erzählten sich die Leute, dass die Betreiber wegen Republikflucht in Bautzen einsäßen. Dann kam die Wende und eines Abends war der Laden wieder offen. Eine selbstgezimmerte Theke stand neben der Tür und die Gäste saßen auf alten Gemüsekisten aus Holz oder Sofas, die aussahen, als seien sie vom Sperrmüll, was sie mit Sicherheit auch waren. An den Wänden brannten Kerzenlichter und Petroleumlampen und aus den dunklen, unverputzten Kellerräumen bummerten Technosounds von Marusha und von Paul van Dyck nach oben. Das einzige, was noch an das alte Roxy erinnerte, war ein schiefes, ca. ein Meter großes Holzschild über dem Eingang, auf dem jemand mit einem dicken Pinsel und blauer Farbe das Wort ROXY geschrieben hatte.

Die Oranienburger war das neue Szeneviertel im Herzen Berlins. An der Ecke zur Friedrichstraße begann alles, als 1990 das alte Wertheimkaufhaus kurz vor seiner Sprengung von Künstlern besetzt worden war und ein wildes Kulturhaus entstanden war. Jetzt, gut ein Jahr später, war das Tacheles eine Berliner Brutstätte von Kunst und Kultur, in der sich die Jugend aus ganz Europa traf. In der Oranienburger Straße bis hin zur Synagoge gab es kaum ein Haus, in dem sich keine illegale Bar, Kneipe oder Dance Club eingenistet hatte. Hunderte oder gar tausende Menschen tummelten sich auf den Bürgersteigen. Sie saßen auf Biertischen, Stühlen und Sofas und genossen in den lauen Sommernächten ihr Bier oder einen Caipi. Wie ein nicht enden wollender Autokorso fuhren die PKW im Schritttempo Stoßstange an Stoßstange die Oranienburger entlang. Die einen nur, um die Nutten am Straßenrand in ihren High Heels aus dem sicheren Auto begaffen zu können, und die anderen, weil sie sich ein paar schöne Minuten erkaufen wollten. Das war Berlin, wieder in seiner vollen Blüte.

„Geht mal schon vor. Ich komme später nach." Ossi sah Tina an.

„Das war ja ein echt geiler Auftritt von dir."

„Das konnte doch niemand ahnen. Ich habe im Fotolabor einige Fotografen getroffen. Die hatten alle nicht ein einziges Foto von der Bestie. Ich war nach diesem Tag so in Euphorie. Das ist doch megascheiße, dass die von der

Morgenzeitung auch noch das gleiche Foto wie wir haben. Ich möchte mal wissen, wo die das abgestaubt haben."

„Du, Ossi, ich habe keinen Plan, wo wir morgen ein Foto herbekommen sollen", seufzt Tina. „Wir fahren weder noch mal zu Junior noch zu Senior Lehmann. Das halte ich für aussichtslos. Vielleicht kannst du deinen Judo-Trainer mal anrufen, ob er nicht noch ein paar Infos für uns hat?"

Ossi schüttelte den Kopf. „Nee, Bernd weiß, dass ich an der Geschichte dran bin, und ruft mich von alleine an, wenn er Infos für mich hat." Er drehte sich um und nahm mit seinem langen Arm den Stapel der Kontaktabzüge und Fotos vom Tisch. Er blätterte die 18x24cm großen Hochglanzfotos durch und reichte Tina eine abfotografierte Rückseite eines Fotos aus Lehmanns Schublade rüber. „Schau mal, ich halte das für einen guten Anhaltspunkt." Auf dem Abzug stand, etwas verwackelt, aber gut lesbar, mit einem Füllfederhalter in blauer Tinte geschrieben: Klasse 10b der Maxim-Gorki-Oberschule Storkow, euer Andre Brinkmann.

„Das ist die Rückseite vom Klassenfoto, auf dem der Beelitz-Mörder drauf ist. Ich schlage vor, wir fahren morgen früh in die Gorki-Schule und versuchen, ehemalige Klassenkameraden oder Lehrer ausfindig zu machen."

Tina war es nicht gewohnt, nicht alles selber im Griff zu haben, und schon gar nicht, im Team zu arbeiten. Der Ossi war vielleicht etwas selbstverliebt, aber irgendwo auch ein ganz schöner Fuchs, der sich in diesem Spiel doch allzu gut auskannte. Und sie musste sich eingestehen, dass sie zusammen gut funktionierten und erfolgreich sein könnten.

„Sag mal, hörst du mir überhaupt zu? Ich gehe noch zu Marko in die Oranienburger ein Bier trinken. Du kannst gerne mitkommen."

„Äh, nein, ja. Also nein, mir reichts für heute."

„Dann hol mich doch um 08.00 Uhr ab. Ruf aber am besten eine halbe Stunde vorher an und lass es wieder lange klingeln." Dann stand Ossi auf, gab Tina einen Kuss auf die Wange, griff seinen Stapel Fotos und mit einem „Bis morgen!" verschwand er geradewegs in Richtung Ebis Büro. Unbewusst schaute Tina Ossi nach und hoffte darauf, dass er sich noch einmal umdrehte.

„Na, meine Liebe. Hast du nicht schon lange Feierabend?" Ossi blieb bei Ebi im Büro stehen.

Ebi lachte und streichelte Ossi wie eine Mutter über den Kopf. „Bei so einer Riesengeschichte mache ich doch gerne Überstunden. Außerdem musste sich doch jemand um euch kümmern."

Er bückte sich vor dem großen Büroschrank. Ganz unten lagen die gefütterten A4-Briefumschläge. Er zog einen heraus, den ihm Ebi gleich wieder aus der Hand nahm. „Los, gib her und die Fotos auch. Ich muss eh noch ins Verlagshaus rüber und lege dann alles zusammen in den Nachtkoffer nach Hamburg."

„Du bist einfach die Beste." Ossi drückte Ebi mit den Worten: „Schreib mal bitte noch einen Infozettel dazu, damit die Fotoredaktion weiß, was drin ist."

„Mache ich gerne. Und Ossi, macht nicht mehr so lange. Das wird morgen ein harter Tag für euch." Ossi lag schon ein flotter Spruch auf der Zunge. Doch dann sah er ein paar Kopien von Zeitungsartikeln auf Ebis Schreibtisch liegen.

„Was ist das?"

„Ach, das sind meine angeforderten Unterlagen aus dem Textarchiv. Lotte brauchte sie für eine Chronologie der Serienmorde des Rosa Riesen."

Ossi griff sich den Stapel der Kopien und blätterte sie durch. Es waren alles Ausschnitte aus Tages- und Wochenzeitungen. Neben dem Fotolabor, befand sich im gleichen Gebäude, auch ein riesengroßes Textarchiv. Dort werden jeden Tag alle relevanten Artikel aus fast allen Zeitungen und Magazinen ausgeschnitten, kopiert, in Heftern abgelegt und dann in Karteikarten alle Themenverknüpfungen per Hand eingeschrieben, damit man diese auch irgendwann einmal wiederfand.

Die meisten der vor ihm liegenden Storys kannte Ossi bereits. Er hatte sie irgendwo gelesen und die eine oder andere Geschichte sogar selber fotografiert. Bei zweien blieb er hängen. Die erste war vom 6.April. In einer fetten Überschrift stand: „Der Rosa Riese schlägt wieder zu."

Ossi überflog den Text. Zwei zwölfjährige Mädchen wurden südlich von Berlin Opfer des Beelitz Mörders. Die beiden Schülerinnen waren auf dem Heimweg, als plötzlich am Waldrand ein Mann von einem Hochsitz sprang. Er trug einen lilafarbenen Jogginganzug mit einer Küchenschürze darüber. Ohne ein Wort zu sagen, stürzte er sich mit einem Messer auf die beiden Mädchen und versuchte, sie zu töten. Statt sich ihrem Peiniger zu ergeben, wehrten sich die Mädchen verzweifelt. Sie schlugen auf ihn ein und zerkratzten ihm das Gesicht. Damit hatte die Bestie nicht gerechnet und ließ kurzzeitig von den Kindern ab, sodass diese fliehen konnten. Mit viel Glück überlebten die Schülerinnen und konnten der Polizei ein Phantombild des

Angreifers liefern. Wer den hier abgebildeten ca. 1,90m großen Mann wiedererkannte, sollte sich an die nächste Polizeidienststelle wenden. „Wie wir aus internen Polizeikreisen weiter erfahren haben, wurde unweit des Hochstandes ein Versteck gefunden. Dieses war mit Pornoheften und Damenwäsche ausgelegt.

Außerdem konnte die Polizei über die Blut- und Hautreste unter den Fingernägeln der Mädchen, die DNA des Täters ermitteln.‟

Dann war da noch ein anderer ausgeschnittener Artikel, der an eine Kopie eines Polizeiprotokolls geheftet war. Ossi konnte sich an die Geschichte gut erinnern.

Conny hatte ihn im April als Fotograf dafür buchen wollen. Er war gerade in seinem Atelier gewesen und hatte eines dieser Oben-ohne-Models fotografiert. Der Auftrag war ein typisches Seite-Drei-Foto in einer Boulevard-Zeitung.

Der Rosa-Riese-Job reizte ihn schon. Zum einen war er finanziell sehr lukrativ. Denn wenn es dem Fotografen gelang, ein Bild vom Opfer zu bekommen, dann konnte er dieses bei so einer Story locker bis zu zehn Mal weiterverkaufen. Das hieß, fürs fast Nichtstun eine vierstellige Summe zu kassieren, und zum anderen war es *das* Thema überhaupt in der neuen Hauptstadt. Die Menschen hatten Angst. Frauen trauten sich nicht mehr auf die Straße, man ließ die Kinder nicht mehr unbeaufsichtigt draußen spielen oder alleine von der Schule nach Hause gehen. Angst war für Boulevardgeschichten immer gut. Es war ein Garant für dicke Schlagzeilen, große Storys mit dem eigenen Namen auf der Titelseite.

Die Geschichte mit dem Rosa Riesen hatte er dann trotzdem abgesagt. Er konnte sein Shooting nicht mehr abbrechen oder verschieben. Außerdem regnete es draußen und im Studio war es warm, und die Musik und die Stimmung waren grandios. Es gab Champagner, sein Model war hübsch und strahlte eine unglaubliche Erotik aus. Ossi schickte damals seine Lieblingsvisagistin unter einem fadenscheinigen Vorwand nach Hause und verbrachte einen schönen Abend mit dem Model.

Ossi wühlte grinsend in seinen Erinnerungen, es war eigentlich nicht nur der Abend, den sie zusammen verbrachten, sondern die ganze Nacht. Nur an den Namen der hübschen Blonden konnte er sich mal wieder beim besten Willen nicht erinnern.

Rückblick:
Dienstag, der 30. April 1991

Der April hielt, was er versprach. Morgens fielen noch dicke Schneeflocken vom Himmel und gegen Mittag ließ die Sonne die Temperaturen auf fast 16 Grad ansteigen. Der Flieder ließ sich das nicht zweimal sagen. Seine Knospen explodierten in der Mittagssonne regelrecht und die lilafarbenen Blüten erstrahlten pünktlich in voller Pracht. So wie fast jedes Jahr zu ihrem Geburtstag.

Die Gäste würden gleich eintreffen. Maria hatte ihren Käsekuchen nach Mutters Rezept gebacken. Noch leicht warm stand er bereits auf dem Kaffeetisch. Am besten schmeckte er mit frisch geschlagener Sahne. Maria steckte den Stecker des Mixers in die Steckdose. Sie war gut gelaunt. Heute würde endlich die ganze Familie mal wieder beisammen sein. Sie schaltete den Mixer ein und summte vor sich hin.

„Mit 66 Jahren, da fängt das Leben an ..."

Rex, ihr 12 Jahre alter Schäferhund, konnte das Geräusch nicht ertragen. Mühsam erhob er sich und trottete ins Nachbarzimmer. Maria schaute ihrem kleinen Liebling nach. Ihr Blick fiel dabei auf den Fernseher. Die Nachrichten liefen. Dieser Moderator war immer so schnieke angezogen. Heute trug er einen ockerfarbenen Anzug und passend dazu eine breite gelbe Krawatte mit großen braunen Punkten darauf. Als in der Flimmerkiste ein pinkfarbener Trabant Kombi zu sehen war, schaltete sie den Mixer aus, um den Nachrichtensprecher besser verstehen zu können.

„Trauer in Zwickau. Heute fuhr der letzte Trabant vom Fließband. Es ist der dreimillionste Trabi, der seit

1957 im Werk montiert wurde. Er ist nicht zu verkaufen, sondern fährt direkt ins hauseigene Museum. Mit der Einstellung der Produktion werden ca. fünfzigtausend Arbeitsplätze zum Opfer fallen."

Maria holte tief Luft und ihre Gedanken schweiften ab. Ach, herrje, der gute alte Trabi. Nach zwölf Jahren Wartezeit hatten sie damals ihren delphingrauen Trabant in Potsdam abgeholt. Er hatte ihnen immer so gute Dienste geleistet.

Als Hartmut noch lebte, fuhren sie jedes Jahr nach Rügen oder bis zum Balaton zum Camping damit gefahren und nie hatte er sie im Stich gelassen.

Wehmut machte sich in ihrem Herzen breit. Der Trabant war immer ein Teil ihres Lebens. Als Maria wieder zum Fernseher schaute, folgte bereits die nächste Hiobsbotschaft.

„Berlin: Heute startete der letzte Flug der DDR-Fluggesellschaft Interflug in Richtung Wien."

Im TV waren Bilder zu sehen, wie Passagiere freudestrahlend über eine Treppe in die zweistrahlige Tupolew TU-134 steigen. Dann schwenkte die Kamera auf die Stewardessen, die mit Tränen in den Augen kämpften. Der Nachrichtensprecher kommentierte die Bilder: „Nachdem die Interflug täglich 500.000 DM Verlust eingeflogen hat und das Kartellamt eine Übernahme durch die Deutsche Lufthansa unterbunden hat, wurde mit dem heutigen letzten Flug der Betrieb eingestellt. Für die über 2600 Angestellten der Interflug sollen Umschulungs- und Beschäftigungsprogramme organisiert werden."

„Zu was sollen die denn alle umgeschult werden?", sagte Maria laut und schüttelte den Kopf.

Ihr netter Nachbar, Peter, war auch in so einer Umschulung. Dort schlug er die Zeit tot mit Aufgaben für irgend so einen neumodischen Computerkram. Früher war er Elektroingenieur im VEB Geräte- und Regler-Werke Teltow. Hier arbeiteten früher einmal 12.000 Angestellte, bis das Werk für 1.00 DM durch die Treuhand an ein Hessisches Unternehmen verkauft und zu einem Industriepark für Autohäuser umfunktioniert wurde. In einem Hamburger Nachrichtenmagazin war zu lesen gewesen, dass der eigentliche Wert bei 270 Mio. DM lag und es war von Betrug die Rede gewesen.

Bevor Maria die Sahne weiter schlug, schaltete sie den Fernseher aus. Soviel negative Nachrichten konnten einem ja noch den Geburtstag verderben. Schlimm genug, dass es morgen schon wieder regnen sollte.

Ein paar Freunde und Bekannte aus der Nachbarschaft kamen vorbei, gratulierten und überschütteten ihr Mariechen mit Geschenken und Blumen. Selbst der alte Bürgermeister ließ sich nicht lumpen. Normalerweise kam er nur zu runden Geburtstagen.

Peter meinte: „Mariechen, pass mal auf, der hat ein Auge auf dich geworfen."

Die Feier neigte sich dem Ende zu und vom Kuchen war nicht ein einziger Krümel übriggeblieben. Die Flaschen mit Apfelkorn und Eierlikör waren genauso leer, wie der grüne, klebrige und viel zu süße Pfefferminzlikör.

Das Haus wankte leicht nach rechts und links.

„Das ist aber ein Seegang heute", schmunzelte Maria. „Habe ich so viel getrunken?"

Es war 21.00 Uhr und die Gäste längst verschwunden. Morgen mussten ja auch alle wieder in die Schule oder arbeiten. Maria nahm sich einen Schmöker aus dem Regal, fütterte noch schnell den Hund und torkelte in Richtung Schlafzimmer. Sie warf sich ihr Nachthemd über, nahm ihre Pillen gegen den hohen Bluthochdruck und machte es sich im Bett gemütlich. Zum Lesen kam sie gar nicht mehr. Der Alkohol, in Kombination mit den Tabletten, ließ sie in einen tiefen Schlaf sinken. Glücklich nach diesem schönen Tag fielen ihr die Augen zu und sie ging hinüber in eine traumlose Welt, aus der sie nicht mehr erwachen würde.

Donnerstag, der 01.August 1991
22:41 Uhr

Ossi blätterte den Artikel beiseite und sah sich das angeheftete Protokoll an. Er schaute zu Ebi auf. „Wo habt ihr das denn schon wieder her?"

Ebi lächelte und zuckte mit den Schultern. „Du kennst doch Lotte. Manche seiner Informanten sind nicht einmal mir bekannt."

Das Schriftstück war auf Mai 1991 datiert. Ossi überflog den langen Text. Es schien eine Mitschrift, eine Aufzählung von Fakten zu sein. Es las sich fast wie Auszüge aus einem Polizeibericht. Wahrscheinlich hatte er mit jemandem von der Polizei telefoniert und die Fakten mitgeschrieben.

- Einfamilienhaus in Borkwalde bei Beelitz
- Schlafzimmerfenster eingeschlagen
- keine Fußspuren zu finden, da starker Regen in der Nacht
- Tote im Schlaf ermordet
- Leiche hatte Kompressionsspuren an den Halsweichsteilen
- Tiefschlaf durch Einnahme von starken Blutdruckmedikamenten in Kombination mit Alkohol
- das Opfer war höchstwahrscheinlich im Schlaf erwürgt worden
- der Hund befand sich im verschlossenen Nebenzimmer
- an der Leiche hatte sich der Täter sexuell vergangen.
- die Tote trug Reizwäsche, die ihr nicht gehörte

- es wurden Blusen, Röcke und Schlüpfer der Getöteten gestohlen
- Dreitausend DM, die sich im Haus befanden, hat der Täter nicht mitgenommen
- Fingerabdrücke und DNA-Spuren können eindeutig dem Beelitz-Mörder zugeordnet werden

Freitag, der 02.August 1991
05.45 Uhr

Am Horizont ging langsam die Sonne auf und der kühle Wind blies sein langes Haar aus dem Gesicht. Vorsichtig schaute Ossi nach vorn. Es war nicht das erste Mal, dass er hier saß. Er hatte es nie zählen können, aber er war schon öfter hier, als ihm lieb war. Der Abgrund vor seinen Füßen schien unendlich tief zu sein. Den Boden konnte man jedenfalls nicht sehen. Weiße Wolken versperrten den Blick ins Tal und seine Hände krallten sich an den Grasnarben fest. Er spürte schon wieder diese Angst, die Angst vor der Höhe. Ganz langsam erhob er sich. Ein Beobachter hätte fast das Gefühl haben können, als genoss er diese Angst. Anstatt einen Schritt nach hinten weg von der Gefahr zu machen, hob er seine Arme seitlich an und stand wie Jesus vor dem Abgrund. Er erhob sich auf die Zehenspitzen und ließ sich ganz langsam nach vorne fallen, getrieben von dem Wunsch, frei durch den Himmel zu fliegen. Unaufhaltsam, Zentimeter für Zentimeter neigte sich sein Körper nach vorne. Nur noch ein kleiner Augenblick, dann wird ihm die Schwerkraft den Boden unter den Füßen wegreißen. Ein Donnern war in der Ferne zu hören. Bumm. Wieder bumm, bumm. Mit jedem Schlag wurde es lauter. Dann rief jemand seinen Namen, wieder und immer wieder und der Abgrund löste sich plötzlich in Rauch auf.

Ossi keuchte, als sei er dem Ersticken nahe, und riss die Augen auf. Schweißgebadet lag er in seinem Bett. Wie spät war es? Er drehte sich zur Seite, der tickende Wecker verriet ihm: Es war erst 6:00 Uhr.

Wer hämmerte da an die Haustür? Tina? Hat die einen Knall, so früh hier aufzutauchen? Sein Körper fühlte sich grausam an.

„Ja, ich komme ja." Seine Stimme klang ganz schön gequält. Er musste gar nicht lange rechnen. Gegen drei Uhr war er zu Hause. Drei Stunden Schlaf waren es, geplant waren fünf.

Das Klopfen an der Haustür nahm kein Ende und im Spiegel im Flur begegnete Ossi seinem Spiegelbild. Er war nur mit ein paar Boxershorts bekleidet. Oh Mist, die Alf-Hose. Das war zwar seine Lieblingsshorts, aber auf keinen Fall für Tinas oder den Blick einer anderen Frau freigegeben. Mit einem Griff in die Gästetoilette griff er sich ein weißes Frotteehandtuch, band es sich um die Hüften und versteckte darunter Alfs frechen Blick.

„Hey Tina, was ist passiert?" Damit öffnete Ossi die Wohnungstür.

Zwei Männer in grauen Anzügen mit breit geschnittenen Schulterpolstern schauten ihn wachsam an. Bevor Ossi den Gedanken mit der Russenmafia zu Ende denken konnte, hielten ihm die beiden ihre Kripoausweise vors Gesicht. Die waren eindeutig echt. Das erkannte er auf den ersten Blick und schaute die beiden fragend an.

„Und?"

Einer der beiden hob seinen Kunstlederaktenkoffer hoch, öffnete ihn mit einem lauten Klicken der Schlösser und holte ein Foto heraus. Er drückte Ossi das Bild in die Hand und fragte: „Kennen Sie dieses Auto?"

Auf dem Foto war ein alter Mercedes 190D zu sehen und auf dem Nummernschild stand Ossis Geburtsdatum. Ungläubig hob Ossi den Kopf und antwortet: „Ja?"

„Ist das Ihr Auto?"

„Nein." Ossi sah in paar grimmig zusammengekniffene Augen, die wortlos nachfragten. „Nein, also eigentlich schon, aber …"

Der Beamte wirkte ungeduldig. „Haben Sie was dagegen, wenn wir das Gespräch drinnen weiterführen?"

Vollkommen verwirrt bat Ossi die beiden Polizisten in die Wohnung. „Am besten gehen wir ins Atelier."

Die drei setzten sich in Bewegung. Ossi vorneweg und die beiden Polzisten wie Schatten hinterher.

„Wir können uns da aufs Sofa setzen." Ossi zeigte in die Ecke des 60qm großen Raumes. Die Kripobeamten reagierten, wie alle, die die Wohnung zum ersten Mal sahen. Dem einen fiel fast der Aktenkoffer aus der Hand und der andere fragte irritiert: „Das kann man sich als Fotograf leisten?"

„Keine Ahnung, ob man sich das als Fotograf leisten kann. Wie Sie sehen, ich schon."

Einer der beiden Polizisten spazierte ohne zu fragen durch das große Atelier. Er begutachtete Ossis Nikon Objektive, die in einem Regal lagen. Dann fiel sein Blick auf den Schreibtisch. In der Mitte stand ein Macintosh Computer, daneben ein moderner Nadeldrucker. Wiederum ohne zu fragen griff er sich eine Diskette vom Tisch und schaute zu Ossi rüber.

„Nicht schlecht, 1,4 Megabyte Speicher, wir haben noch Schreibmaschinen im Büro und müssen alle Berichte mit Blaupapier kopieren."

„Ich ziehe mir nur mal kurz ein paar Klamotten über, bin gleich wieder da" antwortete Ossi.

„Sie haben doch nichts dagegen, wenn ich mitkomme?" Eigentlich war das gar keine Frage. Der Polizist legte die 3,5-Zoll-Diskette zurück auf den Schreibtisch und folgte Ossi ins

Schlafzimmer. Am liebsten hätte er die beiden augenblicklich vor die Tür gesetzt. Aber irgendein Bauchgefühl hinderte ihn daran.

Der Beamte blieb demonstrativ in der Schlafzimmertür stehen, als Ossi in seine stone washed Jeans stieg und sich ein T-Shirt überzog.

Was wollten die, hatte er irgendeinen Mist gebaut und es nicht mitbekommen? Er selbst hatte sich definitiv nie als Polizist ausgegeben. Das hatte er immer schön den Redakteuren überlassen. Oder reichte es, wenn man dabei war?

Als sie zurück im Atelier waren, stand der andere Kripobeamte vor Ossis Musiksammlung. Er steckte die CD aus seiner Hand zurück ins Regal zu den hundert anderen Musikalben.

„Toller Sony HIFI-Turm. Da fehlt aber auch nichts. VHS-Recorder, Doppelkassettendeck, Verstärker, 10-Fach-CD-Wechsler. Das würde ich mir auch gerne leisten können."

Ossi musste sich auf die Zunge beißen. So langsam wurde es hier unangenehm. Dann hättest du einen vernünftigen Beruf erlernen sollen oder in der Schule besser aufpassen müssen. So was ähnliches hätte er dem unangenehmen Typen am liebsten an den Kopf geknallt. Die Situation verlangte aber, gute Miene zum bösen Spiel zu machen.

Ein paar Minuten später saßen die drei in der Sofaecke am Tisch. Der mit dem hässlichen Aktenkoffer schob Ossi das Foto mit dem Mercedes 190D rüber.

„Erzählen Sie doch mal!"

„Und was soll ich Ihnen erzählen?"

„Laut Zulassungsstelle ist das Ihr Auto."

„Ja, eigentlich ja. Aber das Auto gehört mehr oder weniger meiner Schwester."

„Ihrer Schwester?", fragt der Polizist nach.

„Ja doch, also das war mal mein Auto. Ich habe es vor zwei Jahren meiner Schwester geschenkt. Die arbeitet in Bernau, muss da jeden Tag raus und hatte damals halt keine Kohle für ein eigenes Auto und ich brauche eigentlich keines. Wer braucht in Berlin schon ein Auto?"

„Sie sind aber der Halter?", hakte der Aktenkofferpolizist energisch nach.

„Mein Gott, wir haben es halt noch nicht umgemeldet. Soviel wie ich weiß, ist das kein Verbrechen."

Die beiden Polizisten lächelten Ossi an. „Hier hat niemand etwas von Verbrechen gesagt."

Ossi schüttelte den Kopf. Er konnte kaum einen klaren Gedanken fassen. Was wollten die bloß?

„Ich weiß nicht, wie es euch geht. Ich kann kaum noch meine Augen aufhalten. Ich brauche jetzt erst mal einen Kaffee. Wollt ihr auch einen?"

„Bleiben wir doch bitte beim Sie!"

„Null problemo, ich koch mal ne Kanne. Bei euch, sorry, bei *Ihnen* bekomme ich ja auch immer Kaffee."

Die Kripobeamten folgten Ossi wieder wie sein Schatten in die Küche. „Sie hatten schon öfter mit der Polizei zu tun?", fragte der etwas Dickere mit einem triumphierenden Lächeln.

„Ja klar, regelmäßig", antwortete Ossi völlig unbedarft. Es dauert nicht lange und es brodelte im Wasserkocher. Ganz instinktiv schüttete der Fotograf zwei, drei Löffel Kaffeepulver mehr in die Kanne und schob dann das Sieb bis auf den Glasboden der Kanne. Dann drückte er völlig gleichgültig einem der beiden Polizisten drei Tassen in die

Hand, dem anderen die Milch und den Zucker und sie machten sich auf den Weg zurück ins Atelier.

„Kommen wir doch mal auf das Foto zurück." Und der Polizist schob Ossi, der gerade eine halbe Tasse schwarzen Kaffee auf ex trank, schon wieder das Foto unter die Nase.

„Fahren Sie selber ab und zu das Auto?"

In Ossis Kopf überschlugen sich die Gedanken. Hatte er aus Versehen eine Oma überfahren oder ein anderes Auto unbemerkt beschädigt? Ihm fiel einfach nichts ein, was er angestellt haben könnte.

„Eher selten, weil meistens meine Schwester das Auto braucht. Ich hole mir dann lieber von Sixt einen Mietwagen", antwortete er.

Der etwas Dickere zeigte mit seinen abgeknabberten Fingernägeln auf die Vordertür des Autos. Ossi schaute genauer hin. Hinter der Scheibe der Fahrertür, wenn auch schlecht, war eindeutig er zu erkennen. „Sagen Sie mir bitte einfach, was Sie von mir wollen."

„Wir haben unsere Gründe, haben Sie noch etwas Geduld."

„Sorry, habe ich aber nicht. Seit einer halben Stunde mache ich Ihr Spiel hier mit."

„Entschuldigung, das ist kein Spiel."

„Das ist mir völlig egal. Entweder Sie sagen mir jetzt, was Sie wollen, oder Sie verlassen augenblicklich meine Wohnung!" Ossi reichte es, seine Stimme wurde klarer und lauter.

Die beiden Kripobeamten schauten sich an und atmeten tief durch. Der Verlauf des Gespräches sollte sich wohl anders entwickeln.

„Wo waren Sie denn am Mittwoch, dem 24. Juli beziehungsweise am 28. Juli?"

Ossi überlegte. Dann fiel es ihm wie Schuppen von den Augen.

„Nee, oder?", rief er den beiden zu.

Er ging zu seinem Schreibtisch, schnappte sich seinen Kalender und blättert ein paar Wochen zurück. Dann kam er wieder an den Tisch, nahm das Foto und schaute es sich noch mal genauer an. Plötzlich ergab alles einen Sinn. Ossi grinste die beiden Polizisten an.

„Sagten Sie, Sie kommen aus Frankfurt/Oder?"

„Haben wir zwar nicht gesagt, aber ja, wir kommen aus Frankfurt."

Jetzt ging das Frage-Antwortspiel in die andere Richtung und bei Ossi löste sich ein Kloß im Bauch. Im Gegensatz zu den beiden Polizisten, die mehr schlecht als recht versuchten, ihre Unruhe zu überspielen.

„Und euer Chef heißt Oberkommissar Radke?"

Die Kripobeamten schauten sich verdutzt an.

„Kriminalhauptkommissar Radke."

Jetzt konnte sich Ossi nicht mehr halten und prustete vor Lachen laut los. „Und ihr arbeitet bei der SOKO Panzerschrank."

Jetzt waren die beiden sprachlos.

„Also am 24. Juli war ich bei eurem Chef zum Interview und zwar mit einer Redakteurin für den Star am Sonntag." Das Koffein wirkte und Ossi hatte seine große Klappe zurück. Er schob das Foto zu den beiden rüber.

„Danach waren wir unter anderem …", er zeigte auf den unscharfen Hintergrund des Bildes, „… in Straußberg bei dieser Postfiliale und haben diese auf Empfehlung von Kriminalhauptkommissar Radke fotografiert. Irgendjemand muss mich dabei fotografiert haben, denn so viel wie ich weiß, hatte die Post keine Überwachungskamera. Kommt, sagt mir, was ist da passiert, und warum wurde ich da abgelichtet?"

Die beiden Polizisten wollten sich nicht so schnell geschlagen geben.

„Hören Sie auf, uns zu duzen! Aber sehr interessant, Sie wissen also, dass die Postfiliale keine Überwachungskamera hat? Zur Erinnerung: Die Post wurde am 28. Juli ausgeraubt und die Täterbeschreibung passt genau zu Ihnen."

Sein Kollege ergänzte die Rede: „Die Mitarbeiterin der Post hat Sie beim Fotografieren beobachtet und fand es sehr verdächtig, dass Sie Fotos vom Gebäude machen und, wie schon gesagt, zwei Tage später überfiel ein bewaffneter Täter, der Ihrer Beschreibung entspricht, die Filiale."

„Vier Tage", antwortet Ossi. „Vom 24. bis zum 28. sind es vier Tage.

„Wo waren Sie denn am 28. Juli?", hakten die beiden Polizisten nach.

„Das kann ich Ihnen genau sagen. Ich war mit den Girls von Green Diamond zwei Tage auf Mallorca zu einem Foto-Shooting."

„Kann das jemand bezeugen?"

„Jungs, es tut mir leid, dass ihr heute so früh und vor allem umsonst aufgestanden seid. Am besten telefoniert ihr mal mit eurem Chef. Der wird sich gut an mich erinnern. Ich habe ihm nach dem Interview noch eine halbe Stunde seine Kamera erklärt."

„Das werden wir sicher tun. Kann jemand Ihre Aussage bezeugen? Haben Sie ein Alibi?"

Ossi überlegte kurz. Ein Belegexemplar der Zeitung hatte er nicht. Da fiel ihm ein, die Fotos waren noch gar nicht gedruckt worden. Es war eine der vielen Geschichten, die noch auf Halde lagen. Er ging zum Schreibtisch rüber, zog sich sein Siemens Bürotelefon heran und drückte auf die Kurzwahlspeichertaste mit der Aufschrift „SamS", für Star am Sonntag. Dank der neuen ISDN-Technik klingelt es sofort. Zwei, drei Mal ertönte der Klingelton, dann sprang der Anrufbeantworter an. Wenn er länger geschlafen hätte, wäre ihm bestimmt vorher eingefallen, dass so früh keiner in der Redaktion war.

„Bitte sprechen Sie nach dem Ton, piep …"

„Hey, hier ist Ossi, Ebi oder Lotte, wer von euch zuerst in der Redaktion ist, also ruft mich mal bitte zurück. Hier sind zwei Kripobeamte, die behaupten, ich hätte eine Bank, äh quatsch, eine Postfiliale, überfallen."

Weiter kam er nicht. Die beiden Polizisten sprangen erregt auf und riefen fast synchron: „Hier hat keiner behauptet, dass Sie eine Post überfallen haben."

Ossi schaute hoch. „Sie wollten hier nur Kaffee trinken?" Er legte den Hörer wieder auf.

„Verstehen Sie uns doch bitte, die Wahrscheinlichkeit war schon ziemlich groß, dass Sie involviert sind."

„Schon okay. Ich hätte bei den Fakten bestimmt auch so kombiniert." Ossi schaute auf die Uhr. „Ich muss jetzt dringend duschen und dann auch gleich los. Ich würde euch bitten, einfach zu gehen und mich in Ruhe zu lassen."

Die Kripobeamten ließen sich das nicht zweimal sagen. Mantraartig entschuldigten sie sich beim Rausgehen für die Unannehmlichkeiten. Ossi zog sich noch eine kalte Tasse Kaffee auf ex rein und verschwand dann unter der Dusche.

Freitag, der 02.August 1991
07.45 Uhr

Ossi spazierte die Prenzlauer Allee entlang und genoss den lauen Sommermorgen. Da er nun einmal wach war, hatte er sich entschlossen, in seinem Lieblingscafé zu frühstücken. Er als Posträuber, das war schon sehr komisch und bestimmt der Lacher auf den nächsten Partys. Aber in Zukunft wollte er nie wieder von der Kripo auf diese Art und Weise geweckt werden.

Er hängte die Lederjacke über die Lehne seines Stuhls. Es war Hochsommer und er hatte keine Ahnung, warum er sie überhaupt mitgenommen hatte. Dann ließ er sich tief in den Korbsessel fallen und schlürfte durch einen Strohhalm seinen Latte Macchiato.

Es war die neue Kaffeekultur, die aus den südlichen Ländern nach Deutschland schwappte. Ossi liebte den Geschmack von warmer Milch und italienischem Espresso. Luigi, der das Café vor kurzem eröffnet hatte, hat die verchromte Espressomaschine , Made in Mailand mitgebracht. Und im Gegensatz zu manch billigem Café, wo man statt einem Cappuccino einen Filterkaffee mit Sprühsahne darauf bekam, verstand der kleine Italiener sein Handwerk vom Feinsten.

So gegen 3.00 Uhr war Ossi letzte Nacht zu Hause gewesen. Das Berliner Nachtleben hatte ihn voll im Griff. Bis mittags schlafen wäre jetzt auch okay, aber Job war Job, und so saß er frisch geduscht und parfümiert mit einem lecker riechenden Croissant in der Hand und wartete auf Tina. Na ja, wenn er ehrlich war, war er ganz froh, nicht wieder von Tina aus dem Bett geklingelt zu werden und ganz heimlich freute er sich auf sie und auf den Tag, den sie zusammen

156

verbringen würden. Mit einem verschmitzten Augenzwinkern kam Luigi und stellt ein zweites Glas Latte und ein mit Nutella gefülltes Croissant auf den Tisch. „Per una bella donna."

Der Sound des GTI war nicht zu überhören, als Tina um die Ecke raste. Die vorderen Scheiben waren heruntergekurbelt, die Räder quietschten beim Bremsen. Ossi hob den Arm zum Gruß und zeigte auf den Kaffee.

„Dafür haben wir heute keine Zeit. Es ist schon fast halb neun, wir müssen los!", rief Tina durch das offene Fenster.

Ossi schnappte sich seinen Fotorucksack, mit der anderen Hand griff er sich das Croissant und den Latte. „Luigi, ich bringe dir das Glas morgen wieder."

Die beiden kannten sich inzwischen gut. Es war Ossis Stammcafé zum Frühstücken und er hatte mit Luigi schon die eine oder andere Nacht im Schatten des Ramazottis zusammengesessen. Luigi war es auch, beim dem Ossi etwas italienisch gelernt hatte. Zugegeben es war nur ein Satz: Per favore mezzo kilo di prosciutto cotto. Was sinngemäß übersetzt heißt, ich hätte gerne ein halbes Kilo gekochten Schinken. Nicht viel, aber durchaus nützlich für einen Fotografen, wenn er Italiener fotografierte und das Eis mit einem Lacher brechen wollte.

Luigi schmunzelte und rief ihm irgendetwas wie „Amore" hinter her, was Ossi aber nicht mehr verstand, weil er bereits im Auto saß und die Tür hinter sich geschlossen hatte.

„Eh, krümel mir nicht das Auto voll. Im Handschuhfach ist ein Küchenhandtuch."

„Das ist für dich." Mit diesen Worten wollte Ossi Tina das Glas reichen.

Tina gab Gas und der Golf beschleunigte.

„Auaaaaa." Mit einem großen Schwapp kippte der Kaffee auf Ossis Hose.

Tina erschrocken von ihrer Aktion, bremste reflexartig und trat mit voller Kraft ins Bremspedal.

„Auaaaaa. Was soll daaaas!" Die nächste Ladung heißen Latte Macchiatos ergoss sich über Ossis Jeans. Ossi schüttete den Rest zum Selbstschutz aus dem offenen Fenster, dann ließ er das Glas voller Wut hinterherfliegen. Mit einem lauten Scheppern zersprangen die Scherben über die Bordsteinkante.

„Ich hoffe, der Sitz ist nicht voll gekleckert!"

„Waaas? Ich habe mir gerade die Oberschenkel verbrüht und du fragst nach deinem Sitz?"

„Nun mach mal hier keinen auf Mädchen! Notaufnahme Charité oder schaffst du es nach Storkow? Und das Croissant *bitte* nicht im Auto essen, oder halt dir das Geschirrhandtuch drunter. Ich habe keine Lust, nachher alles auszusaugen."

„Tina, du bist manchmal echt doof." Leicht angekotzt wickelte Ossi das Gebäck ins Geschirrtuch und stopfte es ins Handschuhfach. „Das war für dich. Ich brauche eine neue Hose! Wir müssen noch mal zurück."

Es gab Situationen, da kannte man die Antwort schon noch während man die Frage stellte, und Tina antwortete erst gar nicht. Der Golf raste bereits auf der Elsenbrücke über die Spree, bog links in die Köpenicker Landstraße ein und wird gleich übers Adlergestell in Richtung Autobahn dahinziehen. Ossi schmollte vor sich hin. Das mit dem Überraschungsfrühstück war ja voll nach hinten losgegangen, und er rannte nun schon den zweiten Tag mit dreckigen Jeans herum. Sowas nerviges, das Auto nicht vollzukrümeln. Journalisten-Autos waren im Normalzustand hinter den

Sitzen mit Zeitungen, MC-Donalds-Resten und jeglichem anderen Müll bis Höhe Rückbank gefüllt und wurden auch nur geleert, wenn mehr als zwei Personen mitfahren mussten.

Tina legte Ossi eine Karte auf den Schoß und riss ihn damit aus seinen Gedanken.

„Kannst du mal bitte nachschauen, wie wir nach Storkow kommen?"

Ossi ließ die Karte, ohne sie zu öffnen, auf die Rückbank fliegen.

„Schönefelder Kreuz, dann die A12 nach Frankfurt Oder und Storkow abfahren. Du kannst auch schon Friedersdorf runterfahren, ist dann ausgeschildert", murmelte er. Dann stellte er die Rückenlehne zurück, drehte sich zur Seite und schlief augenblicklich ein.

Freitag, der 02.August 1991
10.38 Uhr

Die Rollgurte drückten die Rippen mit voller Wucht in den Brustkorb. Ossi, eben noch im absoluten Tiefschlaf, versuchte, die Orientierung wieder zu finden. Wo, wie, was? Im Traum hatte er quietschende Räder gehört. Er schaute in Tinas lachendes Gesicht. In der Hand hielt sie das im Handtuch eingewickelte Croissant und biss wie von einer Banane ab.

„Guten Morgen, mein Lieblingsfotograf. Frag doch mal nach dem Weg zur Schule!"

Das Auto stand vor einer Bushaltestelle, mit der Aufschrift *Storkow Rathaus*.

Ossi, noch schlaftrunken, kurbelte die Scheibe herunter.

„Hallo Jungs, könnt ihr mir sagen, wo die Gorki-Schule ist."

Eine Gruppe Kids in Sportklamotten und einem Fußball unterm Arm kamen auf Ossi zu. „Tschuldigung, hab Sie nisch verstanden", antwortete ein Junge im blauen Adidas-Anzug. Die Kids drängelten sich ans Fenster und schauten in den GTI.

„Eh, geile Karre!"

„Habt ihr heute keinen Unterricht? Sagt bitte nicht, dass noch Ferien sind und die Schule geschlossen hat."

„Ne, heut is Sportfest. Die Ferien sind seit Montag leider vorbei."

„Gott sei Dank. Jungs, wir suchen die Gorki-Schule. Eh, Finger vom Auto weg und nichts dreckig machen", rief Tina aus der zweiten Reihe.

Ossi drehte sich zu ihr um und grinste frech. Sie zog die Lippen hoch und erwidert das freche Grinsen.

„Dit iss total einfach. Da fährste da lang und dann links und dann kommt die Weinbergstraße und da iss it."

Das deutsche Bildungssystem sollte endlich mal ein Schulfach *Wie erkläre ich einen Weg* einführen oder wenigstens die Basics im Deutschunterricht behandeln. Egal, wen man fragte, so oder ähnlich waren immer die Antworten auf die Frage nach einem Weg.

„Also, wir fahren jetzt gerade aus?"

„Jo."

„Dann die nächste Querstraße links?"

„Nee."

„Sondern?"

„Dit iss die vierte oder fünfte an der Apotheke."

„Dort an der Apotheke also links rein und dann kreuzt die Weinbergstraße?"

„Ne, da musste janz weit fahren. Die macht son Bogen und dann isset da."

„Eine abbiegende Hauptstraße, wie viele Kilometer?"

„Dit wes ick doch nisch. Da kommt dann aber en kaputter Zeitungskiosk uff de Ecke und da dann rinn in die Weinbergstraße. Da siehste die Schule och gleich."

„Na geht doch, Jungs. Wenn ihr mir jetzt noch sagt, ob rechts oder links am Kiosk, dann finden wir eure Schule."

„Hab ick doch gement. Rechts am Kiosk rin."

„Gut, da haben wir doch alle wieder was gelernt. Na, dann Sport frei und …"

Bei den letzten Worten gab Tina Vollgas, die Handbremse angezogen, die Reifen drehten durch, ein Burnout wie im Lehrbuch und quietschend sprang der Golf aus einer blauen Wolke in Richtung Apotheke. Da Ossis Rückenlehne noch in Schlafposition eingestellt war, lag er erst mal flach im Wagen.

„Jeeeee, willkommen im wilden Osten. Dr. Jekyll und Mr. Hyde oder soll ich lieber sagen, Dr. Tina von Kottwitz und Nicki Lauda. Du solltest mal darüber nachdenken, deinen Job zu wechseln und dich vielleicht bei Paris-Dakar anmelden."

Die Kids grölten und pfiffen. Das war genau nach ihrem Geschmack. Endlich war mal was los in diesem Kaff.

Fünf Minuten später standen sie vor einer DDR-Plattenbau-Schule. Eine rosafarbene Betonbüste eines älteren Mannes mit einem typisch russischen langen Schautzer im Gesicht empfing sie vor dem Eingang. Sein Blick war ziemlich grimmig. Direkt über ihm stand eine Aufschrift „POS 2 Maxim-Gorki-Schule Storkow".

8 Minuten später

„So eine dumme Kuh. Was denkt die denn, wer sie ist! Die ist nur Schulleiterin." Tina ließ sich auf die Treppenstufen vor der Schule fallen. Sie war mächtig angefressen.

Ossi setzte sich daneben. „Das war ja wohl eine Nullnummer. Wie war die denn drauf? Ich rede nicht mit solch einem Schmierenblatt. Bitte wenden Sie sich an das Schulamt. Wenn Sie irgendwelche meiner Schüler ansprechen, dann rufe ich die Polizei", äffte Ossi die Direktorin mit verstellt hoher Stimme nach. „Mich würde es nicht wundern, wenn die hier früher Stabü-Lehrerin oder Pionierleiterin war."

„Und nun, wie geht's weiter?"

Sie schauten sich fragend an. Es folgte ein langes Schweigen. Was jetzt? Die einzige Spur war eine Sackgasse. Tina kramte in ihrer Tasche das Foto hervor, das Ossi ihr am Vorabend gegeben hatte. Es war das Klassenfoto mit der Aufschrift auf der Rückseite. Ossi nahm das Foto und lass laut: „Klasse 10b der Maxim Gorki Oberschule Storkow, Euer Andre Brinkmann". Er überlegte kurz. „Dieser Andre Brinkmann und die Bestie müssen doch hier früher irgendwo gewohnt haben."

„Dann wird uns wohl oder übel nichts anderes übrigbleiben, als von Haustür zu Haustür zu rennen und uns durchzufragen", schlug Tina vor.

„Ach Scheiße, da habe ich ja Bock drauf."

„Hat der Starfotograf eine bessere Idee? Mir fällt momentan nichts anderes ein."

„Nein, der Starfotograf hat auch keine bessere Idee. Es wäre aber cool, wenn du die Leute anquatschst. Lass uns rüber zum Marktplatz fahren. Dort tummeln sich bestimmt ein paar Eingeborene."

Kurz darauf parkte das Auto unter alten Linden. Mitten auf dem Platz stand ein Kriegerdenkmal. Die ersten Häuser am Rand erstrahlten mit neuen Fassaden.

„Wenn das alles mal saniert ist, ist das bestimmt ein ganz schnuckliger Ort", bemerkte Tina beim Blick in die Runde.

„Wer auf Landschaft und Erholung steht, war hier schon immer richtig", stellte Ossi fest. „Hier in der Gegend gab es sehr, sehr viel Landschaft. Dort hinten ist der Storkower See. Du kannst von hier aus mit dem Boot entweder Richtung Scharmützelsee oder in die andere Richtung über Dahme bis nach Berlin fahren. Ich habe das vor Jahren mal mit einem Paddelboot gemacht. Wenn dich die Mücken nicht gerade auffressen, ist das schon richtig geil."

Tina hatte gar nicht richtig zugehört. Sie war schon im Gespräch mit einer älteren Dame, die ihr als erstbeste über den Weg gelaufen war. Da die Bestie von Beelitz in den letzten Tagen alle Pressemeldungen der Zeitungen, Rundfunk und im TV dominierte, gab es kaum jemanden, der den Serienmörder nicht kannte. „Ach kucken se mal … Das habe ich doch gleich zu meinem Mann gesagt. Echt, der wohnte hier?"

Es war nicht schwer zu erkennen: Die gute Dame konnte nichts zum Gelingen der Mission beitragen. Sie war aber einer von den Menschen, die viel reden können, ohne auch nur einmal Luft zu holen. Jetzt musste Tina sie nur irgendwie wieder loswerden.

„Tina, Telefon für dich." Ossi hielt sein Funktelefon hoch und zeigte mit der anderen Hand darauf. Mit großer

Erleichterung sah Tina die Geste, klopfte der Dame auf die Schultern und ging schnellen Schrittes zu ihm rüber.

„Danke, ich dachte schon, die werde ich gar nicht mehr los."

Die nächsten vierzig Minuten verliefen ähnlich. Einige Passanten wollten gar nicht mit ihnen reden, andere hatten viel zu sagen, aber keiner hat brauchbare Infos. Die Zeit lief ihnen davon und sie kamen einfach nicht weiter. Ossi hatte kurzerhand sein Handy ausgeschaltet. Der Empfang war hier sowieso miserabel, wie eigentlich überall auf dem Land. Sie waren schon nervös genug, was sie im Moment am wenigsten gebrauchen konnten, waren nervende Anrufe aus der Redaktion, mit irgendwelchen Ratschlägen oder Drohungen. Ossi hatte sich inzwischen überwunden, selber die Storkower anzusprechen. Er fühlte sich dabei sehr unwohl, tat es aber trotzdem. Sie arbeiteten sich in Richtung der mit roten Klinkern gemauerten Kirche vor. Jede Person, die ihnen über den Weg lief, wurde ausnahmslos befragt. Es war die eifrige Suche nach der Nadel im Heuhaufen und das Glück ist dem Tüchtigen hold.

„Tina, komm her! Ich habe etwas."

Sie schaute auf und rannte zu ihm. Eigentlich war es auf dem Altstadtpflaster mehr ein Gestöckel. Heute trug sie wenigstens Jeans, aber mit den Pumps dazu wirkte sie immer noch auffällig in ihrem Hamburger Schick.

„Und?"

„Dort entlang, ein paar hundert Meter in diese Richtung muss eine Schleuse sein. Der Schleusenwärter ist wohl der Vater von unserem Andre Brinkmann."

„Bingo!"

Freitag, der 02.August 1991
12.26 Uhr

Endlich hatten sie wieder eine Spur. Sie machten sich zügig auf in Richtung Schleuse. Das Thermometer zeigte inzwischen knapp 30 Grad. Keine Wolke war am Himmel zu sehen. Kein Baum stand in der Nähe des Schleusenbeckens, um Schatten zu spenden. An Tagen wie heute sollte man lieber an einem Strand der über dreitausend Brandenburger Seen liegen. Vielleicht waren es sogar dreitausendfünfhundert, keiner wusste es so genau. Ossi hatte vor ein paar Wochen eine Fotostory zu Ostdeutschlands schönsten Badeseen gemacht. Auf Anfrage der Redaktion konnte das zuständige Ministerium die Frage nicht beantworten, wie viele Seen die Eiszeit den Brandenburgern hinterlassen hatte.

Ein Mann mittleren Alters mit grauem Vollbart, einer Kapitänsmütze und einer Latzhose war gerade dabei, das Schleusentor auf der anderen Seite des Beckens zu schließen. „Herr Brinkmann, hallo, Herr Brinkmann?", rief Ossi über die Anlage.

Der Schleusenwärter schaute auf. „Tut mir leid. Wir schleusen momentan nur alle zwei Stunden. Da könnt ihr drängeln, wie ihr wollt. Nach dem Sommer ist kaum noch Wasser im See." Er hatte die beiden wohl nicht richtig verstanden.

Ossi und Tina kamen näher heran. „Wir wollen gar nicht schleusen." Ohne groß *Hallo* zu sagen oder sich vorzustellen, fiel Tina mal wieder mit der Tür ins Haus. Sie zeigte ihm das Klassenfoto, drehte es auf die Rückseite und gab es Herrn Brinkmann in die Hand. „Sind Sie der Vater von Andre?"

Der Schleusenwärter schaute erst auf das Klassenfoto und dann die beiden stutzig an. „Hab's heute in der Zeitung gelesen. Das Schwein das, gut dass sie den endlich haben. Ihr seid doch wegen dem Beelitz-Mörder und nicht wegen Andre hier?"

„Sie kennen ihn?", hakte Tina nach, ohne auf seine Frage zu antworten.

„Seid Ihr Journalisten?"

„Ja, wir kommen von der Zeitung."

„Der bringt unsere ganze Region in Verruf. Endlich geht hier wieder ein bisschen Tourismus los. Nach der Wende sind ja alle lieber nach Mallorca geflogen."

Tina fiel ihm freundlich, aber ungeduldig ins Wort. „Ist das richtig, Sie sind der Vater von Andre?"

Der Blick des Schleusenwärters verdunkelte sich, über seiner Nase bildeten sich Falten, so dass sich seine Augenbrauen fast berührten. „Seid Ihr von solch einem Schmierenblatt und wollt hier alles in Dreck ziehen?"

Ossi fasste Herrn Brinkmann, so wie er es gerne machte, mit einem Lächeln auf die Schulter. „Nee, nee, wir sind die Guten. Wir sind ja extra hergefahren und wollen zeigen, wie es wirklich hier ist und wie schön die Region ist. Außerdem bin ich selber Ossi und Beelitz ist doch ein ganz schönes Stück weg von Storkow."

Der Schleusenwärter überlegte kurz. „Also Andre wohnt nicht mehr hier. Er ist nach Ingolstadt gezogen. Ist gleich nach der Wende in den Westen. Arbeitet im Autowerk bei Audi. Wenn ihr mich fragt, das Beste, was er machen konnte. Hier haben die ja alles dichtgemacht, außer bei Pneumant in der Reifenbude gibt es hier kaum noch Arbeit."

Tina säuselte zuckersüß: „Können Sie uns vielleicht eine Telefonnummer und die Adresse von Andre geben?"

„Lieber nicht, nachher denken die in der Fabrik noch Andre hat mit dem Beelitz-Mörder was zu tun."

Tina fragte noch einmal nach: „Die Telefonnummer würde reichen."

„Wie gesagt, lieber nicht."

Dieser alte Seemann war schwerer zu knacken, als es den Anschein hatte. Das durfte jetzt nicht in die Hosen gehen. Ohne Adresse und Telefonnummer von Sohn Andre standen sie wieder bei null. Der Tag war schon halb um und sie hatten noch nichts erreicht. Ossi kämpfte gegen die negativen Stimmen in seinem Kopf an. Eine Idee musste her. Ein Griff in die Trickkiste, los, Ossi streng dich an! Think positive!

„Ich würde gerne noch ein Foto von Ihnen und dieser wunderschönen Schleuse machen. Das muss bestimmt kompliziert sein, dieses Wunderwerk der Technik richtig zu bedienen", schoss es aus ihm heraus.

„Und wie stellst du dir das vor?"

„Am besten an dem großen Hebel, mit dem man die Tore öffnet. Dann haben wir im Hintergrund den Kanal mit den beiden Segelbooten im Bild. Schön im Gegenlicht. Das wird ein Traumfoto."

„Ach, warum eigentlich nicht."

Die beiden gingen in Richtung Schleusentor.

Tina folgte ihnen mit diesem Blick: *Was sollte das werden?*

„Ich habe übrigens hier in der Gegend meine Kindheit verbracht."

„Ach ja, wo denn?"

„Am Springsee. Meine Eltern waren dort Dauercamper."

„Na ja, ein Stückchen weg ist das schon."

„Mit dem Boot über den Glubigsee, Scharmützelsee, durch die traumhaften Seerosenkanäle. Kein Hit, da ist man ruckzuck hier."

Während des Gesprächs positionierte Ossi den Schleusenwärter am Schleusentor und schoss eine erste Serie Fotos.

„Ich bin mal mit einem Faltboot den ganzen Weg gepaddelt und dann weiter nach Berlin rein."

„Hut ab, junger Mann. Wie lange hast du gebraucht?"

„Na, so drei Tage und dann konnte ich zwei Wochen meine Arme vor Schmerzen nicht mehr bewegen."

Beide lachten und Ossi machte noch ein paar weitere Fotos. Dann holte er einen Zettel und einen Kuli aus seinem Fotorucksack. „Ich brauche noch Ihren Namen für die Bildunterschrift."

„Ullrich Brinkmann."

„Beruf Schleusenwärter?"

Der Schleusenwärter nickte. „Ja, seit 1967!"

„Und Ihr Sohn wohnt wo nochmal?"

„Junge, du bist ein ganz schönes Schlitzohr! Da wäre ich dir beinahe auf den Leim gegangen. Nee, lass mal gut sein. Ihr macht beide einen echt netten Eindruck, aber lieber nicht."

Tina, die hinter Herrn Brinkmann stand, schüttelte den Kopf und fasst sich an die Stirn.

„Herr Brinkmann, das ist für uns wichtig. Sonst verlieren wir vielleicht unseren Job." Ossis geknickter Blick war dieses Mal nicht einmal gespielt.

Der Schleusenwärter, nun vom schlechten Gewissen geplagt, überlegte kurz. „Aber du kannst mal die Susanne fragen."

Tina war auf einmal ganz hellhörig. „Wer ist Susanne?"

„Na, die waren alle in einer Schulklasse." Er nahm Tina das Foto aus der Hand und zeigte auf eine blonde Schönheit in der zweiten Reihe.

„Tolle Idee, und wo finden wir Susanne?"

„Mädel, nicht so ungeduldig. Die hat Richtung Philadelphia einen Grillimbiss."

Ossi grinste übers ganze Gesicht. „Susis Imbiss?"

„Du kennst sie?", fragt Tina verblüfft.

„Du auch." Ossi lachte und streckte Tina beide Hände mit Daumen hoch entgegen.

„Woher?" fragt Tina.

„Wenn es die ist, die ich meine, dann haben wir gestern dort unsere Thüringer Bratwurst gegessen."

Brinkmann freute sich mit den beiden mit. „Wenn ihr mich fragt, die beste Wurst in der Gegend. Ihr Schwager hat den Fleischer am Markt."

„Also hat die Wurst Thüringen nie gesehen?", fragte Tina verwirrt.

Alle lachten. Es folgen zwei, drei Sätze Smalltalk und Tina und Ossi verabschiedeten sich, um möglichst schnell zum Auto zu kommen. Es galt, einiges an Zeit aufzuholen. Die Uhr tickte unaufhaltsam.

Es waren nur ein paar hundert Meter bis zum Auto, etwas hungrig, aber gut gelaunt liefen sie an der Kirche vorbei. *Susis Imbiss* klang nach einem leichten Spiel.

„Was soll's, dann gibt es halt wieder Storkower Thüringer zu Mittag und als Nachtisch ein Foto vom Rosa Riesen."

Als sie zum Markt einbogen und das Auto sahen, erstarrten sie. Vor dem Golf standen drei Typen und sahen sich um. Einer hatte seinen Arm in einem Schlingenverband. Aus beschwingt guter Laune wurde schlagartig Angst.

Tina wurde bleich. „Mist!"

„Das glaube ich jetzt nicht! Wie konnten die uns schon wieder finden?" Ossi fasste Tina an der Schulter und zog sie hinter einen Hausvorsprung.

„Das würde mich auch interessieren."

Ossi holte sein Funktelefon raus. „Ich rufe die Bullen, mir reicht's!"

„Geht das schon wieder los? Das tust du nicht! Was willst du denen erzählen? Dass wir uns gestern als Polizisten bei Müller eingeschlichen haben und du die beiden k.o. geschlagen hast? Das halte ich für eine ganz schlechte Idee. Ich glaube, wir haben im Moment Wichtigeres vor."

Ossi gefiel dieser Gedankengang überhaupt nicht, aber seine innere Stimme gab Tina Recht. Vorsichtig spähten beide um die Ecke.

Die drei Typen setzten sich in ihre Richtung in Bewegung. Es waren eindeutig die beiden Schläger und der dicke Typ von gestern, der bei Lehmann jr. zum Überraschungskomitee zählte. Um unbemerkt wegzurennen, war es zu spät. Die drei waren nur noch knapp zehn Meter entfernt. Ossi schaute sich um. Es gab keinen Weg hier raus. Wohin jetzt? Er blinzelte noch einmal vorsichtig um den Häuserrand. Die Typen waren fast da und hätten ihn beinahe gesehen.

„Tina, die haben Baseballschläger dabei", flüsterte Ossi, als er seinen Kopf zurückzog. Ein Tropfen lief ihm ins Auge. Er wollte gar nicht wissen, ob es die Hitze oder Angstschweiß war.

Tina schaute mit weit aufgerissenen Augen panisch zu Ossi. „Ossi, mach was, bitte!"

Ossi holte tief Luft und wischte sich den Schweiß ab. Dabei fiel sein Blick auf eine große Abfalltonne in der Ecke. „Hier rein, los schnell!" Zwei Schritte, ein Sprung und Ossi saß in der Tonne. „Los, mach schon!"

Tina hatte im Bruchteil einer Sekunde ihre Schuhe in der Hand und Ossi zog sie in die Tonne. Der Deckel knallte zu. Keinen Augenblick zu früh. Sie hielten den Atem an. Tina drückte sich ganz dicht an Ossi. Sie hören die Schritte der Russen, das Geräusch vermischte sich mit ihren lauten Herzschlägen. Der Gestank in ihrem Versteck war bestialisch. Plötzlich ein ohrenbetäubender Knall. Sie zuckten zusammen. Sie warteten, aber nichts passierte. Einer der Typen hatte wohl mit seinem Baseballschläger einfach mal so auf die Tonne gehauen.

Ossi wartete kurz und hob dann ganz vorsichtig den Deckel ein paar Zentimeter an. „Ich glaube, sie sind weg."

Noch ganz vom Schreck gefangen, sah er Tina lange in die Augen, ihre Nasen berührten sich fast. Die Anspannung fiel spürbar ab. In Ossis Bauch wurde die Verkrampfung durch ein Kribbeln verdrängt und er spürte das Verlangen, Tina zu küssen.

Da schrie Tina auf.

Ossis Puls war sofort wieder auf hundertachtzig. Wie von der Tarantel gestochen, drückte sie ihn in die Tonne und strampelte sich hinaus. Ossi konnte gar nicht so schnell die Hände schützend vors Gesicht halten. Ein Fuß traf ihn genau auf der Nase und Tina schrie nun aus voller Kehle: „Eine Ratte! Hilfe, eine Ratte."

Ossi lief Blut übers Gesicht.

„Sei ruhig, verdammt!", nuschelte er. „Die dürfen uns nicht hören!" Er wischte sich übers Gesicht. „Nicht schon wieder. Ich glaube, du hast mir die Nase gebrochen."

Tina, immer noch schnell atmend, versuchte die Fassung wiederzufinden.

Ossi beugte sich nach vorn, um nicht auch noch sein T-Shirt mit Blut zu versauen, die Nase tropfte unaufhaltsam. So ein Mist. Er wühlte mit den Händen durch den Müll. Es dauerte nicht lange und er fand, was er suchte. Er zog Tinas Handtasche aus dem Müll und sammelte ihre Schuhe ein. Dann sah er sie. Eine kleine, graue Spitzmaus, die ängstlich versuchte, sich in einem Pappbecher zu verstecken. Er kletterte aus dem Versteck und setzte sich vor der Tonne auf den Boden.

„Sorry, sorry, das tut mir leid. Das wollte ich nicht."

Er lehnte seinen Kopf nach hinten an die Tonne. Die Nase blutete immer noch und sein Gesicht war rot verschmiert.

„Die ist wohl gebrochen.", stöhnte er.

Tina kramte hektisch in ihrer Handtasche, fand Taschentücher und wischte Ossi vorsichtig das Blut ab. „Das tut mir so leid."

„Auuua, pass auf meine Nase auf! Das muss doch nicht jeden Tag sein."

Die Packung Taschentücher hatte sie fast aufgebraucht. Um sie herum lagen die blutgetränkten Papiertücher.

„Eine Ratte", flüsterte er.

„Wie bitte?"

„Hilfe, eine Spitzmausratte." Ossi konnte sich ein Grinsen nicht mehr verkneifen.

„Was?"

„Eine Spitzmausratte." Ossi bekam einen Lachflash und fasste Tina an den Schultern.

„Das war eine kleine Spitzmaus, meine Süße, und keine Ratte."

„Du Scheißkerl, die Nase ist gar nicht gebrochen." Tina war sichtlich erleichtert, dass nichts Schlimmeres passiert war und stimmte in das Gelächter ein.

Ossi kaufte wieder zwei Thüringer Bratwürste am Imbiss. Obwohl Mittagszeit war, waren sie die einzigen Kunden. Eigentlich war es viel zu warm für Gegrilltes. Ein großer Eisbecher wäre jetzt viel besser gewesen. Er musste schmunzeln, er wusste ja jetzt, dass die Wurst Thüringen nie gesehen hatte. Gestern war sie jedenfalls sehr lecker gewesen. Das war noch so eine richtige Fleischerwurst, aus richtigem Fleisch, gut gewürzt und gleichmäßig braun auf Holzkohle gegrillt. „Eine mit Bautzener Senf und die andere bitte mit Ketchup."

Tina zeigte auf den Star, der zum Verkauf an der Theke lag und fragte Susi: „Kennen Sie den?"

Susi drückte den Senf aus einer Flasche über die Bratwurst und antwortete, ohne aufzuschauen: „Sollte ich?"

„Ullrich hat uns erzählt, dass Sie in einer Klasse waren."

Ossi nahm ihr die Wurst ab. „Mit Andre zusammen."

„Andre Brinkmann?"

„Wir sind Bekannte von Ulli und haben ihn vorhin an der Schleuse besucht. Man, das macht er ja auch schon bald 25 Jahre", antwortet Ossi.

„Ist Andre in Storkow?", fragte Susi nach.

„Nee, Andre is in Ingolstadt."

„Der Andre, der hat alles richtig gemacht. Dit iss nen echt dufter Typ. Der war Ostern mit seinem Audi Cabrio hier. Davon kannste als alleinerziehende Mutter mit 2 Kindern und 'nem Imbiss nur träumen." Susi schaute sich die beiden Reporter intensiver an. „Ihr seid also Freunde von Andres Vater?"

Tina gab Ossi ohne Worte zu verstehen, dass er jetzt mal ruhig sein sollte und antwortete: „Ja, den kennen wir ganz gut. Wir sind von der Zeitung aus Berlin."

„Ihr wart doch gestern schon hier, oder? Ich hab euch gleich wiedererkannt. Na und du …", sie zeigte auf Ossi, „… hast gestern jedenfalls nicht so streng gerochen und deine Klamotten waren auch nicht so mistig."

Ossis Gesichtsfarbe nahm einen leichten roten Schimmer an, der sich gleich noch verstärkte.

„Da dachte ich mir, die sind ganz schöne Schnösel, mit Funktelefon angeben, nen fetten tiefergelegten GTI fahren, aber keen Trinkgeld geben."

Die junge Frau war direkt, bemerkte Tina, aber recht hatte sie. Ossis äußeres Erscheinungsbild hatte heute schon ganz schön gelitten.

„Ihr seid also wirklich in einer Schulklasse gewesen?"

„Aus welchem Grund sollte ich euch das erzählen?" Susanne verschränkte ihre Arme und stützte sich leicht provokant auf den Tresen.

„Na, überlegen wir mal." Tina holte ihr Portemonnaie aus der Handtasche. Um für alle Fälle vorbereitet zu sein, war sie heute früh extra noch zum Geldautomaten ihrer Bank gefahren. Sie legte einen blauen 100-DM-Schein auf den Tresen und lächelte Susi an. „Ich biete dir einhundert Mark, wenn du uns alles erzählst."

Das schien genau nach Susannes Geschmack zu sein. Sie nahm den Schein und hielt ihn in die Sonne, als ob sie die Echtheit überprüfen würde. „Da musst du schon noch einen draufpacken." Sie lachte.

Bis zweihundert Mark hatten die Redakteure von Lotte freie Entscheidungsgewalt erhalten und so schob Tina einen zweiten Hunderter über den Tisch.

Die blonde Imbissinhaberin strahlte übers ganze Gesicht. „Einfach so auf die Hand?"

„Ich schreibe eine kleine Quittung, damit ich das Geld von der Redaktion wiederbekomme, und du redest exklusiv nur mit uns, mit keinen anderen Journalisten!"

„Und besorgst uns ein Foto vom Beelitz-Mörder", rief Ossi dazwischen.

Susi steckte freudig das Geld ein und drehte sich zur Filterkaffeemaschine um. „Wollt ihr 'nen Kaffee oder 'ne Cola? Geht aufs Haus. Lasst uns da rüber setzen!"

Ossi antwortete. „Ich nehme eine Cola light."

„Light? Son Zeug trinkt hier keen Mensch."

„Dann gerne einen Kaffee."

Die drei setzten sich auf die weißen Plastikstühle unter einem grünen Schirm, der in einem ebenfalls weißen Plastikschirmständer steckte. Susi kippte den Kaffee in drei Plastikbecher und stellte eine Büchse Kaffeesahne dazu. So lecker die Würstchen waren, so grausam war der Kaffee. Das musste so ein Billigkaffee aus dem Discounter sein, abgestanden und bitter, einfach ungenießbar.

„Erzähle mal", begann Tina das Gespräch und legte ihren Schreibblock vor sich auf den Tisch.

„Den habe ich nie gemocht, der war mir schon immer suspekt."

„Wer, Andre oder der Beelitz-Mörder?", fragte Tina.

„Andre doch nicht!" Susanne schüttelt den Kopf. „Na, euer Rosa Riese. Ich meine, wenn ich das richtig in Erinnerung habe, rannte der hier immer mit seinen Springerstiefel-

Kumpels herum. Die ham im Dorfkrug mal den Andre verprügelt, weil er bei der langsamen Runde mit einem Mädel aus deren Clique jetanzt hat."

„Der Beelitz-Mörder?", fragte Tina nach.

„Ne, die Stiefelgang. Da reichte es schon, wenn einer ihre Dorfmädels ansprach."

Während Susanne erzählte, kramte Tina die ganze Zeit in ihrer Handtasche. „Warte, Susi, erzähl mal bitte der Reihe nach und von Anfang an." Sie drehte sich zu Ossi um. „Hast du mal einen Stift?"

Ossi rollte mit den Augen, aber Susanne ging sofort zum Stand.

„Hier, kannst den nehmen, kann ich dir gerne borgen."

Ossi setzte einen leicht ironischen Blick auf. „Pass gut drauf auf!"

Susi setzte sich wieder und gab Tina den Stift. In diesem Moment klingelte das Telefon. Ossi hatte es auf der Fahrt hierher wieder eingeschaltet und es musste in der Zwischenzeit Funkkontakt hergestellt haben.

Er klappte die Antenne auf und ging in Richtung Auto, um in Ruhe sprechen zu können. Es war inzwischen fast drei Uhr. Lotte wird schon seinen zweiten Herzinfarkt hinter sich haben. Ossi holte tief Luft und drückte auf die grüne Taste. Es war – wie erwartet – Ebi. „Ja, hallo, mein Sonnenscheinchen."

„Mensch, Ossi, ihr solltet euch doch alle zwei Stunden melden!"

Ossi lachte. „Hast du das gestern nicht auch gesagt? Wir sind halt wieder in den blühenden Landschaften unterwegs. Nee, jetzt mal im Ernst. Wir versuchen euch seit über einer Stunde irgendwie zu erreichen."

„Wie läuft's bei euch?"

„Total super, wir haben eine Klassenkameradin des Rosa Riesen aufgetan, die Tina gerade den kompletten Lebenslauf in ihren geborgten Stift, diktiert."

Da musste Ebi lachen. „Geborgten? Hat Tina mal wieder nichts zum Schreiben dabei?"

„Mal?" Ossi grinste.

„Apropos lustig, in der Redaktion gibt es nur noch ein Thema."

„Und welches?", fragte Ossi.

„Kriminalhauptkommissar Radtke von der SOKO Panzerschrank aus Frankfurt hat heute schon drei Mal in der Redaktion angerufen, um sich für die Aktion seiner Kollegen heute früh bei dir zu entschuldigen."

„Hör mir auf! Die haben mir einen ganz schönen Schrecken eingejagt und mich um meine halbe Nacht gebracht."

„Wir haben uns schon ein bisschen Sorgen gemacht, als wir deine Nachricht auf dem Anrufbeantworter abgehört haben und dich auf deinem Handy nicht erreichen konnten. Wir wollten gerade in Frankfurt/Oder anrufen, ob die dich mitgenommen haben, da klingelte es und der Radke war dran. Es war ihm offensichtlich sehr unangenehm."

„Das hat sich ja dann, Gott sei Dank, schnell aufgeklärt."

„Wenn du das nächste Mal in Frankfurt bist, will dich Kriminalhauptkommissar Radke unbedingt als kleine Entschädigung zum Essen einladen."

Ossi lachte. „In Frankfurt Essen gehen? Dann landen wir bestimmt in Slubice auf dem Polenmarkt.

Mal zurück zum Thema des Tages. Wie läuft es sonst so mit dem Beelitz-Mörder?"

„Marko und der König haben die Freundin oder eine Bekannte des Rosa Riesen gefunden. Lotte ist ziemlich begeistert."

Ossi fragt nach. „Mit Foto?"

„Sie hat alles mitgemacht, Interview und hat sich auch fotografieren lassen. Da du gerade von Fotos sprichst … Ich glaube, Lotte wird stinksauer, wenn er erfährt, dass ihr nebenbei noch wegen Stasi-Günther unterwegs seid!"

Jetzt hatte Ossi den Faden verloren und konnte nicht mehr folgen. „Wegen wem sind wir unterwegs?"

„Ach Oswald, stell dich nicht so dumm, na Stasi-Günther."

„Beim besten Willen, wir haben gar keine Zeit noch irgendetwas anderes zu recherchieren."

„Verkaufe mich bitte nicht für doof! Kannst du dich erinnern, ich habe deine Fotos gestern in den Koffer gepackt und da lagen die Stasi-Günther Fotos dazwischen!"

Ossi, der keine Ahnung hatte, worum es ging, wurde etwas lauter. „Sorry, wer oder was ist Stasi-Günther und was für Fotos?"

Susi und Tina, aufgeschreckt durch das laute Telefonat, schauten zu Ossi rüber.

Ebi sprach ganz ruhig und langsam. „Der kleine dicke, mit der blauen Jacke, den du gestern vor diesem Einfamilienhaus mit den beiden anderen Typen zusammen fotografiert hast."

„Ihr wisst, wer das ist?"

„Ja klar, die kennt jeder. Der dicke ist der Stasi-Günther, ein ehemaliger Offizier des Ministeriums für Staatssicherheit der DDR und die anderen zwei sind sowas wie seine Security. Russenmafia, wenn du mich fragst."

„Die kennt jeder hier?", hakte Ossi nach.

„Das ist doch Tinas Geschichte, die wegen dem Rosa Riesen auf nächste Woche verschoben wurde."

Ossis Puls kletterte in Richtung einhundertachtzig. „Kannst du das bitte noch einmal wiederholen? Tinas Geschichte?"

„Ossi, du bist heute aber wirklich schwer von Begriff. In den nächsten Jahren soll in Schönefeld ein neuer Flughafen gebaut werden und Stasi-Günther hat sich da angeblich illegal massenhaft LPG Grundstücke unter den Nagel gerissen, die er jetzt zu Millionen machen will. Da muss ich übrigens auch noch mal mit Tina reden. Sie soll die Rechtsabteilung anrufen. Stasi-Günthers Anwälte versuchen die Veröffentlichung zu verhindern, wenn du mich fragst, vergeblich. Sie muss da in ein Wespennest gestochen haben."

„Und wenn du mich fragst ...", Ossi fasste sich an die Nase und antwortete ganz leise, „... nicht nur seine Anwälte, scheinbar auch seine Russenkumpanen."

„Wie jetzt? Ach egal, noch einen schönen Gruß von Lotte. Ihr sollt euch nur noch an die Jungs dranhängen. Wenn wir die auch noch bekommen, gibt es morgen deinen Sekt in der Konferenz."

Ossi antwortete nicht mehr. Er drückte die rote Taste und beendete das Gespräch. Dunkle Wolken türmten sich am Horizont. Es würde wohl bei dieser schwülen Luft bald ein mächtiges Gewitter geben.

Die Gefühle in seinem Bauch und die Gedanken in seinem Kopf überschlugen sich. Stasi-Günther. Die kennt jeder hier. Das ist Tinas Geschichte.

Regungslos beobachtete Ossi die beiden Frauen bei ihrem Interview. Tina wirkte nervös. Sie schaute immer wieder zu ihm.

Tina hatte also die ganze Zeit gewusst, wer sie verfolgte. Nicht nur das, sie wurden wegen Tina gejagt! Ossi hatte keine Lust, sich wegen einer blöden Geschichte – selbst wenn es eine Titelstory war – zum Krüppel schlagen zu lassen.

Den ganzen Tag hatte er noch keine Kippe geraucht. Er spürte auf einmal ein unendliches Verlangen danach, durchwühlte seinen Fotorucksack, bis er die Schachtel Karo gefunden hatte. Er nahm sein Feuerzeug und eine Zigarette heraus, steckte sie an und nahm einen kräftigen Zug auf Lunge. Nach zwei, drei Zügen konnte er langsam wieder logisch denken.

Wie hatten die drei sie jedes Mal wiedergefunden? Tina würde denen ja wohl kaum ihren Aufenthaltsort gesagt haben. Den kannte niemand vorher. Nicht mal sie selbst.

Wie Ossi so darüber nachdachte, kam ihm ein übler Gedanke. Ob Stasi-Günther vielleicht ein alter Stasi-Offizier der Hauptabteilung VIII des MfS war, der zuständig für Beobachtungen, Ermittlungen, Durchsuchungen und Festnahmen gewesen war und sein kleines privates Technikarsenal besaß? Ossi hatte im letzten Jahr mit Lotte zusammen viele Stasigeschichten gemacht und war inzwischen selbst sowas wie ein Stasispezialist. Langsam ging er um das Auto herum. Nichts Auffälliges war zu sehen. Vor der Kripo in Potsdam hat der Typ doch hinten gegen den Golf geschlagen. Ossi nahm sich das Heck vor, tastete mit den Fingern jeden Winkel ab. Nichts zu finden. Aus dem Augenwinkel konnte Ossi sehen, dass Tina ihn beobachtete. Vielleicht unterm Auto? Am Heck kniend tastete Ossi den Sportauspuff ab und siehe da, genau wonach er gesucht hatte: Ein kleiner grüner Metallkasten, so groß wie eine Zigarettenschachtel mit einer ausziehbaren Antenne haftete magnetisch am Auspuffrohr. Hummel hieß dieser Peilsender im Stasifachjargon. In irgendeiner Zeitung hatte Ossi gelesen, dass angeblich der israelische Geheimdienst Peilsender besaß, die über Funktelefonnetze funktionierten. Eigentlich hatten die Sender nur eine Reichweite von knapp zwei Kilometern, den musste also Stasi-Günther mit seinen Kumpels etwas modernisiert haben, sonst hätte er sie nie finden können.

Nach einer gefühlten Ewigkeit hatten die beiden Frauen ihr Interview beendet. Susanne stieg in einen alten Honda Civic, der hinter dem Imbiss parkte. Der trockene Staub wirbelte zu einer Wolke auf, als sie Richtung Storkow davonrauschte.

Am Horizont war lauter werdendes Gewittergrollen zu hören. Wie aus dem Nichts begannen die Birken am Waldrand in den Böen des einsetzenden Windes zu rauschen. Die getürmten, schwarzen Wolken am Himmel standen schon über ihnen und ließen nichts Gutes erahnen. Tina schaute unsicher zu Ossi rüber. Der hatte sich gerade eine neue Karo angesteckt. Ihre Blicke trafen sich. Sie ging fast widerwillig auf Ossi zu. Wumms, ein Blitz und fast zeitgleich ein ohrenbetäubender Donnerschlag, ließ die beiden zusammenzucken. Die ersten dicken Tropfen fielen vom Himmel.

„Hey Ossi, ich habe den kompletten Lebenslauf, Susanne holt gerade Fotos und ich hab auch eine Adresse. Susanne sagte, das sei eventuell seine Freundin."

„Schön für dich, aber da kommst du etwas spät. Marko und der König haben deine, also seine Freundin bereits eingesackt." Ossi sah Tina in die Augen, hielt ihren Blick fest.

Der Regen nahm stetig zu. Schwere Wassertropfen prasselten aufs Autodach. Für einen langen Augenblick war nur das Trommeln des Regens und das Rauschen des Windes zu hören.

Tina brach das Schweigen. „Du weißt es."

„Was weiß ich?"

Ganz leise und kaum im Gewitter zu hören, das nun mit voller Wucht vom Himmel stürzte, antwortete Tina: „StasiGünther."

Wenn Ossi auf ein Startsignal gewartet hatte, dann waren es diese zwei Worte. Wütend brach es aus ihm heraus: „Du hast die ganze Zeit gewusst, wer uns da den Arsch aufreißen wollte! Anstatt mich einzuweihen, lässt du es zu, dass die auf uns einprügeln", schrie er Tina an. „Du hast mich für deine blöde Geschichte an die Russen, an die Stasi oder beides verheizt!" Er ließ seiner Wut freien Lauf. Der Regen prasselte weiter auf sie herab, während Ossi immer weiter schrie.

Tina hatte keine Kraft zu antworten, und ihr fielen auch keine passenden Argumente ein. Sie hatte gewusst, dass dieser Augenblick kommen würde. Nur nicht, dass er so schnell kommt und ihr war auch klar, dass Ossi sehr verletzt war. Der Regen strömte in Bächen über ihr Gesicht und verbarg damit ihre Tränen.

Ossi riss die Beifahrertür des GTI auf, griff seinen Fotorucksack, warf ihn sich auf den Rücken und beugte sich zu Tina. „Du kannst dir einen anderen Idioten suchen, der mit dir arbeitet. Ich bin mit dir jedenfalls fertig!" Dann drehte er sich um und ging in Richtung Straße davon. Nach ein paar Metern hielt er inne, kehrte um und ging zurück. Er warf Tina den Peilsender vor die Füße.

„An deiner Stelle würde ich hier schleunigst verschwinden. Es ist nur eine Frage der Zeit, bis dein Kumpel Günther hier auftaucht." Damit ging er zurück in Richtung Straße.

Ein Möbeltransporter nahte. Ossi hielt seinen Daumen heraus. Bloß weg hier. Der Fahrer macht jedoch keine Anstalten, das Tempo zu verringern und raste an ihm vorbei. Die großen LKW-Reifen ballerten durch eine Pfütze, und als wenn das heute nicht alles genug gewesen wäre, schleuderten diese Wasser, Dreck und Schlamm in die Luft. Ossi bekam die volle Ladung ab. Wütend kickte er einen Stein davon, schimpfte vor sich hin und machte sich zu Fuß auf den Weg.

Tina schaute ihm lange nach, wie er auf der Straße hinter den Kiefern entschwand.

Freitag, der 02.August 1991
15.52 Uhr

Der Regen hatte inzwischen aufgehört, die Wolkendecke war dabei, aufzureißen und mit dem blauen Himmel kehrte sofort der Hochsommer zurück. Eine große Abkühlung hatte das Gewitter nicht gebracht. Trotzdem fröstelte Tina. Ihre Bluse und ihre Jeans waren vom Regen durchweicht. Ihr schlechtes Gewissen plagte sie und eine Idee, wie es weitergehen sollte, hatte sie auch nicht.

Am besten erst mal in den nächsten Ort fahren und eine Telefonzelle suchen, dachte sie.

Auch wenn es Überwindung kostete, musste sie Lotte anrufen. So ganz unschuldig war er ja nicht an dieser Situation.

Tina fuhr mit ihrem Golf in Richtung Autobahn, durch karge Kiefernwälder, an gelben Wiesen und abgemähten Getreidefeldern vorbei. Das Gewitter hatte den ersten Regen seit zwei Monaten gebracht. Der sandige Boden war völlig ausgetrocknet, es herrschte höchste Waldbrandstufe und der Wind würde geduldig in den nächsten Stunden fast jeden Tropfen Wasser wieder davontragen. Schon Friedrich II. nannte deshalb im 18.Jahrhundert die Region zwischen Elbe und Oder „Streusandbüchse".

Tina war noch keine vier Kilometer gefahren, da sah sie ihn sitzen, im Wald auf einem Baumstumpf, mitten in einem Meer von Blaubeerbüschen. Wie ein Häufchen Unglück saß Ossi da, nass, dreckig und mit einem Blick, der Menschen töten konnte.

Er hielt seinen Turnschuh und eine Socke in der Hand und schob sich ein paar Blaubeeren in den Mund. Der große Zeh war blau und blutete etwas. Es war heute einfach nicht sein Tag. Als er vorhin wütend den Stein davon gekickt hat, musste sein großer Zeh feststellen, dass diese Frontalkollision mit zu hoher Geschwindigkeit eine sehr schmerzhafte Verformung des Zehs nach sich zog.

Tina stoppte den Wagen am Waldrand. Sie hatte zwar Angst, gleich wieder angeschrien zu werden, war aber heilfroh, Ossi wiedergefunden zu haben. Langsam tastete sie sich barfuß durch die Blaubeerenpflanzen. Das Moos darunter war angenehm nass und kühl. Es fühlte sich gut an, wie ein feuchter Schwamm. Als gelernter Stadtmensch war es für sie eine Premiere, ohne Schuhe durch den Wald zu laufen. Ihr Blick war unaufhaltsam auf Ossi gerichtet. Weder für das Moos noch für die großen Maronen-Röhrlinge, die überall mit ihren braunen Köpfen wuchsen oder dem angenehmen Geruch von frischen Kiefernadeln, hatte sie einen Gedanken frei. Ossi hatte sie bestimmt längst gesehen, würdigte Tina jedoch keines Blickes. Mit klopfendem Herzen stand sie vor ihm.

„Hey, ich glaube, ich bin dir eine Erklärung schuldig."

Ossi schaute weiter starr auf den Waldboden und erwiderte kein Wort.

„Ich weiß, das macht es jetzt nicht besser, aber ich wollte es dir morgen in der Redaktion erzählen."

Keine Reaktion.

Nach kurzem Schweigen fuhr Tina fort: „Keine Ahnung, wieviel du weißt. Der Typ heißt Stasi-Günther, also so ist der Arbeitstitel bei uns. Eigentlich heißt er Günther Klemund

und war Oberleutnant beim MfS. Er hat mega viel Dreck am Stecken. Wir, also Lotte und ich, sind seit Wochen dabei, ihm sein Millionengeschäft mit erpressten LPG-Grundstücken am neu geplanten Hauptstadtflughafen zu versauen. Eigentlich ist der Flughafen schon eine Story für sich. Die Regierungen von Brandenburg und Berlin wollen die jetzige Wildwestsituation im Osten ausnutzen und in größter Eile einen Großflughafen Berlin in die Stadt setzen. Einige Politiker träumen bereits davon, dass 1995 die ersten Jumbos in Schönefeld abheben."

Ossi ließ seinen Turnschuh, den er immer noch in der Hand hielt, auf die Erde fallen und starrte die Kiefernnadeln am Boden an.

„Gestern früh in Potsdam hatte ich echt keine Ahnung, dass es Stasi-Günther war. Ich habe ihn erst in Philadelphia bei Lehmann erkannt. Da habe ich es noch für einen Zufall gehalten und war genauso überrascht wie du, als er mit den beiden Russen plötzlich vor Lehmanns Haus erschien."

Sie machte eine kurze Gedankenpause.

„Ich war mir ganz sicher, dass die nicht noch mal auftauchen. Ich hatte ja keine Ahnung, wie diese Stasitypen ausgerüstet sind. Ich musste Lotte hoch und heilig versprechen, niemandem von den beiden Storys zu erzählen. Nur Ebi und die Chefredaktion in Hamburg waren eingeweiht. Das sollte diese Woche eine Hammerausgabe werden und das hat sich nun wegen des Rosa Riesen auf nächste Woche verschoben. Ich bin neu in der Redaktion, aber ich weiß auch, dass du und Lotte seit Jahren ein sehr erfolgreiches und investigatives Team seid und wollte nicht riskieren, eine undichte Stelle zu werden. Ich hab doch keine Ahnung, was du Lotte erzählst, oder ob das ein Test ist. Glaub mir, es tut mir wirklich,

wirklich leid, was seit gestern passiert ist und ich würde das gerne ungeschehen machen."

Darauf folgte langes Schweigen. Der Wind rauschte leise durch die Baumkronen. Es war nicht einfach, sich nach solch einem Streit wieder zu versöhnen.

Tina stieß Ossi liebevoll mit dem Knie gegen die Schulter. „Los, lass uns wieder Freunde sein!"

Sie lachte vorsichtig zu Ossi runter. „Ich bin vielleicht deine letzte Chance, hier wegzukommen. So nass und dreckig nimmt dich doch keiner mit. Obwohl, mit freiem Oberkörper und deinem Sixpack, könnten ein paar vorbeifahrende Frauen vielleicht schwach werden."

Einfach so tun als wäre nichts gewesen? Ossi möchte jetzt nur sauer sein. Er merkte aber, dass ihm ein unkontrolliertes, wenn auch kleines Lächeln über die Lippen rutschte. Er strengte sich vergeblich an, ernst zu bleiben. Zu spät. Tina hatte es sofort registriert und streckte ihm die Hand entgegen. „Freunde?"

Ossi ließ Tina einen Augenblick zappeln und griff nach ihrer Hand. „Okay, Freunde."

Tina zog Ossi zu sich hoch. Sie schauten sich tief in die Augen, lösten aber ihre Hände nicht. Sie fassten immer fester zu. Tina spürte ihren Herzschlag im ganzen Körper und um sie herum schien sich plötzlich alles in Nebel aufzulösen. Es fühlte sich so leicht, so berauschend, so schön an. Ossi drückte sie gegen eine Kiefer, ihre Lippen berührten sich, erst zärtlich und dann immer heftiger. Ihre warmen Körper rieben sich aneinander. Tina konnte von Ossis starken

Händen, die über ihren Körper strichen, nicht genug bekommen.

Ganz leise war im Hintergrund ein Motorengeräusch zu hören, das unmerklich immer näherkam. Ein lautes Quietschen riss das Paar auseinander. Auf der Straße hatte eine schwarze Mercedes Limousine eine Vollbremsung gemacht und das Fahrzeug wendete. „Stasi-Günther!"

Ohne Tinas Hand loszulassen, griff Ossi nach seinem Turnschuh. Sie rannten, so schnell sie konnten, zu Tinas Auto und sprangen hinein.

Die Insassen der Luxuslimousine hatten die Journalisten längst erkannt und kamen mit Vollgas angerauscht. Der Schlüssel im Golf steckte zum Glück noch. Tina startete, drückte das Gaspedal durch, erster Gang rein und mit durchdrehenden Reifen und tief in die Sitze gedrückt, beschleunigte der GTI von Null auf Hundert. Der Mercedes, mit eindeutig mehr PS ausgestattet, hing sofort am Heck der beiden. Hastig nach dem Rollgurt suchend rief Ossi: „Hier links rein und dann zurück nach Storkow."

Tina bremste den leichten Golf an und beschleunigte nach der Kurve wieder mit Vollgas. Die behäbige Limousine verlor, trotz des stärkeren Motors, ein paar Meter. Diesen Rückstand machten die Russen auf der Geraden aber schnell wieder weg. Es wurde zu einer Höllenfahrt. Die Straße war in einem schlechten Zustand und die Autos sprangen über die Schlaglöcher, zum Teil kaum kontrollierbar. Die Verfolger versuchten, die Journalisten irgendwie zu überholen, Tina fuhr jedoch sehr geschickt auf beiden Fahrbahnen und wusste, das zu verhindern. Mit einer kurzen Vollbremsung ging es in einen Kreisverkehr.

Im ersten Moment dachte Ossi, die Limousine würde jeden Moment in den Golf krachen. „Die werden doch wohl keine Angst haben, sich einen Kratzer ins Luxusauto zu fahren?"

„Wo lang?" Tina fuhr bereits die zweite Runde am Anschlag im Kreisverkehr. Hier war der agile Golf mit seinen 160 PS eindeutig im Vorteil. Plötzlich, in der dritten Runde, tauchte der Mercedes vor den beiden auf. Durch die Heckscheibe starrte sie Stasi-Günther an und gestikulierte wild. Das war jetzt einfach zu komisch.

Prustend vor Lachen rief Ossi: „Hier rechts raus, dann gleich wieder links Richtung Schule!"

Tina stimmte in das Lachen ein, zog die Handbremse und gab wieder Gas. Der Sportwagen stellt sich quer und driftete in Richtung Ortschaft, verschwand in den Nebenstraßen, ohne dass ihre Verfolger sie noch einmal zu Gesicht bekamen. Mit durchgetretenem Gaspedal rasten die beiden durch den Ort. Geschwindigkeitskontrollen gab es so gut wie keine mehr seit der Wende. Fast alle alten Messsysteme der Volkspolizei konnten die Autos nur von hinten blitzen und damit den Fahrer nicht identifizieren. Da die Kommunen nach der Wiedervereinigung erst einmal dringenderen Aufgaben nachgehen mussten, als Radargeräte zu kaufen, war der Osten immer noch ein Eldorado für Raser. Mit grölendem Sportauspuff bog der tiefergelegte Wagen auf die Bundesstraße 246. Es ging in Richtung Potsdam.

„Ossi, jetzt bitte nicht wieder sauer werden."

„Weshalb?", fragte er.

„Hol mal bitte meine Handtasche!"

Er drehte sich um, griff die Tasche und legte sie auf seinen Schoß. Mit einem Kopfnicken gab Tina ihm ein Zeichen, er sollte hineinschauen. Ganz vorsichtig öffnete Ossi die

Handtasche. Skorpione oder Schlangen würden da ja wohl nicht drin sein.

„Das ist nicht wahr, oder? Erzähl bloß niemanden, dass du dein Abi und dein Studium mit ausgezeichnet abgelegt hast!" Mit einem höhnischen Lachen nahm Ossi den Peilsender heraus.

„Tina, das geht definitiv in die Redaktionsannalen ein. Das toppt ja selbst Markos Straßenumfrage, als er die Redaktionskamera aus Versehen auf Selbstauslöser gestellt hat und statt die Köpfe der Interviewten nur die Füße auf dem Film hatte."

Ossi kam aus dem Kopfschütteln nicht mehr heraus.

„Schmeiß das Ding doch bitte einfach aus dem Fenster!"

„Einfach so? Nein, das geht nun wirklich nicht, diesen Augenblick möchte ich noch etwas genießen! Apropos genießen, ich hätte eine Idee, wie du den Sender einlösen könntest."

Tinas Blick wurde ernster. „Vielleicht kann das ja mit dem Sender unter uns bleiben? Und das andere, Ossi, das hätte nicht passieren dürfen."

Ossi wurde ganz flau im Magen. „Was hätte nicht passieren dürfen?"

„Ich mag dich wirklich sehr." Es fiel ihr merklich schwer, weiter zu sprechen. „Wir sind Kollegen und das soll auch so bleiben. Lass uns das bitte professionell handhaben!"

Tina biss sich auf die Lippen. In ihren Gedanken vervollständigte sie den Satz. „Ich möchte nicht eines deiner Nummerngirls werden."

Diese Abfuhr kam unvorbereitet. Mit trockenem Mund kam nur ein leises „Okay" über Ossis Lippen. Normalerweise hatte er kein Problem, einen Korb zu bekommen. Das passierte ständig und gehörte beim Anbaggern einfach mit dazu. Jetzt fühlte es sich anders an, weil es ihm dieses Mal nicht egal war.

Schweigend fuhren sie weiter. Die Ampel leuchtete rot. Sie standen an der Kreuzung zur Bundesstraße 179. Ossi hielt immer noch den Peilsender in der Hand.

„Schmeiß den bloß endlich weg, sonst sind die gleich wieder ran."

In der Nebenspur stand ein großer LKW mit einem gelben Nummernschild am Heck. Ossi hangelte sich aus dem Fenster und haftete den Peilsender unter den Container, den das Fahrzeug geladen hatte.

„Ich würde sagen, Stasi-Günther ist jetzt auf dem Weg nach Holland."

Sie schauten sich in die Augen und lächelten sich an.

„Lass den mal vorbei und bieg hier ab." Ossi zeigte nach rechts aus dem Fenster. „Es sind nur zwei Kilometer, in Königs Wusterhausen will ich mir schnell ein sauberes T-Shirt und etwas zu Essen kaufen."

Dort vor dem Bahnhof standen immer vietnamesische Händler, die auf ihren Tischen alles Mögliche an Textilien und fliegenden Händlerkram verkauften. Das meiste Geld machten sie aber mit aus Polen geschmuggelten Zigaretten, die sie stangenweise verkauften. Irgendwo im Gebüsch hatten sie ihr Zigarettenlager versteckt, in der Hoffnung, die Polizei nahm sie nicht hoch.

Vor ein paar Monaten hatten Marko und Ossi den Deutschen Zoll begleitet, wie er in Frankfurt/Oder einen Reisezug aus

Russland, der über Polen einreiste, durchsuchten und zehntausende Zigarétten sicherstellten.

Tina blieb im Golf, während Ossi sich durch die Tische am Bahnhof wühlte. Das beste T-Shirt, das er auf dem Markt finden konnte, war ein schwarzes mit weißer Aufschrift „Null Problemo".

„Ossi, beeil dich, uns rennt die Zeit davon!", rief Tina aus dem Auto zum Stand rüber. Ossi wühlte sich gerade durch eine Kiste voller Utensilien der abgezogenen russischen Truppen. Es lagen Abzeichen, Gasmasken, Uhren, Mützen der Sowjetarmee herum. Ein Militärmesser hatte seine Aufmerksamkeit geweckt. In seinem Griff war ein herausnehmbares Feuereisen eingearbeitet und es steckte in einem braunen Gürtelhalter mit einem kleinen Fach, in dem eine Sehne und ein Angelhacken waren.

Tina war aus dem Auto ausgestiegen und stand hinter Ossi. „Los komm, wir müssen weiter."

„Ja gleich." Er schaute zu dem Verkäufer. „Wieviel?"

„15 Mark."

Ossi holte einen 10er aus seiner Brieftasche. „Ist das okay?"

Der Verkäufer überlegte kurz und griff nach dem Geld. Ossi nahm das Messer und machte es an seinem Gürtel fest.

Tina schüttelte den Kopf. „Männerspielzeug! Den Tag möchte ich erleben, wo du in Brandenburg ein Survival-messer brauchst."

Freitag, der 02.August 1991
17.42 Uhr

Nach dem Dreißigjährigen Krieg lebten hier ganze sieben Menschen. Heute wirkte der Ort wie eine von Journalisten belagerte Festung. Inzwischen wohnten zwar ein paar Einwohner mehr hier, aber das Örtchen war so klein und übersichtlich, dass man von jedem Punkt des Dorfes aus das andere Ende sehen konnte.

„Das ist also Rietkow", stellte Tina fest.

Ossi zeigte auf eine Traube von Menschen mitten im Dorf. Es waren mindestens einhundertfünfzig Leute. Redakteure, Fotografen mit Fotoapparaten um den Hals, Kameramänner mit großen Filmkameras, Tonassistenten mit buschigen Mikrofonen an Stativen, die sie wie Lanzen vor sich hochhielten. Ossi kannte viele von denen, die dort standen. Deutschlands größter Massenmörder war gefasst. Es war das Top-Thema in jeder Redaktion Deutschlands. Es sah aus, als hätte die Journalistengewerkschaft zur Großdemo aufgerufen und alle, aber auch wirklich alle, waren gekommen. Egal, ob öffentlich-rechtlich, Privat-TV, Radio, regionale und überregionale Zeitungen, und keiner schien einen Plan zu haben.

„Das war ja nicht anders zu erwarten. Die sind aus der ganzen Bundesrepublik angereist", stellte Ossi fest. „Das sind doch mindestens zehn Kollegen auf einen Einwohner."

„Damit hat sich das dann wohl hier auch erledigt." Das war der einzige Kommentar, der Tina dazu einfiel. „Ich sehe unsere Story den Bach runtergehen und ganz viel Ärger auf uns zukommen."

Im Schritttempo fuhr der Golf an die Menschentraube heran. Die Masse grölte und umzingelte das Auto. Einige hauten aufs Dach. In der Gruppe erkannte Ossi einige Fotografenkollegen, die sein spätes Ankommen scheinbar mit Schadenfreude genossen. Er hörte ihre Rufe.

„Eh, Ossi, da kommt der Starfotograf."

„Du weißt schon, ihr seid zwei Tage zu spät."

„Ossi, du bist heute mal der allerletzte, aber gesell dich gerne zu uns."

Lars und Conny arbeiten sich ans Fahrerfenster vor und schauten herein.

„Na, habt ihr etwas erreicht?", fragte Tina.

Die beiden zuckten mit den Schultern. „Die Jungs, die den Beelitz-Mörder gefangen haben, sind untergetaucht. Keiner weiß, wo die sein könnten."

„Was sagen die Nachbarn?", fragte Tina.

„Die kommen schon gar nicht mehr raus, wenn jemand klingelt. Einige haben sogar die Polizei gerufen. Da gab es vorhin richtig Stress mit zwei Beamten. Die waren aber mit der Situation überfordert und sind wieder abgezogen."

Ossi tippte Tina, fast unmerklich, an die Schulter. Ohne sich zu ihm umzudrehen, gab sie ihm zu verstehen, nicht gestört werden zu wollen. „Jetzt nicht!"

Ossi musste sich zusammenreißen. Das nächste Antippen erfolgt etwas kräftiger.

Tina drehte sich schlagartig um. „Was ist?"

„Schau mir jetzt bitte in die Augen und bleib ganz ruhig!"

„Und?"

„Nicht hinschauen. Vierhundert Meter vor uns ist eine Bushaltestelle." Ossi sprach ganz leise.

Tina kämpfte sichtlich gegen den Impuls, den Kopf dorthin zu drehen.

„Da hat gerade ein Bus gehalten und zwei Jugendliche sind ausgestiegen. Vielleicht könnten das die zwei sein."

„Du verarschst mich jetzt, oder?"

„Fahr langsam los! Vielleicht ist das unser Sechser im Lotto!" Ossi beugte sich aus dem Fenster der Beifahrerseite. Die Journalisten waren alle mit ihrem Erscheinen beschäftigt gewesen. Scheinbar hatte keiner bis jetzt den Bus bemerkt. Ossi rief in die Runde, um die Aufmerksamkeit auf sich zu ziehen: „So Leute, macht mal Platz. Das bringt uns hier nicht weiter. Wir ziehen mal wieder los!"

Einige hauten zum Abschied noch mal aufs Dach, andere lachten laut. Die Menschentraube öffnete sich und der Golf fuhr erst langsam und dann immer zügiger in Richtung Haltestelle. Ossi schaute durch die Heckscheibe.

„Gib Gas, wir werden höchstens zwei Minuten haben."

Sie waren noch dreihundert Meter von der Bushaltestelle entfernt. Der orangefarbene Bus war bereits wieder angefahren. Die Jungs schlenderten auf die andere Straßenseite. Sie sahen eher unscheinbar aus. Beide trugen Turnschuhe, blaue Jeans und bedruckte T-Shirts mit irgendwelchen Heavy-Metal-Bands darauf, die ihnen über die Hose hingen.

Tina bremste den Wagen neben ihnen ab.

„Hi Jungs, wir sind auf der Suche nach den Helden, die den Beelitz-Mörder gefangen haben", rief Ossi ihnen zu.

Die beiden Jugendlichen starrten sichtlich überrascht in den Golf. Es kam nur ein „*Mhm.*"

„Ihr seht so aus, als ob ihr das seid."

Nach einem Blick in den Rückspiegel stieß Tina Ossi an die Schulter und zeigte nach hinten. Er folgte ihrem Blick und konnte spüren, wie sich sein Herzschlag erhöhte. Die Journalistenmeute war auf das Geschehen aufmerksam geworden. Die Redakteure drehten sich zu ihnen um. Unruhe entstand im Pulk, einige zeigten mit der Hand in ihre Richtung. Der eine oder andere Kameramann hob bereits seine Filmkamera hoch.

Jetzt nur klaren Kopf bewahren. Ganz ruhig stieg er aus dem Auto, aber innerlich hätte er vor Aufregung platzen können.

„Bitte sagt mir, dass ihr das seid!"

Die beiden antworteten nicht. Man sah, wie es in ihren Köpfen ratterte und die Situation sie verunsicherte.

Die Journalistengruppe setzte sich langsam in Bewegung, einige rannten. Ossi konnte sie gut aus dem Augenwinkel sehen. Ihnen blieb nicht mehr viel Zeit. „Kommt schon, ihr seid es!"

Gerade sah er seine Felle davon schwimmen, weil die Jungs einfach nicht reagierten. Plötzlich zeigte der etwas kleinere auf seinen Kumpel.

„Er war es."

Tina rief aus dem Auto. „Ossi!"

Die Hetzjagd hatte begonnen.

Die Meute der Redakteure, Fotografen und Kameramänner rannte los. Einige Fotografen begannen im vollen Lauf Fotos zu machen, obwohl sie noch zu weit entfernt für brauchbare Aufnahmen waren.

Jetzt wurde es langsam aber sicher eng. Ossi riss sich zusammen und versuchte eine klare Anweisung zu geben.

„Steigt ein! Bitte, los, steigt ein!"

Ossi hielt die Tür des VW auf. Die Jungs, zwar verunsichert, gehorchten und stiegen gemächlich ins Auto.

Ossi war erstaunt, aber froh und hüpfte auf der Stelle, als ob er dringend aufs Klo musste. Die Meute war schon fast da. An der Spitze waren Fotografen, deren Fotoapparate unaufhaltsam klickten. Zu spät, die Objekte der Begierde saßen im Auto und blieben unerreichbar für die Objektive der Jäger. Noch ein Sprung, Ossi war selbst noch gar nicht richtig im Golf, da quietschten die Reifen, und Tina gab Vollgas. Die drei Mitfahrer mussten sich im Auto festhalten, als der GTI um die erste Kurve raste. Der Journalistenpulk lief wütend ins Leere.

Tina raste mit dem Golf mit Vollgas Richtung Autobahn. Es ging mit über 140 km/h über die B 1. Das eine oder andere Foto- und Kamerateam hatte die Verfolgung aufgenommen. Wie viele ihnen im Nacken hingen, konnte Tina schlecht erkennen, aber mindesten fünf Autos kamen immer näher. Eine rote Fußgängerampel ließ den Golf stoppen.

Ossi schaute sich nervös um. „Gib Gas!"

„Es ist rot!" Tina schaute in den Rückspiegel und sah die Pressekolonne anrollen.

„Scheißegal!", konterte er.

Obwohl die Ampel noch immer auf Rot stand, ließ sie die Reifen durchdrehen und beschleunigte den Wagen wieder mit durchgedrücktem Pedal.

Auf der Rückbank saßen die beiden Heavy-Metal-Fans.

Ossi schaute in fragende und verdutzte Augen.

„Hi, ich bin Ossi. Sorry, normalerweise arbeiten wir etwas, na sagen wir mal, ruhiger." Er lachte die beiden an.

„Ich bin Henning und das ist Sven. Wow, was geht hier gerade ab?"

Ossi drehte sich zu Sven. „Ich mag mir gar nicht ausmalen, was passiert wäre, wenn sich der ganze Haufen meiner Kollegen auf euch gestürzt hätte. Ihr wisst es noch nicht, aber ihr seid inzwischen ziemlich berühmt. Sag mal, du hast den Beelitz-Mörder gefangen?"

„Nicht allein, mit Torsten und Frank zusammen."

Ossi fragte ungeduldig nach. „Zu dritt? Und wer und wo sind Frank und Torsten?"

„Eh, das sind meine Cousins. Die wohnen direkt in Potsdam, aber wer seid ihr denn eigentlich und will uns die Verrückte am Steuer umbringen?", fragte Sven zurück.

„Oh sorry, Jungs, das ist Tina und ich bin, wie gesagt Ossi, und wir arbeiten für den *Star am Sonntag*. Tina ist nur ein ganz kleines bisschen verrückt." Er drehte sich zu ihr rüber und zuckte lächelnd die Schultern. „Wenn sie nicht für die Zeitung unterwegs ist, fährt sie in der Formel 1."

Sven blickte etwas ernster drein.

„Noch mal auf Anfang", hakte Ossi nach. „Wer sind Frank und Torsten? In der Pressemeldung stand etwas von drei Personen, die den Beelitz-Mörder gefangen haben."

„Das mit Frank vergesst mal ganz schnell wieder."

„Wieso?"

„Der studiert Jura in Heidelberg und will auf keinen Fall irgendwo erwähnt werden."

Tina überlegte nicht lange. „Kein Problem, schon vergessen! Aber ihr beide gebt uns ein Interview!"

„Ich glaube, ich darf gar nicht mit euch reden."

„Wieso nicht, ist doch inzwischen ein freies Land?"

„Wir haben einen Exklusivvertrag mit dem Magazin *Neue Bundesländer*."

Tina machte eine Vollbremsung. Sie glaubte nicht, was sie da hörte, drehte sich um und schrie mit enttäuschtem Blick: „Wie bitte?"

Die Verfolger bremsten ebenfalls, Reifen blockierten und wirbelten Staubwolken auf dem heißen Asphalt auf. Die Fotografen nutzten ihre Chance und sprangen aus den Autos. Erstaunlich ruhig zeigte Ossi auf die schnell näherkommenden Paparazzi und sagte leise zu Tina: „Könnten wir bitte weiterfahren!"

Es dauerte nur einen kleinen Augenblick und Tina hatte ihre professionelle Fassung wiedergefunden. Bevor die Hyänen der anderen Medien ihr Auto erreichten, hatte sie den GTI wieder mit Vollgas beschleunigt. Es war ein Rennen, bei dem es keinen zweiten Platz gab, und so dauerte es nur ein paar Minuten, bis die Stoßstangen der Verfolger wieder auf Tuchfühlung heran waren.

Ossi drehte sich wieder zu seinen Gästen um. „Habt ihr irgendetwas unterschrieben?"

„Nein, noch nicht. Wir wollten mit denen am Sonntag Fotos machen und dann bringen die wohl einen Vertrag mit. Der Typ meinte, es sei nicht so eilig, weil sie erst am Mittwoch mit der Zeitung erscheinen."

Tina und Ossi schauten sich an. Sie strahlten über beide Ohren. Tina zwinkerte Ossi zu und fragte, ohne sich umzudrehen: „Wieviel Geld haben die euch denn geboten?"

Sven zögerte etwas. Er wusste wohl nicht, ob er es verraten durfte. „Fünfhundert Mark haben die uns geboten."

Freude machte sich in Ossi Gesicht breit. Er drehte sich erst zu Tina und dann wieder zu Sven um.

„Da haben die euch aber ganz schön beschissen."

Jetzt wirkte Sven etwas verunsichert.

„Wieso?"

„Na, weil ihr und eure Story etwas wertvoller seid."

Jetzt waren die Jungs neugierig und erst einmal sprachlos.

Ohne sich umzudrehen, gab Tina ihren Kommentar dazu.

„Ich muss auf jeden Fall in der Redaktion anrufen. Ossi, mein Notizbuch mit den Telefonnummern liegt in meiner Handtasche. Ruf mal bitte direkt die Chefredaktion in Hamburg an!"

Sven reichte Tinas Handtasche nach vorn. Das kleine Telefonbuch hatte Ossi schnell gefunden, die Nummer herausgesucht und tippte sie ins Alcatel ein.

Henning war total begeistert. „Das ist ja geil, ihr habt ein Funktelefon."

„Ja, aber leider mal wieder keinen Empfang!" Ossi überlegte kurz. „Wir müssen zurück nach Potsdam. Dort müssten wir telefonieren können."

Tina überlegte nicht lange, trat voll in die Eisen, Handbremse angezogen und der Golf driftete in die entgegengesetzte Richtung. Der Pulk hinter ihnen, überrascht von der Aktion, machte ebenfalls eine Notbremsung. Es ging wieder Richtung Osten und Ossi zählte sieben PKW der Journalisten, an denen sie vorbeifuhren, und die ihnen augenblicklich wieder im Nacken hängten.

Nach gut zehn Kilometern rasten die vier am Ortsschild Potsdam vorbei. Der Tacho zeigte 90km/h an und das blöde C-Netz Handy wollte sich einfach nicht einloggen.

Die Jungs wurden langsam unruhig und fühlten sich sichtlich unwohl in ihrer Rolle.

„Tina, ich bekomme keinen Empfang!"

„Mist, für diese Summen brauche ich aber das Okay der Chefredaktion."

„Und?"

„Pass auf, bei der nächsten Telefonzelle muss ich dich irgendwie unbemerkt absetzen. Du rufst in Hamburg an und wir nehmen dich dann wieder auf."

Ossi hatte keine bessere Idee. Sie durchwühlten ihre Brieftaschen nach Kleingeld.

„Das müsste reichen." Er steckte sich eine große Hand voll Geldstücke in die Hosentasche der Jeans. Direkt vor ihnen an einer Kreuzung leuchtete eine gelbe Telefonzelle. Sven tippte Ossi von hinten auf die Schulter.

„Das ist mir hier alles zu komisch. Ich steige lieber mit aus!"

„Das wirst du nicht, weil du in fünfzehn Minuten richtig dicke Knete von uns bekommst. Glaub mir, du würdest es bereuen!"

Hinter der Kurve aus Pflastersteinen bremste Tina kurz scharf an. Ossi riss die Beifahrertür auf, sprang hinaus, schmiss hinter sich die Tür wieder zu und landete mit einer Judorolle zwischen zwei parkenden Autos. Der Golf raste sofort wieder los. Puh, die Verfolger hatten nichts bemerkt.

Als sie um die Kurve kamen, hockte Ossi geduckt hinter den parkenden Autos und beobachtete den Tross, wie er mit überhöhtem Tempo in den Nebenstraßen verschwand.

Jetzt schnell in die Telefonzelle. Er fing an, in seinen Taschen zu suchen. Das Geld war da, aber, oh Mist, er hatte Tinas Notizbuch im Auto vergessen. In der Telefonzelle hing nur ein Telefonbuch von Potsdam, doch irgendwo an der Wand war ein Schild mit der Nummer der Auskunft. Ossi warf drei Zehner ein, drehte die Wählscheibe, erst die Null, dann Elf und die Achtundachtzig. Es klingelte, die ersten 23 Pfennige beziehungsweise die drei Groschen fielen mit einem lauten

Rattern in den Telefonkasten und waren weg. Eine nette Damenstimme am anderen Ende suchte ihm, zu seiner Erleichterung, zügig die Verlagsnummer in Hamburg heraus.

„Haben Sie genug Kleingeld?", fragte sie nach.

„Wieso?", fragte Ossi.

„Ein Gespräch nach Hamburg kostet in der Hauptzeit 92 Pfennig pro Minute."

„Ja, ja passt schon." Ossi hatte keine Zeit mit der Telefondame lange zu reden und legte den Hörer einfach in die Gabel hinein. Tina konnte jeden Moment wieder auftauchen. Kaum hatte er den Gedanken zu Ende gebracht, hörte er die Motoren der heranrasenden Kolonne. Durch das Fenster der Telefonzelle winkte er wie ein Wilder. Tina sollte weiterfahren, und da nützte auch ihr genervter Blick nichts. Es dauerte eben so lange wie es dauerte. Sie verstand das Signal und beschleunigte das Auto und verschwand wieder in einer Gasse. Inzwischen folgten nur noch vier Autos. Die anderen musste sie wohl in der Zwischenzeit abgeschüttelt haben. Ossi hielt schnell das Telefonbuch vor sein Gesicht. Er war sich nicht ganz sicher, aber er glaubte, dass die Verfolger ihn nicht gesehen hatten, oder doch?

Er warf die nächsten drei Münzen ein. Neun weitere Groschen hielt er in seiner Hand. Das könnte knapp werden. Er drehte an der Scheibe erst die 040 für Hamburg und dann die Nummer des Zeitungsverlags. Sofort meldete sich die Zentrale und im gleichen Moment schepperten laut die Geldstücke, als sie in den Automaten hineinfielen, und er forderte Ossi mit einem nervigen Piepen auf, neues Geld nachzuwerfen.

„Ja, hallo, ich muss ganz schnell die Chefredaktion des Star am Sonntag sprechen."

Die Stimme am anderen Ende war sehr freundlich, aber auch streng. Ossi wusste, dass es einer der Pförtner am Empfang war.

„Ich kann Sie gerne mit dem Lesertelefon verbinden."

Der Automat piepte schon wieder. Ossi schmiss hastig die nächsten Groschen hinein.

„Man, nein! Ich bin Verlagsmitarbeiter, also Fotograf. Ich muss sofort jemanden von der Chefredaktion sprechen."

Hörte dieser Scheißkasten denn nie auf zu piepen? Er hatte nur noch ein paar Zehnpfennigstücke und dieses Ding schluckte sie mit einem Heißhunger in sich hinein.

„Und wen hätten Sie dort gerne gesprochen?"

„Ich habe gleich kein Geld mehr. Geben Sie mir einfach das Sekretariat und zwar schnell."

„Ich verbinde."

Schreckliche Musik erklang im Hörer, bevor Ossi noch was sagen konnte. Er warf sein letztes Geld in den Schlitz.

Nach einer gefühlten Ewigkeit meldete sich eine Stimme. Es war die Sekretärin. „Gürtler, wer ist denn da so ungeduldig?"

„Ich bin's, Ossi aus dem Büro neue Länder. Wir haben, also Frau von Kottwitz und ich haben die drei, nein, ich meine die beiden Typen, die den Beelitz-Mörder gefangen haben, im Auto. Ich muss einen der Chefs sprechen. Mein Geld ist alle, rufen Sie mich bitte sofort zurück." Er fing an die Nummer des Telefons vom Apparat abzulesen. Er kam nur bis zur Vorwahl. Dann hörte er einen langen Ton, der ihm signalisierte, dass das Telefonat unterbrochen war. Stille.

Nur gut, dass um diese Zeit die Stadt so leer war und auch keine Polizei zu sehen war. In der letzten Viertelstunde war Tina bestimmt fünf Mal bei Rot über die Ampel gefahren und hatte auf diese Art und Weise jedes Mal ihren Führerschein riskiert, aber immerhin auch die Hälfte ihrer Verfolger abgeschüttelt.

„Wieviel Kohle würdet ihr denn locker machen?" Sven beugte sich zwischen die Fahrersitze vor und fixierte Tina von der Seite. Sie kam gar nicht zum Antworten. Vor ihnen an der Telefonzelle stand Ossi und gestikulierte sehr heftig mit einem Kamerateam.

„Jungs, es wäre ganz gut, wenn die euch nicht ins Bild bekommen, sonst platzt eventuell unser Deal."

„Wir haben einen Deal?"

„Ich denke schon, Ossi macht euch gleich ein Angebot, das ihr nicht ablehnen werdet."

Tina hupte und bremste scharf neben der Telefonzelle. Dabei kurbelte sie die Scheibe des Seitenfensters runter.

Ossi lies die Journalisten links liegen und lief schnell zum Golf herüber.

„Leute, das ist euer Problem. Ihr könnt ja nächste Woche alles aus dem Star am Sonntag abschreiben", rief er und sprang ins Auto. Der Kameramann hatte seine TV-Kamera sofort im Anschlag und filmte ins Auto hinein. Diese Gelegenheit ließen sich auch die verfolgenden Fotografen nicht entgehen. Ihre Autos standen mit offenen Türen am Straßenrand und ein Blitzlichtgewitter fiel über den GTI her.

„Wie geil ist das denn?" Ossi musste lachen. Die beiden Jungs hockten auf der Rückbank und hatten ihre T-Shirts über die Köpfe gezogen. Wie zwei weiße Säcke saßen sie dort.

„Was wollten die denn?" fragte Tina, während sie die Kupplung springen lies und rasant in die nächste Kurve einbog.

„Die dachten, die können sich bei uns dranhängen und TV wäre doch keine Konkurrenz. Ich habe denen erst mal erklärt, was exklusiv bedeutet. Die spinnen wohl."

Sven schob vorsichtig seinen Kopf wieder aus dem AC-DC T-Shirt. „Sind die weg?"

„Sehr cool gemacht, Jungs." Ossi war in bester Stimmung, auch wenn die Verfolger schon wieder am Hinterrad klebten.

„Und?", fragte Sven mit Nachdruck nach.

„Was und?"

„Was hat dein Chef gesagt? Los mach uns dein Angebot, oder wir steigen jetzt hier aus!"

Stille war im Auto. Alle Augen waren auf Ossi gerichtet. Das Funktelefon lag auf der Mittelkonsole. Mit einem Blick konnte er sehen, dass es sich immer noch nicht eingeloggt hatte.

„Ah, wie sage ich es am besten. Also ..."

Tina fiel ihm ins Wort. „Mach es nicht so spannend!"

Dann lachte Ossi laut los. „Heute ist euer Glückstag. Von uns bekommt ihr zweitausend Mark."

Alle drei waren sichtlich überrascht.

Tina fragte nach. „Zweitausend?"

„Ja, ist doch eine geile Story! Was sagt ihr Jungs?"

Bei fünfzig Mark Taschengeld als Abiturient musste Sven nicht lange rechnen. Das waren tausend für ihn und tausend Mark für Torsten. Mit leicht schlechtem Gewissen fragte er nach: „Bekommen wir da keinen Ärger mit dem Magazin *Neue Bundesländer*?"

„Ihr habt doch bei denen nix unterschrieben?", fragte Ossi noch einmal nach. „Sorry, wenn die so blöd sind und euch einfach so laufen lassen ... Überleg mal, so eine Chance bekommst du nie wieder, und wenn das erst einmal in irgendeiner Zeitung gestanden hat, ist eure Story höchstens noch fünf Mark wert."

„Ich weiß nicht, das kann ich nicht alleine entscheiden, da muss ich erst Torsten und vielleicht auch Frank fragen."

Ossi nahm sein Handy hoch. Die Idee, Torsten anzurufen, hatte sich sofort wieder in Rauch aufgelöst. Da besaß man schon so ein teures supermodernes Telefon und konnte es nicht benutzen und wie er so über ihr weiteres Vorgehen nachdachte, wurde ihm bewusst, dass Tina immer noch versuchte, ihre Verfolger abzuhängen. „Solange wir die nicht los sind, können wir weder zu Torsten fahren, noch irgendwelche Fotos mit den beiden machen", dachte Ossi laut, als Tina über den Gehweg fuhr, um an einem vor der Ampel wartenden Opel Omega vorbeizukommen. „Tina, wir müssen irgendwie die da hinter uns loswerden."

„Ich weiß nicht, ob du es mitbekommst? Seit einer halben Stunde mache ich nichts anderes. Übrigens ist mein Tank gleich leer."

Henning, der bis jetzt noch fast gar nichts gesagt hat, warf einen Vorschlag in die Runde ein. „Mein Bruder hat in der Clara-Zetkin-Straße eine Autowerkstatt. Dort könnten wir reinfahren. Ich hab den Schlüssel, dann sind wir die Pressefuzzis los."

Fünf Minuten später raste der GTI mit seinem blechernen Auspuffsound durch die Toreinfahrt eines Mietshauses. Vollbremsung, Henning und Ossi hangelten sich wie abgesprochen aus dem Auto. Die Durchfahrt war so eng, dass man kaum die Autotür öffnen konnte. Die beiden zwängten sich an der Wand entlang und drückten dann mit aller Kraft gegen die großen schweren Holztore. Knarrend schloss sich langsam die Toreinfahrt. Die Verfolger, die sich bis hierher nicht abschütteln lassen hatten, waren längst aus ihren Autos gesprungen, fotografierten wie von Sinnen und versuchten einen Blick ins Innere des Hofes zu bekommen.

„Männer, nur als freundschaftlicher Fotografen-Kollegen-Tipp." Ossi zeigte lachend auf Henning. „Er gehört nicht dazu."

Dann fielen mit einem lauten Geräusch die Flügeltüren ins Schloss und Henning schob den verrosteten Türriegel zu.

Auf der anderen Seite des Tors hörte man dumpf das Rufen eines Fotografen. „Irgendwann müsst ihr hier ja wieder raus. Wir werden auf euch warten und wenn es bis morgen früh ist."

Die Stimmung hätte nicht besser sein können. Henning und Ossi klatschten sich über den Köpfen ab. „High five".

Schnurstracks gingen sie am Auto vorbei über den Hof. Zwischen zwei alten Blechgaragen sah man eine Baustellenabsperrung. Sie hoben den Bauzaun aus seinen Betonhalterungen und Tina fuhr vorsichtig auf das Nachbargrundstück. Es war ein Fabrikgelände mit uralten Backsteinhäusern, an denen die meisten Scheiben inzwischen eingeworfen waren. Ein Tor gab es hier schon lange nicht mehr und das Schild mit der Aufschrift „Betreten verboten", sowie ein rot weißes Absperrband, stellten kein Hindernis für eine entspannte Weiterfahrt dar.

Freitag, der 02.August 1991
19:23 Uhr

„Das ist mir scheißegal! Ihr wartet hier draußen und kommt nicht mit rein. Ich denke, er wird schon mitmachen."

Mit diesen Worten verschwanden Henning und Sven in Richtung des großen Mietshauses. Ossi und Tina blieben wohl oder übel am Auto stehen. Sie konnten sehen, wie sich die Jungs zum Abschied die Hand gaben, Sven ins Haus hinein ging und Henning sich auf den Heimweg machte. Es war ein Zwanziger-Jahre-Bau. Die Fassade war grau und der Stuck war zum großen Teil abgefallen. Auf dem Gehweg stand ein älterer Mann, der dabei war, einen großen Berg Kohle-Briketts in ein kleines Kellerfenster zu schaufeln. Aus den Augenwinkeln beobachtete er grimmig die Fremden mit dem Wessi-Nummernschild vor seinem Haus.

Ossi schaute sich um und holte sich erst einmal eine Karo aus dem Rucksack. „An Tagen wie diesen kommt man nicht mal zum Rauchen", stellte er fest und nahm genüsslich einen Zug von seiner Zigarette. Sein Blick wanderte dabei die Straße auf und ab.

„Hier haben die ja noch gar nichts gemacht. Es sieht ja aus wie zu tiefsten DDR-Zeiten. Abgesehen von den bunten Westautos am Straßenrand."

„Hoffentlich machen die mit." Tina wirkte nervös. Zum ersten Mal war sie mit ihrem Charme nicht weitergekommen.

„Wir hätten die Jungs nicht alleine gehen lassen sollen. Das war nicht besonders professionell. Ich gehe hinterher."

„Komm, Tina, beruhige dich. Die lassen uns mit den zweitausend Mark nicht wieder gehen." Im Inneren spürte Ossi bei Tinas Äußerungen ein leichtes unwohles Gefühl aufkommen. Er nahm sein Handy aus der hinteren Jeanstasche und klappte die Antenne aus Nervosität immer wieder auf und zu. Gleich neben der Antenne steckte die blaue Telefonkarte, in Form einer Kreditkarte. Mit dem Gedanken, dass die aber ganz schön weit draußen war, drückte er das Teil tiefer ins Telefon. Er spürte ein schwaches Einrasten. Die Karte war nicht drin gewesen. Das Telefon hatte sich gar nicht mit dem Funknetz verbinden können. Ein fast unsichtbarer Schweißfilm bildete sich auf seiner Stirn. Am besten nichts anmerken lassen. Fast augenblicklich piepte das Handy zweimal zum Zeichen, dass es im C-Netz eingeloggt war. Auf dem Display erschien die Aufforderung „PIN eingeben". Und dann, als ob das Telefon nur darauf gewartet hätte, durchbrach ein schriller Klingelton die Stille.

„Deilnehmor", meldete Ossi sich in nachgemachtem sächsischen Dialekt.

Wie zu erwarten, war es die Redaktion. Ebi.

„Immer einen Spaß auf den Lippen, auch wenn es nicht angebracht ist. Ich versuche, dich seit einer Ewigkeit zu erreichen", hörte er sie vorwurfsvoll am anderen Ende der Leitung.

„Tut mir echt leid. Ich habe es sogar von einer Telefonzelle aus probiert. Ich hatte kein Geld mehr für den Münzautomaten und wir werden hier von der kompletten deutschen Presselandschaft gejagt."

„Laut Frau Gürtler, die Lotte gleich nach deinem Telefonat angerufen hat, habt ihr die beiden in Sack und Tüten, die den Beelitz-Mörder gefangen haben?"

„Wir haben sie erst mal gefunden und sind gerade dabei den Sack zuzumachen."

Ebi ließ Ossi gar nicht richtig aussprechen. „Die anderen Teams haben sich auch nicht gemeldet. Ich frage mich, warum wir das alles anders abgesprochen haben." Eigentlich kennt man sie so gar nicht, aber heute war Ebi ziemlich angefressen. „Ich verbinde dich mit Lotte."

Ossi kam gar nicht mehr zu Wort. Ein kurzes Knacken und „Please hold the line", klang es verrauscht, aber noch gut zu verstehen, im Hörer.

„Wie sieht es eigentlich mit Fotos aus?", fragte der Redaktionsleiter ohne große Vorrede.

Ossi schaute zu Tina.

„Sage mal, wo sind denn eigentlich die Fotos vom Rosa Riesen. Ich meine, die von Susanne aus dem Imbiss?"

Ein kurzer Griff ins Handschuhfach und Tina drückte Ossi einen Stapel Fotos in die Hand.

„Wir haben echt coole Bilder, Lotte." Ossi setzte sich beim Reden auf die Bordsteinkante, klemmte sich das Handy zwischen Schulter und Ohr und blätterte dabei den Stapel mit den Fotos durch.

„Die müssen morgen früh spätestens in Hamburg sein."

„Das weiß ich doch. Wir geben die Aufnahmen heute Abend dem Nachtkurier nach Hamburg. Dann ist morgen früh zur Konferenz alles dort. Ebi müsste für uns mal bitte einen beschrifteten Umschlag hinterlegen. Ich habe so den Verdacht, es könnte heute später werden."

„Frau Gürtler hatte berichtet, dass ihr die zwei oder drei Jungs gefunden habt?", fragte Lotte jetzt.

Noch voll von der Euphorie der letzten Stunden erzählte Ossi von dem Riesenglück an der Bushaltestelle, dem schlechten Handyempfang und den Verfolgungsjagden über Bundesstraßen und durch die Ortschaft Potsdam. An der

Stelle, wo sie ihre Verfolger auf dem Hinterhof abgehangen haben, unterbrach ihn Lotte. „Wie ist nun der Stand der Dinge? Was können wir einplanen? Was erzählen die Jungs und was für Fotos habt ihr gemacht und wart ihr an der Stelle im Wald, wo sie den Mörder überwältigt haben?"

Ein Augenblick der Stille trat ein. Sie waren alles in allem bis jetzt ganz erfolgreich, aber wirklich in der Hand hatten sie noch nichts.

Tina stand ein paar Meter abseits und schaute im Wechsel auf ihre goldene Armbanduhr und hinauf zu den Wohnungen des Mietshauses. Falls sich die beiden aus dem Staub gemacht hatten, standen sie ganz schön dämlich da. Kurz gesagt, wie absolute Anfänger und mit leeren Händen.

„Bist du noch da?" Die verrauschte Stimme Lottes holte Ossi aus seinen Gedanken zurück.

„Ja klar!" Ossi erhob sich und um die innere Spannung abzubauen, ging er ein paar Meter auf dem Gehweg auf und ab.

„Äh, Lotte, ich bräuchte von dir mal noch eine Autorisierung. Die *Neue Bundesländer* hatte mit den beiden einen mündlichen Vertrag gemacht und da musste ich den Jungs ein deutlich besseres Angebot unterbreiten. Sonst hätten wir die nicht exklusiv bekommen."

Tina, die scheinbar jedes Wort des Telefonates mithörte, schaute plötzlich auf und fixierte Ossi. „Ich dachte, du hast das Okay der Chefredaktion?", flüsterte sie dazwischen.

Ossi zuckte mit den Schultern und drehte sich zur Seite weg.

„Wieviel?", fragte Lotte nach.

„Zweitausend."

„Das ist aber eine Hausnummer!"

„Eh komm, das kassieren doch auch irgendwelche Promis für eine Homestory."

„Sei entspannt. Ich kläre das mit dem Chefredakteur. Hauptsache, wir haben am Sonntag alles exklusiv."

Ossi atmete auf.

„Und ich will heute Abend ein ausführliches Interview. Da kannst du mir gleich Tina noch mal geben, und als Aufmacherfoto will ich die Jungs an der Stelle, wo sie den Rosa Riesen gefasst haben. Denk daran, auf dem Titelblatt brauchen wir ein Hochformat in Farbe und die beiden schön eng zusammen und dann noch mal quer für die Innenseite."

„Ich weiß, das ist doch nicht mein erster Job."

„Das ist mir schon klar.", antwortet Lotte. „Darf ich dich an die Katzentaufe erinnern? Ich gehe davon aus, dass morgen früh alles auf dem Tisch liegt."

Das mit dieser dämlichen Katzentaufe würde Ossi noch in hundert Jahren nachhängen, und es war absolut unpassend, diesen Job zu erwähnen. Es war sein allererster Auftrag für den *Star am Sonntag* gewesen.

Da saß er eines Samstagmorgens in der Fotoredaktion des Berliner Tagesblattes, das zum selben Verlag wie der *Star am Sonntag* gehörte. Das Telefon klingelte. Es war ein Kollege aus der Bildredaktion vom *Star am Sonntag* aus Hamburg am Apparat, der schnell einen Fotografen brauchte. Der sollte nach Zwickau fahren, um dort einen Pfarrer zu fotografieren. Der Geistliche hatte am Vortag zwei Katzen in seiner Kirche getauft. Ossi, der im Gegensatz zu Tina mit Gott gar nichts anfangen konnte, war der Inhalt der Geschichte egal. Es gab einen guten Tagessatz und kräftiges Kilometergeld obendrauf. Das waren für ihn Argumente genug, und dann auch noch für den *Star am Sonntag* zu fotografieren. Außerdem war es ein großer Schritt in seiner Karriere als Pressefotograf für ein Wochenmagazin zu arbeiten.

Im Gegensatz zum Berliner Tagesblatt, wo die Welt noch zu 100% schwarzweiß war, wurde beim Star am Sonntag ein Teil der Zeitung bereits in Farbe gedruckt. Ossi hatte immer ein paar gute Dia-Filme von Kodak in seiner Fototasche. Diese verwendete er bei Jobs für Hochglanzmagazine oder Werbeaufträge, wenn er mit Kleinbild fotografierte.

Gegen 16.00 Uhr war er pünktlich aus Sachsen im Verlag zurück. Bis zum Redaktionsschluss hatte er noch gut vier Stunden Zeit, um ein Foto nach Hamburg zu schicken. Dumm war nur, dass das verlagseigene Labor keine Dia-Filme entwickeln konnte. Diese Situation hatte sich für ihn bis zu diesem Zeitpunkt noch nie ergeben und seine sonst gängigen Profilabore in der Hauptstadt hatten samstags gar nicht geöffnet. Auch Supermärkte, in denen es zum Teil Schnelllabore gab, schlossen samstags um 12.00 Uhr. Und selbst, wenn er diesen Film hätte entwickeln können, das Fotolabor konnte von Dias keine Papierabzuge machen, die der Trommelscanner brauchte, um sie über die ISDN-Leitung nach Hamburg schicken zu können. Es war das modernste Gerät, das zurzeit für Geld zu kaufen war, der Trommelscanner. In 20 Minuten konnte er ein 18 x 24cm Papier Bild einlesen und mit 72dpi über die Telefonleitung anschließend versenden.

Das Fazit der Geschichte: Aus einem gut fotografierten Job wurde ein Desaster und Ossi musste noch ein paar Wochen warten, bis er eine neue Chance bekam, um endlich auch für den Star am Sonntag zu arbeiten. Dieses Mal mit Farbnegativfilm.

Dass er Tina noch sprechen hatte wollen, hatte Lotte schon wieder vergessen. Er legte so schnell auf, dass Ossi kaum noch Tschüss sagen konnte.

Er nahm seine Nikon aus dem Auto, legte einen Film ein und klickte mit dem Bajonettschellverschluss sein Repro-Objektiv an die Kamera. Dann legte er die Fotos vom Beelitz-Mörder auf die Motorhaube und fotografierte eins nach dem anderen ab.

„Wir könnten doch die Originale in den Koffer legen?", fragt Tina.

Ossi druckste etwas herum. „Die Originale behalte ich zur Sicherheit lieber. Nicht, dass die eventuell noch verloren gehen."

Der Hauptgrund war eigentlich ein anderer. Es war gut, dass die Redakteure sich dafür nie wirklich interessierten, dachte Ossi. Am Montag würden einige Zeitungen beim Star am Sonntag anrufen und die Fotos für Nachdrucke haben wollen. Wenn Ossi Reproduktionen davon anfertigte, war er der Urheber der gedruckten Fotos und kassierte auch die Nachdruckhonorare der anderen Medien, die ansonsten der Verlag einstreichen würde. Das können schnell mal einige hundert DM für ein Foto sein. Sprich, die Reproduktionen könnten im günstigsten Fall noch einige tausend Mark einbringen.

„Beeil dich mal! Ich habe ein ganz komisches Gefühl im Bauch. Wir gehen da jetzt rein."

Ossi fotografierte die letzten Fotos ab. Dann drückte er einen Knopf an der Kamera und der Motor an der Nikon spulte augenblicklich den Film mit hoher Geschwindigkeit in die

Filmdose zurück. Zur Sicherheit verschwand der belichtete Film tief in seiner Hosentasche. Ossi legte einen neuen Fuji Farbnegativfilm in die Kamera ein und folgte Tina mit der Nikon über der Schulter in den Hausflur. Das Mietshaus hatte schon bessere Tage gesehen. Die Ölfarbe an den Wänden bröckelte in großen Teilen des Putzes herunter, der eigentlich ganz schöne Terrazzo am Fußboden war an einigen Stellen gesprungen, und die Holztreppen war in der Mitte mächtig durchgelaufen. Hier war in den letzten 20 Jahren definitiv kein Handschlag zur Werterhaltung getan worden.

„Sag mal, weißt du, wie der heißt?" Die beiden waren bereits in der ersten Etage angekommen und Tina las sich die mit Kugelschreiber geschriebenen Namen an den Klingelknöpfen durch.

„Ne, nur Torsten. Wenn das nur kein Fehler war, die beiden einfach laufen zu lassen."

„Klingel doch einfach irgendwo!"

Tina überlegte nicht lange. Direkt an der Haustür vor ihr drückte sie auf die Klingel. Schlurfende Schritte waren hinter der Tür zu hören, dann das Geräusch vom Aufschließen mehrerer Schlösser. Ein alter Mann öffnete die knarrende Tür. Er schaute sie unfreundlich an, sagte aber kein Wort.

Tina ergriff sofort die Initiative. „Einen schönen Guten Tag, wir suchen Torsten."

„Hier jips kenen Torsten."

„Sicher? Im ganzen Haus nicht?"

„Warum willts'n dit wissen?"

„Wie sind mit ihm verabredet. Dummerweise kennen wir seinen Nachnamen nicht."

„Det soll ick globen?

„Äh, ja!"

„Na jut, dit ist der Sohn vom Buschmann, janz oben uf der linken Seite."

Und im selben Augenblick flog die Tür mit einem lauten Schlag vor Tinas Nase zu.

Das war ja klar. Wie bei fast allen Fototerminen wohnten die Protagonisten ganz oben und so stapften die beiden wiederum Stufe für Stufe hinauf, bis sie in der vierten Etage angekommen waren. *Buschmann* stand wie erwartet auf einem Messingschild an einer frisch gestrichenen weißen Holztür unter einem Fensterchen aus Milchglas. Eine kleine Frau Mitte vierzig öffnete die Tür. Sie wirkte wie ein Fremdkörper in diesem alten Mietshaus. Sie trug ein lila Kostüm mit überbreitem Schulterpolster, hatte blonde auftoupierte Haare und einen knallig roten Lippenstift dazu aufgetragen. Ein Blick in die Wohnung ließ Zweifel aufkommen, ob hier wirklich *Buschmann* wohnte. Frau *Saubermann* wäre beim Anblick dieser blitzblank und akkuraten Wohnung eher angebracht gewesen.

„Hallo, Frau Buschmann, wir sind die Nachhut und wollen zu Torsten und Sven."

„Ach, Sie sind die Zeitungsmenschen."

„Richtig, ich hoffe, die beiden Helden sind hier."

„Kommen Sie doch erst mal herein. Und wenn Sie bitte so nett sind und die Schuhe auszuziehen." Mit diesen Worten griff Frau Buschmann in ein Schuhregal und holte für Tina und Ossi jeweils ein paar braune Kunstlederpantoffeln heraus. „Damit Sie keine kalten Füße bekommen."

Super, dachte Ossi, draußen brannte der Planet. Als ob da jemand kalte Füße bekam.

Dann führte die Dame des Hauses die beiden Menschen von der Zeitung ins Wohnzimmer. Dort saßen die gesuchten Jungs mit einem Mann am Esstisch. Das war wahrscheinlich Herr Buschmann. Ossi atmete auf. Die Angst, dass die beiden türmten, war Gott sei Dank umsonst gewesen.

Weiter zum Denken kam er gar nicht. Frau Buschmann, mit zwei gepolsterten Stühlen in der Hand, drängelte sich an ihnen vorbei und stellte sie an den Tisch. Tina setzte sich brav. Als Ossi es ihr nachmachen wollte, stoppte ihn die Saubermutti. Sie schaute kopfschüttelnd auf seine mit Kaffeeflecken übersäte und allgemein dreckige Jeans.

„Bitte nicht mit diesen schmutzigen Niethosen!" Sie öffnete ein Schubfach und holte ein Küchenhandtuch heraus. Das legte sie auf das Stuhlposter, gefolgt von einem strengen: „Bitte".

„Wir sind gerade dabei, über Ihr Angebot zu diskutieren", begann Herr Buschmann die Unterhaltung.

In dem Moment, als Tina ins Gespräch eingreifen wollte, drängelte sich schon wieder Frau Buschmann an den Tisch und stellte den neuen Gästen jeweils ein Set ihres guten blauweißen Bollhagen Geschirrs vor die Nase. Sie lächelte in die Runde. „Damit Sie sich wie zu Hause fühlen."

Ossi hätte bei dem Satz beinahe vor Lachen losgebrüllt. Mit großem Kraftaufwand konnte er seine Mimik zu einem Schmunzeln reduzieren. Zu einer Unterhaltung kam es erst einmal trotzdem nicht. Ungefragt bekamen sie dunklen starken Kaffee aus einer Porzellankanne eingeschenkt und einen frisch gebackenen Pflaumenkuchen serviert. Dann stellte Frau Buschmann eine Dose Supermarktschlagsahne und ein kleines Kännchen mit Kaffeesahne zwischen die Journalisten.

„Lassen Sie es sich schmecken. Es ist ja schon etwas spät. Ich kann Ihnen auch gern eine Schnitte schmieren", forderte sie zum Essen auf.

Ossi, der inzwischen schon wieder halb verhungert war, ließ sich das nicht zwei Mal sagen. Er sprühte sich, mit einem zufriedenen Lächeln, einen übergroßen Berg Schlagsahne auf den Kuchen.

Tina konnte endlich ihr Gespräch beginnen.

„Das ist schon ein Riesending, was die Jungs da geschafft haben." Sie schaute in die Runde. „Ihr habt das fertiggebracht, was die Polizei in monatelanger Fahndung nicht hinbekommen hat."

„Das war aber eher ein Zufall", warf Sven ein.

„Erzähl doch mal, was genau passiert ist."

Torsten und Sven schauten sich an, dann fragte Torsten nach. „Wie sieht's denn mit der Kohle aus?"

Ossi, der den Mund voller Pflaumenkuchen hatte, nuschelte.

„Von uns aus ist alles klar. Für die Story bekommt ihr zweitausend Mark."

„Was Ossi sagen will …,", ergänzte Tina mit einem leicht genervten Blick zu ihrem Fotografen, „… ich würde mit euch jetzt einen Exklusivvertrag machen."

„Was bedeutet das genau?", fragte Torstens Vater nach.

„Ganz einfach, im Gegenzug für die zweitausend Mark gebt ihr uns ein Interview und macht mit Ossi ausreichend Fotos. Außerdem verpflichtet ihr euch, bis zum Erscheinen der Zeitung am Sonntag keinerlei Interviews mit anderen Zeitungen, TV Sender oder Radiostationen zu geben. Ihr redet mit niemandem und lasst euch weder filmen noch fotografieren."

„Habt ihr das Geld mit?"

„Natürlich nicht. Das läuft so: In den Vertrag schreiben wir eine Kontoverbindung von euch und auf dieses Konto wird der Verlag, wenn ihr euch an die Absprache gehalten habt, das Geld in der nächsten Woche überweisen."

„Und in bar geht nicht?", fragte Torsten nochmal.

„Sorry, soviel Geld gibt uns die Redaktion nicht mit. Aber ihr müsst euch da keinen Kopf machen. Wir sind Europas größte Sonntagszeitung. Das läuft alles seriös ab."

Sven holte tief Luft. „Das heißt, am Sonntag dürfen wir dann wieder mit der *Neue Bundesländer* oder irgendeinem Fernsehsender reden?"

„Null Problemo. Ihr wisst ja jetzt, wie es funktioniert. Alles klar?", stellte Tina fest. „Habt ihr mal einen Block und einen Stift für mich? Dann setze ich den Vertrag auf."

Das war das Signal für Frau Buschmann. Sie sprang auf und ging zu einer Vitrine, die wahrscheinlich aus den Sechziger-Jahren stammte. Hinter den auf Hochglanz polierten Glasscheiben standen ihre kostbaren bunten Sammeltassen. Darunter befand sich ein breites Schubfach, das sie öffnete. Links lagen Blöcke, ordentlich übereinandergestapelt. Sie nahm von oben einen linierten Block und eine danebenliegende Federtasche heraus, die sie am Tisch öffnete. Alle Stifte waren nach Größe und Farbe geordnet. Frau Buschmann griff nach einem blauen Kugelschreiber und reichte ihn Tina zusammen mit dem Block. Tina begann augenblicklich, alles Besprochene in zweifacher Ausführung aufs Papier zu bringen. Dann las sie das Geschriebene laut vor und gab den Vertrag Sven und Torsten zum Unterschreiben. Mit Freude im Gesicht und Stolz auf das lohnreiche Geschäft, vergoldeten die beiden, unter den Augen der Eltern, ihre glorreiche Tat.

Frau Buschmann, die ihren Kugelschreiber nicht einen Moment aus den Augen gelassen hatte, nahm sofort nachdem auch Tina die Verträge abgezeichnet hatte, ihren Stift aus Tinas Händen und verstaute alles wieder ordentlich in der Schublade.

„So, wir müssen jetzt zur Geburtstagsfeier meines Chefs", gab Torstens Vater von sich. „Ich würde vorschlagen, ihr fahrt jetzt alle zu Sven nach Rietkow. Torsten, du wolltest heute Nacht ja eh da pennen. Mir wäre es jedenfalls ganz lieb, wenn ihr nicht hier alleine in der Wohnung bleibt."

„Ich brauche auch heute noch unbedingt das Interview von Torsten und Sven", stellte Tina zum Schluss mit Nachdruck fest.

Freitag, der 02.August 1991
21:04 Uhr

Der Golf bremste vor einem Einfamilienhaus in Rietkow. Damit hatten sie nicht gerechnet: Die komplette Meute der Journalisten war immer noch im Ort und hatte scheinbar nur auf die Rückkehr der vier gewartet.

Ossi drehte sich zu seinen wertvollen Gästen um. „Schnell, zieht euch wieder die T-Shirts über den Kopf. Die dürfen auf keinen Fall ein Foto von euch bekommen. Da darf jetzt nichts schiefgehen, sonst ist euer Geld futsch."

Da sie jetzt ein Team waren, zögerten Sven und Torsten keine Sekunde. Sie machten sich klein und versteckten sich hinter den Rückenlehnen, mit ihren übers Haupt gezogenen Shirts.

„Bloß gut, dass Henning schon in Potsdam ausgestiegen ist", stellte Tina fest. „Im Kofferraum habe ich eine Decke liegen. Die könnten wir ihnen überhängen, wenn wir ins Haus gehen."

Langsam fuhr sie auf den Gehsteig direkt vors Gartentor. Die Fotografen und Kameraleute drängelten sich um das Auto, filmten und fotografierten durch die Fenster hindurch. Sven und Torsten blieben eisern in Deckung. Ohne ihre Gesichter waren all die Aufnahmen keinen Pfifferling wert. Ossi öffnete die Beifahrertür einen kleinen Spalt. Sofort wurde er von der Masse bedrängt. Er musste sich ziemlich anstrengen, um aus dem Auto zu kommen.

„Eh Leute, lasst mich mal durch, das wird doch eh nichts für euch!" Natürlich hörte keiner der Journalisten auf ihn. Dazu war seine Fracht viel zu wertvoll und wichtig für die

Kollegen, die alle unter dem gleichen Erfolgsdruck ihrer Redaktionen standen.

Ossi musste einen aufdringlichen Fotografen mit Gewalt von der Kofferraumklappe schubsen, um sie irgendwie auf zu bekommen. Die Stimmung war mächtig aufgeheizt. Vielleicht wäre es klüger gewesen, wieder davonzufahren. Nicht, dass vielleicht doch noch jemand ein Bild bekam, und die Geschichte damit kaputt machte.

Es dauerte eine ganze Weile, aber irgendwann hielt Ossi die Decke in den Händen und saß wieder auf dem Beifahrersitz.

„Die lassen uns hier definitiv nicht mehr wegfahren. Ossi, ich glaube, es gibt nur einen Weg und zwar ins Haus hinein."

Was hier gerade passierte, übertraf alles, was Ossis bisher in seinem Fotografenleben erlebt hatte. Die Journalistenkollegen würden sich in diesem Jagdrausch lieber überfahren lassen, als auch nur einen Meter beiseite zu gehen.

„Das sehe ich auch so. Torsten und Sven, egal was passiert, ihr müsst euch die Decke fest über den Kopf ziehen. Tina, wir drücken die Fahrertür bis an den Zaun heran auf. So ist der Weg nach vorne sicher. Dann schieb ich die Meute nach hinten weg und ihr müsst sofort ins Gartentor rein und ab ins Haus, ohne euch nur eine Sekunde zu zeigen."

Aus den T-Shirts hörte man ein *Okay* und Tina nickte. Ossi schob ein Bein über die Mittelkonsole.

„Bei drei öffnen wir die Tür. Und bleibt unter der Decke! Eins, zwei, drei und los!"

Mit aller Kraft drückten Tina und Ossi von innen gegen die Fahrertür. Im ersten Moment hatte es den Anschein, als sei es zwecklos, gegen die Masse anzukämpfen. Sie drückten mit aller Kraft. Schweiß tropfte ihnen den Nacken herunter. Dann, ganz langsam wichen die Fotografen zurück und die

Tür öffnete sich einen Spalt. Ossi kämpfte sich blitzschnell an Tina vorbei, quetschte sich hinaus und drückte die Tür mit voller Anstrengung auf, bis sie voll geöffnet war und fast den Zaun berührte.

„Los, komm raus, du musst die Tür halten." Tina gehorchte und drückte ihre Schulter dagegen. Ein Wunder, dass die Autotür dem Ganzen standhielt. Dann dreht sich Ossi um, und wie ein Rugby-Spieler stemmte er sich rücklings gegen die Fotografen und Kameramänner und schob diese Zentimeter für Zentimeter vom Auto weg.

„Jetzt, raus!", brüllte Ossi, während er unaufhörlich gegen seine Kollegen kämpfte.

Torsten und Sven sprangen regelrecht aus dem Golf. Mit der Pferdedecke über den Köpfen griffen sie den Türgriff am Gartentor.

„Scheiße, es ist abgeschlossen", rief es unter der Decke hervor. Sven wühlte hastig in seiner Hosentasche, um den Schlüssel rauszuholen. Er griff sein Schlüsselbund und versuchte mit zitternden Händen, den richtigen Schlüssel ins Schloss zu stecken.

Ossis Arme und Knie wurden immer weicher.

„Los, beeilt euch!", rief er schnaufend.

Sven, der immer nervöser wurde, bekam einfach den Schlüssel nicht ins Schloss, und als wenn das alles nicht genug wäre, ließ er den ganzen Schlüsselbund zu Boden fallen.

Ossi und Tina waren am Ende ihrer Kräfte. Sie würden nur noch Sekunden den Schwarm gieriger Aasgeier aufhalten können.

Tina ächzte vor Anstrengung. „Klettert rüber, schnell!"

Das ließen sich die Jungs nicht zweimal sagen. Wie ein übergroßer Kartoffelsack, kletterte die graue Pferdedecke aufs Gartentor und genau in dem Moment, als die beiden Jungs in Sicherheit auf die andere Seite des Zaunes sprangen, passierte das Unfassbare. Ein kleiner dicker Fotograf bekam die Decke zu greifen und zog sie mit brutaler Wucht den beiden vom Kopf.

Es fühlte sich an, als ob die Zeit stehen blieb und alle Geräusche schlagartig verstummten. Wie in Zeitlupe drehten sich alle zu Sven und Torsten um. Ossi konnte sehen, wie sich die vielen Fotoapparate und Kameras erhoben. Er hörte Tina, wie durch eine Blase, ganz weit in der Ferne aufschreien. „Nein!"

Ein Blitzlichtgewitter stürzte auf die Helden von Rietkow ein, unendlich lange und immer wieder.

Ohnmächtig drehte sich Ossi zu Tina herum. Mit weit offenem Mund standen sie fassungslos da. Dann sah er zu Sven und Torsten hinüber und traute seinen Augen nicht. Es war, als ob jemand den Ton wieder andrehte und die Erde anfing, sich zu drehen.

Diese beiden Teufelsbraten hatten, bevor sie das Auto verlassen hatten, ihre T-Shirts wie Turbane über den Kopf und das Gesicht geknotet. Wie Bankräuber standen sie da, versteckt vor den Augen der Kameras, hinter weißem Baumwollstoff mit Heavy-Metal-Bands darauf.

Tina hatte Tränen in den Augen. Der Schreck steckte ihr wohl in allen Gliedern. Sie fiel Ossi um den Hals. „So kurz vor dem Ziel. Es gibt Sachen, auf die kann ich einfach verzichten. Lass uns bloß schnell reingehen und das Interview zu Ende führen!"

Ossi hob das Schlüsselbund auf, öffnete das Tor und schob erst Tina durch, bevor er selbst das Grundstück betrat. Dann schloss er hinter sich ab und warf Sven den Schlüssel zu.

„Geht am besten schnell rein. Ich passe hier draußen auf, dass keiner aufs Grundstück kommt."

Damit verschwanden die drei im Haus.

„Eh, du schlauer Fotograf", rief der dicke Fotograf, der seine Objektive in einer safarigrünen Fotoweste am Körper trug, in aggressivem Ton über den Zaun.

„Irgendwann müsst ihr hier ja wieder raus oder willst du die Fotos etwa drinnen machen?"

Ossi musste erst einmal tief durchatmen. Er merkte, wie sein Puls, trotz des blöden Spruches, langsam wieder runterging und er sich entspannte. Die Gedanken wurden wieder klarer. Daran hatte er noch gar nicht denken können. Natürlich brauchte er die Fotos mit den Jungs an der Stelle im Wald, wo sie die Bestie gefangen hatten. Er schaute über den Zaun. An den vielen Kollegen, die wie die Hyänen an der Straße standen und auf ihn lauerten, würde er nie unbemerkt vorbeikommen und schon gar nicht alleine Fotos machen können. Die Sonne tauchte das Dorf bereits in orangefarbenes Licht. In gut einer Stunde würde es stockdunkel sein und einfach zu wenig Licht für titeltaugliche Außenaufnahmen.

Ossi fixierte mit einem starren Blick den Fettsack, der ihn gerade angesprochen hatte. Im Hintergrund ratterte sein Gehirn unaufhaltsam auf der Suche nach einem neuen Plan.

„Na, da fällt dir wohl nichts ein. Wir haben Zeit, und wenn wir die ganze Nacht hier stehen." Mit diesen Worten setzte der Fotograf seine Drohung fort. Einige Kollegen riefen zustimmend einen Kommentar wie „Genau" oder „Wir haben auch Zeit" und ähnliches.

Ganz langsam ging Ossi auf den Dicken zu, dann sprach er sehr leise aber so, dass es doch die anderen noch hören konnten.

„Da musst du wohl etwas früher aufstehen. Rate mal wo wir die ganze Zeit waren. Wir haben so viele …", und er beugte sich ganz dicht an das verschwitzte und unrasierte Gesicht seines unangenehmen Fotokollegen heran. In der großen Gruppe herrschte absolute Stille. Keiner wollte ein Wort verpassen, Ossi sprach leise weiter. „… geile Fotos gemacht. Wir können damit die nächsten Wochen jede weitere Ausgabe füllen. Ich habe keine Ahnung, was du heute gemacht hast? Du kannst dir aber gerne am Sonntag einen *Star* holen und da mal reinschauen, was alles möglich gewesen wäre." Dann drehte er sich herum, ohne den Typen auch nur eines weiteren Blickes zu würdigen. Er blieb stehen und klopfte auf seine Hosentaschen.

„Mist, die Zigaretten liegen im Auto." Er drehte sich zur Straße um. Um den Golf standen noch mindestens 100 Journalisten. Nach Ossis kurzer Ansprache war unter ihnen ein ganz schöner Tumult ausgebrochen. Das wäre ja wie Spießrutenlaufen gewesen, wenn er jetzt zum Auto gegangen wäre.

Erst jetzt fiel ihm auf, dass Lars und Conny gar nicht mehr da waren. Lotte hatte sie bestimmt abberufen, nachdem er mit ihm telefoniert hatte. Aber Mike konnte er unter den Lichtbildhauern sehen. Er war ein guter Freund und angenehmer Kollege vom Berliner Tagesblatt, mit dem Ossi dort über ein Jahr zusammengearbeitet hatte.

„Hallo Mike, altes Haus, auch hier?"

Mike kam an den Zaun und die beiden begrüßten sich mit einer Ghettofaust.

„Hi Ossi, das ist ja wie früher, wenn du draußen bist, braucht man den Job gar nicht mehr annehmen", antwortete Mike etwas geknickt.

„Habt ihr eine Story zusammenbekommen?", fragte Ossi.

„Ich bin mit dem alten Kapischke hier. Du kennst den ja, er ist so blöd und träge, mit dem kannst du nicht mal was reißen, selbst wenn du alleine vor Ort bist."

„Das ist ja die volle Arschkarte. Das habe ich damals schon gesagt, die sollen den endlich in Rente schicken."

Mike nickte und Ossi schaute ihn fragend an.

„Hast du mal eine Kippe für mich? Meine liegen im Auto und ich will da jetzt nicht unbedingt rüber."

„Für dich immer." Aus dem Außenfach seiner Fototasche holte Mike eine Schachtel Juwel 72, nahm sich selbst eine und reichte Ossi die Schachtel über den Zaun.

„Schau an, die gibt es auch noch?"

„Du, Ossi, kannst du mich nicht ein kleines Foto von den beiden machen lassen. Ich bin dann auch sofort weg."

„Eh Alter, bei aller Freundschaft, das geht gar nicht. Tut mir echt leid, aber da musst du heute deiner Redaktion wohl einen Ausfall berechnen."

„Das habe ich mir schon gedacht. Was soll es, ich hau sowieso gleich ab."

Im Hintergrund war die Ansammlung der Journalisten dabei, sich zu lichten. Den meisten war klar, dass hier nichts mehr zu holen war, und sie fuhren nach und nach aus dem kleinen Dorf.

Auch Mike hatte seine Fototasche geschultert und war ein paar Minuten später mit Kapischke in Richtung Berlin davongefahren. Er machte einen unglücklichen Eindruck. Jeder wollte hier heute den großen Fang machen, außer vielleicht Kapischke, der auf Grund seiner vielen Dienstjahre unkündbar war und nur noch die Wochen und Monate bis zu seiner Pensionierung absaß. Nach einer weiteren halben Stunde hatten fast alle Medienvertreter beschlossen, Rietkow zu verlassen. Nur drei eiserne Fotografen, darunter der Fettsack, wollten einfach nicht abhauen. Die Sonne war inzwischen hinter den Bäumen am Horizont verschwunden. Heute würde es keine Fotos mehr geben.

Freitag, der 02. August 1991
22:04 Uhr

Ein gelbes Taxi mit Berliner Nummernschild fuhr langsam durch Rietkow. Als der Fahrer Ossi erblickte, gab er Lichthupe und hielt direkt auf der Straße vor dem Einfamilienhaus.

„So schnell sieht man sich wieder." Der Taxifahrer war hoch erfreut. Touren, mit denen man so viel Geld verdienen konnte, waren selten geworden. Bis zum Mauerfall war Taxifahren in West-Berlin wie Geld drucken gewesen. Damals gab es viele Studenten, die ihr Studium abgebrochen hatten, um lieber Taxi zu fahren. Seit der Wende hatte sich das schlagartig geändert. Durch die große Konkurrenz aus Ost-Berlin und Brandenburg wurde Taxifahren über Nacht zu einem echt harten Job.

„Der Star-Fotograf ist wieder unterwegs. Wie geht's, Ossi?"

„Alles Super. Stephan, ich habe eine Sendung für dich." Mit diesen Worten steckte Ossi seine belichteten Filme in einen grauen gefütterten Umschlag und verschloss ihn mit zwei Klammern. Darauf war zu lesen:

Koffer Nachtkurier Hamburg

Redaktion Star am Sonntag

Fotoredaktion

EILT!

„Den musst du wieder beim Hauskurier, auf der Rückseite des Verlagshauses abgeben, du erinnerst dich?"

„Ja logisch, dit wess ik doch, und dann muss ick darauf achten, dass der Pförtner ihn in den Koffer Hamburg legt."

„Genauso. Die Rechnung schickst du wie immer an die Redaktion. Bitte beeil dich, der Koffer wird gegen Mitternacht nach Hamburg gefahren."

„Wat macht der Star-Fotograf wieder für eine geheime Geschichte, erzähl mal."

„Das ist so geheim, wenn ich dir das erzählen würde, müsste ich dich danach töten."

Der Spruch hatte inzwischen schon einen langen Bart, aber der Taxifahrer feierte trotzdem kräftig ab.

„Na, dit werde ick ja am Sonntag in der Zeitung lesen." Mit diesen Worten und einer Faust zum Thälmanngruß gehoben, fuhr der Mercedesfahrer in Richtung Berlin davon.

Die Tür am Einfamilienhaus öffnete sich einen Spalt. Tina schaute vorsichtig hinaus. „Wow, es sind ja fast alle weg."

Die drei ausharrenden Fotoreporter hatten sofort ihre Kameras im Anschlag, nahmen sie aber mit leichter Enttäuschung wieder herunter, als sie die Journalisten vom *Star am Sonntag* erkannten.

„Machen die Stress?", fragte Tina.

„Ne, ne, ist schon Okay. Wir hatten uns gerade ganz nett unterhalten.", antwortete Ossi.

„Der Lange ist von TPP, ein Agentur Fotograf. Der Dicke, der vorhin sone große Klappe hatte, heißt Ralph und arbeitet für ein Hamburger Nachrichtenmagazin und Phillip kennst du vielleicht, der ist vom Hauptstadt Kurier. Der wird jeden Augenblick abhauen, da die eh schon Redaktionsschluss haben und um diese Zeit keine Fotos mehr nachschieben können."

„Ist das normal?"

„Was ist normal?"

„Das ihr so miteinander und so."

„Ja logisch, mal stehst du drin und mal stehst du draußen, aber ansonsten sind wir alle Fotografen und machen den gleichen Job. Nur mit einem Unterschied." Und Ossi fing wieder an so selbstherrlich zu lächeln.

„Und welchem?"

„Na, ich stehe immer drinnen!" Dabei grinste er großspurig.

„Du alter Aufschneider." Sie boxte ihn zärtlich in die Rippen.

„Ich brauche mal dein Handy. Es gibt hier kein Telefon und ich muss mal so ein paar Eckdaten vom Interview durchgeben."

„Falls Lotte nicht mehr in der Redaktion ist, ruf ihn auf dem Redaktionshandy an. Das hat er heute auf jeden Fall mitgenommen. Bist du eigentlich fertig mit deinem Interview?", fragte Ossi nach.

„Eigentlich sind wir durch."

„Komm, erzähl schon."

Tina schaute sich vorsichtig um und zog Ossi ein paar Meter beiseite. Sie sprach ganz leise, sodass sie keiner belauschen konnte.

„Für uns ist das eine super Story. Torsten und Sven waren am Mittwoch auf dem Heimweg vom Baden, irgendwo da hinten im Kiefernwald an einem Baggersee. Eigentlich waren sie zu dritt. Aber wie schon abgesprochen, diesen Frank lassen wir einfach unter den Tisch fallen. Der will absolut nicht in die Zeitung. Frag mich nicht warum. Der hat wohl Angst um sein Jurastudium oder seine vermeintliche Karriere. Ist für unsere Geschichte auch völlig egal. Der Rosa Riese war dort auch unterwegs. Er trug eine grüne Tarnjacke und hatte sich in den Büschen versteckt und mit einem Fernglas war er wahrscheinlich auf der Suche nach seinem nächsten Opfer. Die Jungs sagten mir, von Weiten sah es so aus, als ob er sich einen runterholte, wohl ziemlich auffällig. Jedenfalls muss er ein sehr merkwürdiges Bild abgegeben haben, und das wollten sie sich näher anschauen. Sven fragte ihn, was er in den Büschen mache. Die Bestie versuchte es mit einer dummen Lüge: „Ich kucke hier nach Enten." Das fanden die drei dann sehr verdächtig. Wo sollte es hier im Kiefernwald oder am Dorfrand auch Enten geben und dann bemerkte Torsten, dass er einen Frauen-Slip in seiner Faust hielt. Sie packten ihn kurzer Hand am Kragen und zogen ihn, ohne zu wissen, wer er war, aus den Büschen. Bei dem Gerangel öffnete sich seine Tarnjacke, eine Brechstange fiel zu Boden und er stand vor ihnen, nur mit einem hellblauen Unterrock und einem BH bekleidet. Spätestens da hat es bei den Jungs klick gemacht. Ohne lange zu überlegen, haben sie sich auf ihn gestürzt und nach einem kurzen Kampf haben sie ihm mit Svens T-Shirt die Hände auf den Rücken gebunden und dann vor zur Bundesstraße geschleift. Er hat wohl noch probiert sich rauszureden, dass er eigentlich schwul sei und immer Ärger mit der Polizei bekommen würde und sie ihn laufen lassen sollten. Unsere Jungs ahnten aber, wen sie da verschnürt hatten. Bei einem Ausreißversuch hat er angeblich wohl noch mächtig blaue Flecken und Nasenbluten einstecken müsse, aber das erwähne ich vielleicht gar nicht in der Story. Ich weiß auch nicht, ob sie da nur aufschneiden und ob das wahr ist. Was soll ich sagen, die Geschichte ist rund. Jetzt brauchen wir nur noch ein Foto von den Jungs im Wald, am besten vor den Büschen wo sie ihn ergriffen haben." Tina holte tief Luft und fragte: „Geht das jetzt noch mit den Fotos?"

Ossi nickte mit dem Kopf zu den zwei Fotografen rüber. Der dritte, Phillip war inzwischen nach Hause gefahren.

„Die müssen wir irgendwie noch loswerden. Es ist auch inzwischen zu dunkel."

„Du hast doch einen Blitz?", bohrte Tina nach.

„Tina, im Wald nachts blitzen. Da wird alles im Hintergrund schwarz und man erkennt nichts vom Wald. Wir werden wohl oder übel mit dem Foto bis morgen früh warten müssen."

„Das ist doch viel zu spät, um das Foto nach Hamburg zu bekommen."

„Sei mal ganz entspannt. Da haben wir alle Zeit der Welt. Mittags geht ein Flieger vom Flughafen Berlin Tegel. Dort können wir den Film als Luftfracht mitgeben oder falls wir den verpassen, muss halt jemand mit dem Auto nach Hamburg fahren."

„Mit dem Auto?"

„Da habe ich auch keine Lust zu. Aber notfalls geht's nicht anders."

Tina überlegte einen Augenblick, dann schaute sie Ossi in die Augen. „Ich muss unbedingt zurück nach Berlin und den Text bis morgen früh zur Konferenz schreiben."

„Dann kommen wir morgen früh wieder", antwortete Ossi freudig.

„Ich war noch nicht fertig. Wir können die auf keinen Fall alleine lassen. Diese beiden Fotografen hängen hier immer noch rum oder stell dir mal vor, die Jungs sind morgen früh verschwunden. Die Redaktion reißt uns den Kopf ab."

„Hast recht, das wäre der Supergau."

„Tut mir echt leid, aber du musst heute Nacht hierbleiben und Sven und Torsten bewachen!"

„Wie, hier?", fragte Ossi nach.

„Ich würde sagen, du machst es dir vor dem Haus gemütlich und behältst die beiden schön im Auge."

Ossi schaute wie drei Tage Regenwetter. „Das bezahlt mir kein Mensch."

Tina schüttelte mit dem Kopf. „Dann berechnest du für die Nacht noch einen weiteren Tagessatz. Ich habe jetzt auch keine Zeit, darüber zu diskutieren. Ich muss los. Machst du es oder nicht?"

Ossi holte tief Luft. Es gelang ihm kaum, seinen Unmut zu verbergen. „Null Problemo, ich bin dabei."

Tina sah erleichtert aus. Sie klopfte Ossi anerkennend auf die Schulter und zog ihm dabei das Handy aus der hinteren Hosentasche seiner Jeans. „Ist Lottes Nummer abgespeichert?"

„Ja, unter Redaktionshandy und mach nicht so lange! Die Minute kostet 1,99 DM."

Ohne sich umzudrehen, verschwand Tina in der Dunkelheit des Gartens hinter dem Einfamilienhaus. Während sie die Nummer der Redaktion wählte, rief sie Ossi noch zu „Hau es einfach auf die Rechnung."

Nach einem gefühlten 50-DM-Telefonat tauchte sie auf der anderen Seite des Hauses wieder auf und drückte Ossi das Telefon in die Hand.

„Bis morgen früh und lass dir meine Decke von den Jungs rausgeben, falls es kühl wird." Damit sprang sie in ihren Golf, gab wie immer Vollgas und die Lichtkegel der Scheinwerfer verschwanden in der Dunkelheit.

Es war eine mondlose Nacht. In diesem kleinen Kaff gab es nicht einmal Straßenbeleuchtung. Die einzige Lichtquelle war eine schwach leuchtende 15-Watt-Birne über dem Eingang des Wohnhauses. Irgendwo in der Ferne bellte ein Schäferhund. Der Wind rauschte sanft durch die Baumkronen und eine Eule rief leise vom Kiefernwald herüber.

War da was an Ossis Bein? Schon wieder, ein Tritt und dann riss ihn eine brummige Stimme aus dem Tiefschlaf.

„Eh, bist du der Fotomensch? Oswald oder so ähnlich?"

„Ja, äh wie ... wieso?" Es dauerte ein paar Sekunden, aber dann kam die Orientierung wieder. Der Fotorucksack lag unter seinem Kopf und die beiden Fotografen glotzen neugierig durch das geöffnete Gartentor, um nichts zu verpassen. Ossi schaute hoch in das Gesicht eines großen dicken Mannes.

„Ja klar, und wer sind Sie?"

„Ich bin Manfred von Mannes Imbiss vom Autobahn Rastplatz an der Havel."

„Rastplatz an der Havel?" fragt Ossi irritiert nach.

„Na, der auf der A10 hinter der Ausfahrt Werder." Manfred brachte das mit einer Selbstverständlichkeit rüber, als ob ihn jeder hier kennen müsste, und zeigte dabei auf die Straße. Dort, in der Dunkelheit, stand ein PKW mit einen Imbiss Anhänger im Schlepptau.

„Und?" fragte Ossi.

Im gleichen Augenblick klatschte dieser Manfred Ossi eine Plastiktüte auf den Schoß.

„Eigentlich hatte ich ja schon Feierabend und Auslieferungen gibt es sonst gar nicht bei mir."

Ossi öffnete die Tüte. Zwei halb verbrannte und schrumpelige Bratwürste, eine Schachtel fettige Pommes und eine Dose mit irgendeinem Polen-Bier kommen zum Vorschein.

„War ihr wohl wichtig. Auf alle Fälle war es ihr 50 DM wert. Da mache ich auch mal eine Ausnahme."

„Sie, wer sie?"

Ungerührt drehte sich der Imbissbesitzer um und verschwand so schnell, wie er gekommen war.

Ossi schaute auf seine Armbanduhr. Es war kurz vor Mitternacht. Er hatte es sich im Schein des schwachen, gelben Lichtes auf den drei Stufen vor der Haustür bequem gemacht und musste beim Stöbern in einer Illustrierten eingeschlafen sein.

Beim Blick in die Tüte fing sein Magen an zu knurren. Die Wurst schmeckte genauso wie sie aussah, fad und kalt. Das letzte, was Ossi gegessen hatte, war der frische Pflaumenkuchen bei Frau Buschmann. Was soll es, der Hunger würde es schon reintreiben. Auf den ersten Augenblick sah es wie ein Kassenbon aus, aber es war ein Zettel mit einer Nachricht, was da zwischen den Pommes lag. Ossi faltete das Blatt auseinander. In einer schönen Mädchenschrift stand mit Kugelschreiber geschrieben: „Für meinen Lieblingsfotografen." Darunter war ein Kussmund aus rotem Lippenstift auf dem Papier. Ein leichtes Kribbeln machte sich beim Lesen in Ossis Magengrube breit, und irgendwie waren die Pommes frites gleich nicht mehr so eklig. Mit dem Ketchup und der Majo waren sie eigentlich sogar recht lecker.

„Eh, wenn du die Bratwurst nicht willst, wir nehmen die gerne", rief Ralph, der Hamburger Fotograf, vom Gartenzaun rüber. Oh Gott, die beiden waren ja immer noch da. Ossi griff sich die Bratwürste und ging zu seinen Kollegen rüber.

„Jungs, glaubt mir, hier gibt es nichts mehr zu holen. Fotos und Text sind auf dem Weg nach Hamburg. Die beiden da drin haben einen Exklusivvertrag unterschrieben und werden vor Sonntag nicht aus dem Haus kommen und schon gar nicht mit euch reden. Nehmt die Wurst und macht euch ein schönes Wochenende."

Ossi schaute in die müden Gesichter der Kollegen. Die drei schwiegen sich eine ganze Weile an. Als erstes durchbrach der Lange von TPP die Stille.

„Was Besseres als deine Wurst werden wir hier wohl nicht mehr bekommen." Er hängte sich seine Fototasche über die Schulter und mit einem Griff auf den Pappteller verabschiedete sich der Agenturfotograf. „Lecker ist aber anders", stellte er noch griesgrämig fest und trottete in Richtung seines Autos davon.

Ralph kämpfte sichtlich mit sich. Er war der letzte, der von der großen Journalistenmeute übriggeblieben war. Es gefiel dem Hamburger Fotografen gar nicht, dass dieser Ossi hier alle so abgekocht hatte. Aber wie er es auch in seinem Kopf drehte und wendete, es wurde nicht besser.

„Wenn du mir die Telefonnummer von deiner hübschen Redakteurin gibst, haue ich auch ab."

„Wegen mir kannst du gerne die ganze Nacht hierbleiben und dir den Arsch abfrieren." Nach einer kleinen Gedankenpause fuhr Ossi fort. „Tina hat einen festen Freund. Das mit der Nummer kannst du dir also sparen."

Samstag, der 03.August 1991
09:15 Uhr

Keine Menschenseele war im Dorf zu sehen. Nichts war mehr von den Emotionen und den Menschenmassen des gestrigen Tages zu spüren. Als ob die Zeit vor Jahren stehen geblieben wäre, dachte Tina.

Sie fuhr im Schritttempo durch Rietkow. Das Gartentor vor Svens Elternhaus stand sperrangelweit offen. Tina ging langsam auf das graue Einfamilienhaus zu. Nichts war zu hören, selbst der Wind schien noch zu schlafen. Vorsichtig klopfte sie an die Haustür. Erst leise und dann etwas kräftiger. Obwohl Tina ihr Ohr fest an die Tür drückte, konnte sie nichts hören.

Gedanken sprangen ihr durch den Kopf.

„Wo sind die bloß?"

Tina drehte am Türknauf. Die Eingangstür war nicht verschlossen. Sie steckte den Kopf hinein.

„Hallo? Sven, Torsten, hallo, ist jemand da?" Eine kurze Pause. „Ossi, bist du hier?"

Keine Antwort, nur Stille im Haus. Tina ging durch den Hausflur. Am Ende war eine Tür mit einem bleiverglasten, bunten Fenster, das Wohnzimmer. Gespannt schaute sie hinein. Auf dem Wohnzimmertisch lagen eine leere Flasche Whiskey, daneben standen drei Gläser und auf dem Sofa daneben lag die Antwort auf die Stille im Haus. Wie ein Opossum hing Ossi halb auf dem Sofa und halb auf dem Boden. Das war schon ein kurioses Bild, wie er da bis über die Ohren zugedeckt, leise vor sich hin schnarchte. Ein kräftiger Tritt gegen den Oberschenkel war nötig, damit er seine Augen öffnete.

„Wo sind die Jungs?"

Ossi ließ sich erst mal ganz langsam auf den Fußboden gleiten. Anders wäre ein Aufstehen aus dieser Position auch gar nicht möglich gewesen.

„Hi Tina, schon hier. Wie spät ist es?" Er fuhr sich durchs Haar und stand dann in Slow Motion auf.

„Ich habe heute Nacht zwei Stunden geschlafen, weil ich den Text schreiben musste und du haust dir hier die Birne voll."

„Draußen war es arschkalt und da haben wir uns hier etwas aufgewärmt."

„Wo sind Sven und Torsten?"

„Keine Ahnung, vielleicht oben?"

„Wie, vielleicht oben? Du solltest einfach nur auf die beiden aufpassen!" Tina, inzwischen ziemlich angesäuert, riss die Wohnzimmertür auf und ging geradewegs die Holztreppe hinauf.

Ossi, der versuchte, ihr zu folgen, bekam die zuknallende Tür fast ins Gesicht.

„Warte doch mal!" Seine noch steifen Glieder zwangen den Fotografen zu einem Tempo, das keine schnelle Verfolgung zuließ. Ossi hörte, wie Tina im oberen Flur eine Tür nach der anderen aufriss. Bei der letzten hatte er sie endlich eingeholt. Tina riss auch diese Tür auf, blieb an der Schwelle stehen und Ossi schaute ihr über die Schulter.

Ein Blick ins Zimmer beantwortete sofort alle offenen Fragen.

Sie sah ein klassisches Junggesellenzimmer. In der Ecke stand ein Fernseher, auf dem das Testbild lief. Auf dem Schreibtisch daneben war ein moderner Vobis Computer, auf dem fett 386er stand, und auf dem Farbmonitor neben dem

Nadeldrucker, war gerade eine Szene aus dem aktuellen Adventure Game Monkey Island zu sehen. An der Wand stand ein Bett. Die beiden Füße, die unter der Decke hervorschauten, gehörten mit größter Wahrscheinlichkeit Sven, denn Torsten lag in seinen Klamotten schlafend auf dem Fußboden.

„Siehste, ist doch alles tutti paletti." Ossi drängelte sich an Tina vorbei. „Männer, aufstehen, die Nacht ist vorbei." Er zog Sven die Decke weg. War ja klar, auch der lag noch in seinen Klamotten vom Vortag.

„Eh Ossi, hast du einen Knall. Es ist noch mitten in der Nacht", nuschelte Sven, ohne die Augen zu öffnen.

„Vorsicht, Freund der Nacht. Schnaps ist Schnaps und Arbeit ist Arbeit", konterte Ossi. „In einer halben Stunde seid ihr geduscht." Und er schaute mit einem wichtigen Lehrerblick zu Tina.

„Sind das frische Brötchen, die du da in der Hand hältst?" Ossi merkte sofort, dass er auf ganz dünnem Eis stand. „Was hältst du von der Idee: Du schaust dich mal in der Küche um und kochst Kaffee und ich sorge dafür, dass die beiden in einer halben Stunde fit fürs Fotoshooting sind."

Kopfschüttelnd drehte sich Tina um und ging die Treppe wieder hinunter. Ohne sich umzudrehen, sagte sie zu Ossi: „Um Punkt 10.00 Uhr will euch unten sehen. Der Flieger nach Hamburg geht um 14.20 Uhr. Falls wir die Luftfracht verpassen, wirst du persönlich nach Hamburg fahren. Ach, und so, wie du riechst, solltest du mit den beiden besser zusammen duschen!"

„Ja, Mutti."

„Wie bitte?"

„Geht klar. Ich nehme den Kaffee türkisch mit zwei Löffeln Kaffeepulver und Milch."

Keine Ahnung, wie er es geschafft hatte, aber kurz nach 10.00 Uhr saßen alle am Küchentisch. Die Jungs zwar beide mit roten Augen, aber dafür gut riechend und frisch rasiert.

Nachdem Ossi sich noch einmal überzeugt hatte, dass wirklich kein Journalist mehr durchs Dorf tigerte, machten sich die vier auf den Weg zum Kiefernwald. Schnell ließen sie das Dorf hinter sich und liefen über einen staubigen Sandweg an einem frisch gemähten Getreideacker entlang. Nach ungefähr zwanzig Minuten zeigte Torsten auf eine Stelle am Wegesrand.

„Hier stand die Bestie mit einem Fernglas in der Hand."

Eigentlich war die Stelle gar nicht zu übersehen. Inmitten hochgewachsener Kiefern war das Gras flächendeckend heruntergetrampelt, die Büsche waren halb abgebrochen und überall waren Fußabdrücke und Schleifspuren im Märkischen Sand und das ganze Areal war mit einem Roten Absperrband mit der Aufschrift „Polizei" markiert.

„Hier haben wir den Typen herausgezogen."

Ossi holte seine Nikon aus der Fototasche und legte einen Fuji-Farbnegativfilm ein.

Tina war unterdessen eifrig damit beschäftigt, jedes Detail, das ihr ins Auge fiel, in ihren Block zu notieren.

„Ich würde gerne das Foto ungefähr hier machen." Ossi zeigte auf eine Stelle am Rand des Sandweges.

„Dann habe ich links den Weg im Bild und rechts die Büsche mit dem Absperrband."

„Hier ist der Bestie von Beelitz ja auch die Brechstange aus seiner Tarnjacke gefallen und dann stand er in den

Weiberklamotten da", antwortete Sven und Torsten ergänzte: „Da haben wir ihm erst mal eine ordentlich auf die Fresse gegeben."

Ossi stellte die beiden eng zusammen und machte Fotos aus allen Richtungen. Mal ganz Close und einige in der Totalen, so dass man die Gesichter der Helden gut sah. Dann einige, auf denen man viel Umfeld erkennt. Mal hoch, mal quer, mal kumpelhaft umschlungen, mal mit Daumen hoch, mal lachend, mal ernst und dann noch mal alle Details wie das Polizeiband, die Grasnarben und den ganzen Tatort, einfach das komplette Programm. Nachdem er den achten Film belichtet hatte, stockte Ossi kurz. „Hatte der Rosa Riese nicht einen Frauenslip in der Hand? Ich würde gerne noch ein Foto mit irgendwelchen Frauenklamotten machen."

Alle schauten sich um. Die Polizei schien alles mitgenommen zu haben. Nichts lag hier mehr herum.

„Du hast doch so viele Fotos gemacht. Meinst du nicht das reicht?", fragt Torsten.

Ossi überlegte einen kurzen Augenblick. Dann drehte er sich zu Tina um. „Eh Tina, ich brauche für das Titel-Foto einen Frauenslip!"

Die Gesichter von Torsten und Sven bekamen einen leichten Rotton, als sie merkten, dass Ossi keinen Witz machte.

„Eh Alter, das macht sie jetzt nicht in echt, oder?", fragte Sven noch einmal und schaute zu Tina, die ihnen einen Vogel zeigte.

Sonntag, der 04.August 1991
10.00 Uhr

Diesel war heute teuer, fast eine Mark kostete der Liter. Stephan machte trotzdem den Tank seines Taxis voll. Er war auf dem Weg zum Flughafen Tegel und hatte an der Spinnerbrücke einen Tankstopp eingelegt. Während sich die Uhr in der Zapfsäule unentwegt weiterdrehte, sah er auf der anderen Straßenseite die ersten ankommenden Motorradfahrer, die sich hier heute zu Hunderten treffen werden.

Auf dem Weg zur Kasse machte er Halt am langen Presseregal. Ganz vorne lag der *Star am Sonntag*. Auf dem Titel stand mit großen roten Lettern: „Diese Helden haben den Rosa Riesen gefasst! Exklusiv von Christina von Kottwitz, Foto: Oswald"

Darunter war ein Ganzseitenfoto von Sven und Torsten zu sehen. Sie standen im Wald eng nebeneinander und hielten einen weißen, mit Spitze besetzten, Damenslip in die Kamera.

Boulevard
Die Jagd nach einem Mörder

Fall 2: Honeckers Jagdhütte

07.August 1991

Was bis heute nur sehr wenige wissen, nördlich von Berlin, mitten in der Schorf-Heide hatte der letzte Generalsekretär der DDR, Erich Honecker seine ganz persönliche Jagdhütte, die er angeblich für nette Schäferstündchen mit seinen treuen Genossinnen nutzte. Mit ein bisschen Glück und guten Connections kauft der bekannte TV-Moderator Armin Denzel diese Hütte von der Treuhand und baut sie sich zu seinem persönlichen Feriendomizil um.

Tina und Ossi verabreden sich mit Armin, um in dieser Hütte eine Homestory mitten in den Brandenburger Wäldern zu machen. Auf dem Weg zur Jagdhütte liegt plötzlich ein Toter auf dem Waldweg. Schnell erkennen sie, es ist ein alter Bekannter: Stasi-Günther.

Als wäre das nicht genug, wird den dreien kurz darauf nicht nur Tinas Golf, die halbe Fotoausrüstung, sondern auch die Leiche gestohlen. Aus einer Null-Acht-Fünfzehn-Homestory wird plötzlich eine mehrtägige Survival-Tour, bei der am Ende eine große Titelstory winkt, falls es ihnen gelingt, den Wald lebendig zu verlassen.

Biografie Autor:

Andreas Friese, geboren 1967, wuchs in der ehemaligen DDR im Bezirk Potsdam auf und schloss dort eine Fotografenlehre in den DEFA Filmstudios Babelsberg ab.

Seit dem Mauerfall arbeitet er als freischaffender Fotograf und Filmemacher für Zeitschriften, Magazine, TV Sender und Firmen in der Industrie. In deren Auftrag fotografierte er auch Porträts vieler Prominenter, unter anderem die Bundeskanzlerin Angela Merkel oder Bundestrainer Jogi Löw.

Im Sommer 1991 wurde er von der Bild am Sonntag für die Jagd nach einer exklusiven Titelstory über den Beelitz-Mörder beauftragt. Diese Erinnerungen inspirierten ihn zu diesem spannenden Buch.

Andreas Friese
Fotografie & Film
Portfolio: www.friese.tv

FSC
www.fsc.org
MIX
Papier | Fördert
gute Waldnutzung
FSC® C083411

Zeitfracht Medien GmbH
Ferdinand-Jühlke-Straße 7
99095 Erfurt, Deutschland
produktsicherheit@kolibri360.de